第一个告诉你下雪的人

朱成玉◎主编

時代文藝出版社

图书在版编目（CIP）数据

第一个告诉你下雪的人 / 朱成玉主编. 一长春：时代文艺出版社，2018.11

ISBN 978-7-5387-5919-8

Ⅰ. ①第… Ⅱ. ①朱… Ⅲ. ①散文集－中国－当代 Ⅳ. ①I267

中国版本图书馆CIP数据核字（2018）第129088号

出品人　陈　琛
产品总监　郭力家
选题策划　凌　翔
　　　　　方　伟
责任编辑　田　野
助理编辑　胡　军
装帧设计　孙　利
排版制作　隋淑凤

第一个告诉你下雪的人
朱成玉 主编

出版发行 / 时代文艺出版社
地址 / 长春市泰来街1825号 时代文艺出版社 邮编 / 130011
总编办 / 0431-86012927 发行部 / 0431-86012957 北京开发部 / 010-63108163
官方微博 / weibo.com / tlapress 天猫旗舰店 / sdwycbsgf.tmall.com
印刷 / 三河市万龙印装有限公司
开本 / 640mm × 910mm 1 / 16 字数 / 348千字 印张 / 20
版次 / 2018年11月第1版 印次 / 2018年11月第1次印刷 定价 / 38.00元

图书如有印装错误 请寄回印厂调换

目　录

辑一　在一首诗里相爱

辑二　闪电和雷相隔七秒

辑三　日子要慢悠悠地过

辑四　为了疏菜，你丢掉过鲜花吗

辑五　一只鞋子和另一只鞋子的重逢

辑六　修得一颗岭上白云心

辑一／在一首诗里相爱

风是父亲的苦难

朱成玉

起风了。我与风并无恩怨，只是，它的每一次到来，都会吹落我心头的泪水。我的泪水为父亲而流，我一生的泪水中，父亲，是最大的一颗。

风，对着一棵树推来搡去，像推搡一个人的命运。那棵树像父亲，看着瘦削，却苍劲有力，我们是他的儿女，一根根枝条，健康地成长，向着不同的方向。

记忆中，父亲从来都是不惧怕风的，再大的风都没阻挡过他回家。

起风了，炊烟醉了酒一般东倒西歪。邻居家的菜肴香味飘进来，父亲咂咂嘴，似乎就着这香味就可以下饭了。别人家的好味道可以刮进来，别人家的好日子却刮不进来，别人家的好味道只会让父亲碗里的咸菜更咸。

风总是围着父亲打转。忙着在父亲的脸上雕刻沧桑，忙着在父亲的手掌堆积老茧，忙着在父亲的头发里掩埋霜花……父亲无法阻挡那风，我们也没有办法。那么肆无忌惮的风，就像刻意蹂躏父亲的命运，但是父亲始终挺立着，尽管背已微驼。

风像鞭子，抽打着父亲这个陀螺，一生都无法停止劳作。因为决策失误，我和哥哥一起经营的公司倒闭，还欠下很多债务。退休在家的父亲不得不重新披挂上阵，开了一个汽车修理铺，要赚钱替我们还债。我们这些不争气的儿女，不仅没能让父母过上衣食无忧的好日子，还给他们添了沉重的负担。那日回老家，看到父亲顶着花白的头发，在修补一个个轮胎，充斥风中的是父亲的汗味和满身的油渍味道，呛出了我们的泪水。

我们劝父亲不要干了，他挣的钱对于我们的债务来说，无异于杯水车薪。可是父亲执拗得很，他说，欠下的就要还，还一点儿算一点儿，你们后背上扛着大山，我没办法替你们搬掉，就替你们卸几块石头吧。

就为了替我们卸几块石头，父亲把本该安享的晚年抛给了风。

后来，我们的公司在朋友的资助下重新运营了起来，所有的债务都还清了。只是，欠父亲的那份债，怕是一生都无法偿还的。

一个叫杨康的大学生诗人写过一首关于父亲的诗《我不喜欢有风的日子》，我很是喜欢：

“……风吹散了父亲刚刚倒出来的水泥，风又把水泥吹到老板身上，吹到父亲眼里。这可恶的风，就这样白白吹走，父亲的半斤汗水……”

这诗句读来让人心酸。因为那诗中的父亲与我的父亲极为相似——为了一家老小，在风中挥汗如雨。

那是个当民工的父亲，在工地上辛苦劳作，吃不饱睡不好，恶劣的环境总是雪上添霜，就像顽皮的老鼠，在冬天的夜里啃碎了穷人唯一的棉衣。做儿子的，唯一的企盼，就是让风吹得轻一点儿，再轻一点儿，别让那水泥和白灰迷了父亲的眼；别让风吹凉了他碗里的白菜汤，因为馒头是冷硬的；别让风吹得脚手架晃动不停，因为父亲年龄大了，腿脚不再灵便，也经常会头晕；别让风把雨带来，那样工棚里就到处湿漉漉的，父亲的风湿病就会发作；别让风声大过了他口袋里那个破半导体的声响，因为他时刻关注着自己的儿子所在城市的消息，那里发生的每一次流感都会令他忐忑不安，那里发生的每一起事故都会令他胆战心惊……

这就是父亲，每日里挥洒的汗水不止半斤，我想我和杨康也有不一样的地方，我一方面不希望起风，另一个方面又想让风给父亲擦擦汗。

只是风啊，千万不要来得太急，请你慢点儿来，轻点儿吹，因为父亲越来越瘦弱，靠一柄拐杖活着，任何一场猛烈的风，都有可能让他趔趄，甚至摔倒。

父亲就像那柄拐杖，被我们握得越来越光滑，却令我们站得越来越稳。

父亲曾经不止一次对我们说，起风的时候，就想想家，回来看看吧。

一直不明白父亲为何如此说，现在我明白了，诗人杨康也明白了，他的诗句替我的心做了解答：

“我不喜欢有风的日子，风是父亲的苦难。我怕什么时候风一吹，就把我的父亲，从这个世界，吹到另一个世界。”

父爱导航

陈志高

父亲是单位里的专职司机，人称“活地图”。

我们这个城市地处丘陵，道路高低不平，路况复杂，单行线还多，不光外地人，就是住了多少年的本地人提起有些路来也直摇头。

但是父亲不，每一条路他都很熟。

单位里的人都夸父亲司机当得有水平。用他自己的话说就是，干一行就要干好一行。他在工作之初，就决心要当一名好司机。所以他是单位里出了名的勤快、干净，坐他的车人们都会享受到星级服务。上班的时候，父亲总是要穿上衬衣，打上领带，带上白手套，这样一打扮，高大的父亲显得很有派头。母亲经常笑话他：你这个小司机怎么打扮得跟一个领导似的。父亲这时候往往会很正经地说：这是对别人的尊重。

给父亲在单位里赢得更大尊重的，其实还是他对整个城市道路的熟悉。即使是到城市里的任何一个角落，他都会用最经济的路线、最快地到达。为此他成了单位里名副其实的出行顾问，并且他会一丝不差地说出每一个路口及其路况分析。

其实我心里清楚得很，并不是父亲的记忆有多么好，而是他付出了比别人多出好多倍的辛苦。

父亲是活地图，而我却是一个不折不扣的路盲。小时候，是爸爸用他温暖宽厚的手掌牵着我的手走路，我一直不用担心迷路；大了之后，幸福地坐着父亲的车，上哪儿去都是不用愁的。或许因为有了父亲这个依靠，我对路一点儿都不敏感。

工作后，为了上下班的方便，父亲执意给我买上了车，在父亲的陪伴下，我终于敢上路开车了。有时候，我要去一个地方，父亲会不厌其烦地给我讲怎么走怎么走，几个路口，多少红绿灯，哪条是单行线，到哪里拐弯掉头，到了之后车停在哪里，回来的时候如何避免高峰路段，等等。

常常是父亲如数家珍，而我却一头雾水。父亲没办法，只好给我画地图。行车的方向，每一个路口，都勾画得清清楚楚，特别的道路岔口还要重点标出，有的还用彩笔描画，加上几句说明。

借助父亲的地图，我渐渐地熟悉了城市的道路，开车的时候自信多了。

一年下来，父亲为我手绘的地图也有了厚厚的一叠。每一张我都好好保存着，每天心静下来的时候，我经常拿着，一张张地翻看，轻轻地抚摸着，似乎是在欣赏一幅幅精美的画作。虽然是用铅笔描画，但是我却能看到斑斓的色彩；虽然是简笔勾勒，但我却看到父爱的曲线。

后来，车上安装了导航，我却最爱这些地图，每次出门，我都把这些地图带在身上，有它们在，自己开车的时候，我感到安心，感到温暖。我知道，其实，我的车里载着的是父亲满满的爱，这一张张地图好像爱的翅膀，陪伴着我一直前行，就像小时候，他一直在握住我的手，从没有松开。

导航是死的，父亲的地图是活的。导航是冰冷的，父亲的地图是温暖的。

终于，父亲老了。花白的头发愈加稀疏了，背也弯了。更令人心疼的是，父亲患了老年痴呆症。

我拿出那厚厚的一叠地图，试图唤醒他的记忆。他仔细看着，嘴里念念有词，我却听不清他念叨的是什么。只看见他指着地图上的一个点，含糊地说："回家。"

我看清了，他指着的那个点，是我们的家。爱的地图上，始发点，是家。终点，也是家。

我的泪，终于忍不住，滴落到地图上那个叫"家"的点上。

这一生，父亲一直用他沉默如山的爱来为我导航，从小到大，他一直在默默地为我编织着一张爱的地图，让我永远可以抄最近的路回家。

雾

李建明

中午时分，女人看着丈夫说，你看你现在，个头也不高，头发也掉了许多，一辈子也没积累多少财富，我当初怎么会喜欢上你的呢?

男人不置言语，哈哈一笑。

第二天，清晨，薄雾。

男人和女人并肩，走在村庄的小路上，看见路旁雾气氤氲的小树林，若笼着薄纱，半遮面庞，风一吹，树枝上就抛起了丝带……

男人停下，问女人，你看这片小树林和平常有什么不同吗?

女人凝目看了一会儿，撅起嘴，扬起眉，似凸起的小山丘，说，就是一片普通的小树林，我们都走过，看了多少遍了。

男人耸了耸肩头，指了下小树林，你看，小树林，被雾气缠绕，是不是忽然有了幽深的味道?

女人眼睛闪了下，甩起手继续往前走，哼了一声，就你文艺，能当饭吃啊，一会儿回去你做饭。

走出村庄的门楼，淡淡白白的雾气，覆盖着田野山头，雾气扩展了田野，连背后的门楼，也变得神秘。

男人挺直了脊梁，指了指路旁的早餐店，对女人说，我们吃过早餐，等雾散了，再回家吧。

女人眼睛眯成柳条，被一点儿风吹得闪烁，我就知道，你不会老老实实做饭的。

小摊上，早饭腾起的热气，暖在胃里。太阳播种下的暖，一点点地长高，蹭在脚下，蹭在男人和女人中间，驱赶着雾气。

返回的路上，庄稼地里东倒西歪地玉米秆，手掌长的麦苗，拥簇在田垄里。到了小路，穿过破旧的门楼，走上那片小树林时，雾气已经从中消散。裸露出枯萎的枝干，被风雨侵蚀的树皮，还有地上堆积的落叶。

女人停下步子，扭头看向男人，带着戏谑的笑，这就是你眼里，幽深的小树林吗？

男人哈哈地笑，不，现在它不是了，没有雾气，就没有那种味道了。

你说，当时我们相亲认识，没过多久，就结婚了，我们要再多接触下，再把对方看得清一些，会不会就不会在一起了？女人看着男人的眼睛，又看着稀疏的小树林和堆积的落叶说。

也许，看得太清，就不喜欢了吧，男人走在前面，叹息声落在地上。

女人看着男人，微驼的背，没有了第一次见他时的挺直；稀疏的头发，没有了青春时的浓密；朴素的衣服，没有了初见时的光彩……

这些年……

女人的眼里，忽然起了雾，追了上去。

花田锦绣

王岩

“这条裙子是什么面料的？棉的吗？”

看起来是棉的，却更细致，像加了丝；同色的暗花，雅致，很有质感；月白色，风清得不得了。

“对，棉的。棉质的对身体好呀。”

“可是，会打皱的呀，总得熨烫……再说，棉质的一千多，贵了……”

棉质的裙子，再怎么亲切贴合，再怎么雅致，总觉得没有丝帛华丽高贵。而且，一说到棉，就会让我想起曾经亲切却也粗朴、充满乡土气息的旧时光，那时光再怎么称，似乎都没有城里同样一块儿碎花洋布的分量。

小时候摘过棉花。棉朵儿立在枝头，洋洋得意。迫不及待地伸手去揪，被咧着大嘴的棉桃不客气地挡了回来，小手上殷殷地渗出红点。扯扯嘴角，再小心地尝试，一朵棉花终于被揪了出来，带着一丝棉桃新鲜的湿气，慢慢膨胀成掌心一朵云。

每朵棉花都有一个尖硬的盔甲。一兜棉花摘下来，手不知会被扎上多少次。棉花堆在凉席上，像小小的雪山。把雪山摊开，拣去黏附的叶子，晒干，送到弹花作坊轧弹去籽儿，便成了绵柔的成品，可以絮被子或做棉袄棉裤，当然也可以纺线织布。一条被子可以盖上好多年，一件棉袄棉裤也可以穿上好多年，用不了多少棉花，倒是家织布的用量要大得多。那时候布匹要凭票购买，做衣服都不够，所以家家都纺花织布。把弹好的棉花搓成条，叫花捻儿；摇动纺车，把从花捻儿里抽出的线在锭子上绕成一个个线穗儿（像玉米棒的形状），再用一个“工”字形的拐子把线穗儿上的线绕成一绺绺的线圈放在颜料锅里煮，上色之后，捞出，控水，再用清水淘了，上浆，晾干，就可以织花布了。

男耕女织的自给自足经济曾经长期主导民众的生活。“唧唧复唧唧，木兰当户织”“十三能织素，十四能裁衣”，古代十三四岁的少女已经能够很熟练地织布裁衣。土织机是农耕时代智慧的结晶。因为不懂那些构件的名称，我无法描述它的构成。织布前要先把经线按构思的图案分颜色一根根在机上绑好，拉紧；纬线也按需要的颜色绕在梭子上，然后，踩刹车油门一样有节奏地踩动双脚，梭子不停地左右穿行，布匹便像画卷一样慢慢地铺开，再缓缓被绕在一根卷轴上。

我知道家织布是如何形成的，可即便司空见惯，仍然觉得欣喜。因为喜欢，我曾尝试着纺线织布。那时候应该不到十岁。右手摇动纺车，左手捏住花捻儿往身后抽，停顿，扬起左手，把线绕在锭子上。左右手要配合得恰到好处，如果左手抽得过慢，花捻儿便会拧在一起，抽不出线来；如果抽得过快没了韧性线便续不上，会断开。绕线穗的时候也一样，左手落得太快，线穗太松，线会秃噜下来；如果太慢又会太紧，线甚至会断掉。那时候邻家的小姑还没出嫁，到处宣扬我的能耐，于是我会纺线的消息就那么传开了，仿佛我是一个几岁便会作词吟诗的神童。

染线的事儿我是从来不尝试的，母亲不可能让我去做那个，滚水煮线，不是闹着玩的。

试过织布。坐在织机上，脚勉强够得上踏板。学着母亲的样子快速地掷出梭子，它却总是不能顺利地穿越上下交叉的两排经线，半路掉落下去。尝试无果，终于放弃。

家织布的图案要么是条状，要么是方块儿形，这受制于它的程序：先把线上色，再经纬搭配。它不同于后来的印染。因为图案单一，所以巧手主妇们只能在颜色上下些功夫：多搭配上一两种颜色，或者改变一下格子的间距，形成一种大格套小格的样子。每次看母亲染线织布我都觉得很神奇，家织布仿佛母亲的田野，母亲在这田野里劳作，没日没夜。她把它切成一块儿一块儿，涂上各种她想要的颜色：麦穗青绿，豌豆花紫，油菜花黄……阡陌纵横，规整有序。每每这时，母亲脸上便漾着满足的笑意。有时候我对母亲的作品不太满意，可又当不了家：我觉得指甲草好看，可是母亲觉得南瓜更能充饥，那就只好种南瓜不是？

是的，这就是我和母亲的区别。我纺线不是劳动，只是玩耍；母亲纺线也不是写诗，而是生活。我以为很诗意的劳作里，有多少母亲的腰酸背痛，我从来不懂。非但不懂，还逐渐厌倦了格子家织布的单调，无论它是多么的温暖亲肤。少女时代，碎花洋布多了起来，还有花样更多的斜纹布。女孩子要穿裙子的呀，那有着淡雅小花儿风一吹便簌簌轻扬的“苏体”布可真馋人……母亲给姐姐做了一件白底儿碎花的细洋布裙子，我撅着嘴怄气不吃饭。想想也是，姐姐比我大五岁，亭亭玉立的年纪，花一样的娇媚。不像我，没长开的小丫头，得空只会抓石子儿、踢毽子、跳“房子”。可是，小丫头也有爱美之心的好吧？为什么我只配穿土布衣服，还是姐姐穿剩下的。“受伤”的小丫头对洋花布的羡慕愈发强烈，也愈发嫌弃那厚实的家织布了。

妮儿，去看看晌午了没有？纺车上的母亲说。

妮儿，去看看太阳到哪儿了？织机上的母亲说。

怎么看呢？我带着疑问跑出去，又不明所以地跑回来。

看看房影子到哪儿了？

母亲是惦记着做饭，却又舍不得耽误手中的活计，就支使我去看。可是我对于如何判定是否已经晌午不得要领，觉得其学问跟织布一样的艰深。

这是晴天。雨天怎么办呢？我不知道。

母亲曾纺过了多少日夜晨昏，染成了多少春花秋月，织就了多少花田锦绣，不用计算，看看那一大家子人的穿着就能知晓。我到底还是没学会染线织布。母亲把我送进了学堂，从此我只懂“陌上花开缓缓归”的闲适与轻愁，只懂得“太阳太阳是一把金梭，月亮月亮是一把银梭”的单纯与明快。至于纺织的繁累与滞重……跟我有什么关系呢？

时光翩跹而过，家织布的鼎盛成了传说。早不再穿自制的衣服了，母亲生前也一样，衣服全是我们买的成衣。成衣的面料多不胜数，夏天有丝质的，冬天有毛料的。也有棉质的格子布衬衣，大多会被我自动过滤掉，总觉得穿在模特儿身上好看得不得了，穿在自己身上就一身土嘎嘎的味道。

唯有床单，还会买上一两件铺衬。“舒服。”居家过日子的人都说。

家织布真的赶不上一块儿普通洋布的分量么？水洗过的月白色连衣裙皱皱的，每一朵花都有了立体感，每一个皱褶里似乎都藏着密密的经线纬线织就的温馨时光，怎么看，那轻薄花哨的洋布都无法比拟。

母亲传下来的手艺

杨　慧

小时候，喜欢看母亲做针线活，总是想搭把手，可母亲老说我捣乱。

母亲天生心灵手巧，做鞋、做衣服、绣花，样样精通。村子里的大娘大婶们常常来求助母亲帮忙，谁家有女儿要出嫁了，或是儿子要娶媳妇了，母亲都会跟着忙活好几天。

煤油灯下，做针线活的母亲最好看。

二十世纪八十年代市场上卖布料的也多，母亲时常去挑选几块质地最好、颜色最鲜艳的布料，给我和妹妹做新衣服。缘于母亲的好手艺，我和妹妹从小就穿戴整齐，棉袄有棉袄的样子，棉裤有棉裤的样子，并且时兴什么服装，我们总是能最先穿上。小朋友们常常羡慕我们有一个会做衣服的妈妈，我和妹妹为此也无比骄傲着，抱着母亲的大腿对小朋友们说，这是我的妈妈，我的妈妈。

来找母亲做衣服的人越来越多，后来母亲干脆就开了一家缝纫店。做一件衣服的手工费收个三块五块的，多多少少也能添补些家用。每当母亲在案边聚精会神地裁剪衣服，在缝纫机旁突突突地做衣裳，我总是喜欢围在母亲身边，一会儿帮着拿剪刀，一会儿又帮着递尺子。渐渐取得了母亲信任后，母亲忙不过来时，也会让我帮着钉钉纽扣、熨熨衣服。虽然有时我也会帮倒忙，但大多时候还是挺管用的。

看着母亲用不上一天两天，一件精致的衣服就活灵活现地做好了，看着取衣服的人穿着新衣服高高兴兴地走出了我家大门，我的心情呀比那个穿新衣服的人还要高兴。我常用母亲裁剪下来的碎布，做个小钱包，做个小口袋，做各种各样的布娃娃。渐渐长大以后，做这些小东西已经不能满足我了。夏日的一天，母亲和父亲都去了菜地，我大显身手的机会来了。我翻箱倒柜找出一条颜色鲜艳的方形围巾，三下五下就给妹妹改成了一条短裙。待母亲从菜地回来时，妹妹早已穿着那条漂亮的新裙子跑出去到小朋友面前显摆去了。其实，母亲回来后，一进屋就看见了“作案现场”，当时就什么都明白了。那一次，母亲没有夸奖我，当然也没有责骂我。

后来，母亲再干缝纫活时，就会有意地指导我了，这个地方应该注意些什么，那个地方应该如何去处理。桌子上那一本本服装裁剪书，也被我翻个稀巴烂，裁剪衣服的公式我都能倒背如流。那时我觉得做衣服真是太有趣了，起码比在学校里学习那些生硬的英语好多了。慢慢地，我成为母亲身边一个得力的小助手。母亲不在家时，我独自也能接下几单小活儿。

到外地读书以后，难免会遇到袜子破个洞、裤脚开线等事，这当然不用求助别人，自己完全能够解决。并且我还能帮助寝室里的其他同学做些这样力所能及的事情，而同学之间的友谊就这样在一针一线里悄悄建立起来了。

母亲传给我的手艺，让我受益一生的，莫过于爱情了。

刚工作的那年冬天，一天夜班，病人不算太多，我一个人坐在椅子上给白大衣钉扣子，窗外面飘着洁白的雪花，白的像我手中的这件白大衣。这一幕被一位年轻的外科医生看到了，他来到我面前说他的白大衣扣子也掉了，问我可不可以帮他缝上？举手之劳的事情，怎么能说不可以呢！当外科医生脱下他的白大衣时，我看到他毛衣的袖口因为与手表之间摩擦，竟被磨损出了一个小小的“月牙”。然后，我就随口那么一说，要不把你的袖口也缝缝吧！这个外科医生听到后，倒是一点儿也没有客气，又脱下了他的毛衣，静静地坐在我的身边，很认真地看着我缝缝补补，他那份认真劲儿很像是在观看一场精细的外科手术。当他接过我缝补好的毛衣后，说了好几遍“你的针线活真好”！

后来，这位年轻的外科医生就成了我的先生。许多年以后，我问他是如何决心要娶到我的呢？先生说，正是因为那一次值夜班时我帮他缝了毛衣的袖口，那时他坐在我的身边想，如果这辈子能娶到这样一位朴素、勤劳、贤惠的妻子那该有多么好啊！

爱情，有时就像我们手中的针线，悄无声息地深入那个人的心里，缠绕绵密，丝丝缕缕，千回百转。

刚结婚那会儿，恰巧赶上煤矿的经济不景气。为了省钱，我们结婚时用的窗帘、被子、沙发罩，都是我自己亲手做的。这样我们就节省下不少手工钱，用这些省下来的钱，我和先生去了新华书店，买回了一套一直想买都没有舍得买的医学著作。后来我们有了孩子，孩子出生之前，他的小衣裳、小被子，我都在工作之余准备了好几套。年迈的婆婆抚摸着我做出来的这些花花绿绿的小东西，像在是抚摸她那即将出生的小孙子。那一刻，我看到婆婆脸上的皱纹笑得像盛开的一朵朵菊花。

悠悠二十载，时光荏苒，纤指轻翩，针线飞舞。如今我的母亲已变得白发苍苍，眼神也不太好，那双粗糙苍老的手指再也不能精准地穿针引线了。但母亲依然闲不着，她把一些不穿的旧衣服改做成了拖鞋，或是鞋垫。温暖从脚下开始升腾，让我们走起路来总是活力十足。

母亲传下来的手艺，“是爱，是暖，是希望，是一树一树的花开，是燕儿在梁间呢喃，是人间最美的四月天”。再难再冷的日子，我们也会昂首挺胸，从容走过。

疼痛的橘子

梁新英

一节课下来，孩子们的小嘴就闲不住了，各种零食花样繁多，光是水果就能列出十来种，多幸福的一群孩子啊！大冬天的还能吃到火龙果、哈密瓜、蛇果……教室俨然成了香飘四溢的果园。

橘子显然成了所有水果里最不起眼的，几个调皮的男生正做投掷游戏。一个男孩儿把一瓣橘子准确无误地投进了班级的垃圾桶，一脸得意地接受大家的礼赞。几个孩子立刻效仿，一瓣瓣橘子被抛出一条条弧线，像篮球飞向篮筐一样落在垃圾桶里，孩子笑着闹着。

“不许再扔橘子！”我厉声呵斥。孩子们被吓到了，他们没想到，一向温柔和蔼的老师怎么会为了几瓣橘子突然变得凶神恶煞，呆愣在那里不知所措。

我慢慢平复心情，给孩子们讲了一个关于父亲的真实故事。

那时候家在偏僻的农村，有一次父亲和两个车把式驾着马车去几十里外的镇里运送粮食。那一年天气寒冷，路旁窝风的地方积了厚厚的雪。

回来途中经过一个斜坡，下坡时一匹马脚下一滑摔倒了，马车翻向路边，父亲一个倒栽葱，一头扎进路边的雪壳子里。他手刨脚蹬拼尽全力挣扎，却没有办法从雪里拔出头和身子。

两位叔叔见状赶紧前去搭救，合力把父亲拉上来。父亲的脸憋得青紫，如果得不到及时援救后果不堪设想。父亲从容地掸掉皮袄、帽子上的雪，向救命的兄弟表示感谢。忽然，他神色慌张起来，把皮袄的兜子从里到外翻了个遍，转身回到刚才挣扎过的雪坑边，跪在雪地里翻找。

“大哥，找什么呢？”

“兜里的东西不见了！”父亲头也不抬，手不停把雪扒向两边。

两位叔叔认定了父亲卖粮的钱丢了，赶紧帮着寻找。

父亲觉得手套碍事，索性甩掉，空赤着双手在雪地里拨来拨去。终于找到了！父亲长出一口气，原来，是一个橘子。

叔叔不禁埋怨道：“我们还以为是钱丢了呢，几个橘子，值得吗？”

“我答应给孩子们买的，他们长这么大都没见过橘子呢！”父亲说。

父亲接着寻找，还有几个没找到呢，他要都找出来。原来，怕橘子冻着，父亲把橘子揣在皮袄的贴身内兜里。父亲被甩出去时，那几个橘子从兜里溜出来掉进雪地里。

几个橘子终于找齐了，父亲的手冻得紫红，他小心翼翼地把这些失而复得的宝贝重新揣回贴身的内兜。整理好马车，手僵得拿鞭子都吃力。似乎忘了刚才的惊险一幕，劫后余生的他居然哼起了歌儿。

一听见鞭子响，我们姐弟几个小鸟一样扑出来迎接父亲。父亲满脸喜悦，分给一人一个橘子。我上去就咬了一口，很快就吐出来，嚷嚷：“橘子又苦又涩，真难吃！”

父亲笑了：“小馋猫，就你嘴急。橘子要吃里面的橘子瓣，不能吃皮。”父亲熟练地剥开橘子皮，托在粗大手中的橘子像一朵盛开的花，又像小巧玲珑的灯笼。他送入我们每人嘴里一瓣橘子，清凉酸甜的味道一下流进心里。事后，妈妈从救父亲的叔叔那里听说了父亲的遭遇，我们才知道可口的橘子和父亲有过那样危险的经历。

年少时候，一直以为父亲是不爱我们的，因为父亲沉默寡言，整日有忙不完的农活，从来没有对我们说过“我爱你”，更别提拥抱和亲吻的亲昵举动了。其实，父爱就像橘子，甜甜的橘子瓣被生活的贫困和艰难这个又苦又涩的皮包裹着。你只有懂得剥开，才能发现它的美，享受到它的甜香。

我对橘子的感情太深，所以容不得孩子们这般虐待它。

听了我的故事，孩子们垂下头，轻轻抚弄着手中还未来得及抛出去的橘子瓣，我隐约觉得，这一刻，他们仿佛感受到了橘子的疼痛。

摊开自己

李建明

人到中年，多事之秋。生命的叶子零星地开始落了，隔几天就有亲人朋友离世的噩耗，请柬和发丧的纸钱一样多；看不惯官场的钩心斗角，却也不得不混迹其中；看不惯商场的尔虞我诈，却也硬着头皮乱闯；看不惯情场的喜新厌旧，却也对糟糠眉头紧缩。

心晦暗了，日子就变得纠结，人也变得拧巴。

一日闲逛，在一小摊前要了一份鸡蛋灌饼。几张圆圆的饼，把热腾腾的锅填得满满。每一张饼，都尽可能地摊开自己，贴着油润的锅面，本来无味的面食，在热与油的煎熟中得到升华，变得焦黄，变得香喷喷。做饼的师傅把饼翻个个儿，另一面亦全然地摊开，热切地贴着锅面，一会儿，做饼的师傅在饼上划开一个口子，灌入鸡蛋，待饼熟后，又在饼面上撒调料、抹上酱，加上菜叶后一卷，递给我，吃在嘴里，美上心头。

我仔细回味那个过程：饼在锅面上的时候，是全然地摊开的，摊开自己，才能让油、热、鸡蛋和调料均匀地进入自己，然后，变成一顿美味；饼若是拧巴、疙瘩在一起，它也很难被煎熟，鸡蛋、调料也很难被它吸收、融合，因为饼是摊开的、柔软的，所以，油和各种调料的滋味才能浸入、融合到它的内层，进入它的心里。

这和人活着的道理多么像啊！人有时候痛苦、纠结，就是把自己活成了一种拧巴、疙瘩的状态，自己的思维与不喜欢的人、不如意的事儿拧巴纠缠在了一起，成为一团疙瘩，感受不到生活中的种种乐趣。如果，人能摊开自己，变得柔软，热情地去贴近生活，生活中的各种滋味，才能润泽自己的表面，浸入到自己的心里。

人的双手，握紧的时候，就会紧张、吃力和紧绷，而摊开的时候，就会感受到轻松、自在和舒展。人与人相处也一样，小时候，可能都是双手摊开的状态，没有顾忌，没有心结，和小伙伴是一种轻松的玩乐关系。长大后，在各种关系中，人的双手已不能完全地摊开，让对方看见自己手里都有什么，人的手开始回拢，开始握紧，开始掩藏，握着的手中，有着不愿与人坦露的心事，握着的手里，有了心防，有了戒备。人与人，愈来愈难以享受到彼此摊开的快乐。

有时候，对身边的人，对家人和朋友有误会和不满的时候，若是没有摊开心扉，不理解、不满就会在心中发酵，酝酿更大的不满和暴风雨。若能摊开自己的心结，各种误会就会在沟通中逐渐消除，让彼此的关系更为融洽。

章鱼，摊开自己，才能获得最大的捕猎空间；狮子，摊开自己，才能更好地休息，为了更有效的捕猎储备体能；云，摊开自己，才能变得更轻盈舒展。

拧巴自己，是把生活之味排斥在了心外；纠结自己，是在聚合更大的烦恼；摊开自己，烦恼方可散去；摊开自己，心结方可打开。

摊开自己，生活里的酸甜苦辣，才能入味；摊开自己，尘世里的人情冷暖方可入心。

想念那一程的美

梁新英

先生和儿子总是说我喜欢轻信别人，怕我吃亏上当。每次出差，父子俩都不厌其烦地再三叮嘱我少和陌生人搭讪。我一一应着，却暗想：这俩男人负面报道看多了吧，居然这么小看我的辨别能力。

我和同事学习后准备同游西安。西安，是一个美丽的梦，它生长在一首首唐诗宋词里，在《长恨歌》的传奇和文人典故里日益葳蕤，引得我无限向往。

确定行程之后，我给西安的朱哥QQ留言，请他帮忙参考一下旅游景点和线路。西安的盛夏酷暑难耐，有着“火炉”之称。在三十六七度的高温里，朱哥放下手中的事情，帮我们订宾馆，到高铁站接我们。

朱哥的真诚和细心在细小琐碎的物件里，在看似不经意的小事里，给人暖暖的感觉。他问我们谁会开车，说可以开他的车游西安，他离单位近，步行上班就行。我开玩笑，不怕我们拐跑了你的车啊。这样的信任让人好感动。

游华山那天，他亲手绘制几张乘车线路图，详细地标注了站点名字，信息和留言更是妥帖细致。遇到困难，我们打开手里的“锦囊”，困难就迎刃而解了。一天下来又累又渴，他送来切好的冰镇西瓜，稍事休息后请我们去吃小吃。西安的特色小吃名扬天下。朱哥带着我们吃遍各种风味，每天都不重样。在西安这座陌生的城市里，我们感受到的是亲切与温馨。

忘了交代了，朱哥，一儒雅的私企老总，几年前我与之在火车上相识，一见如故。彼此留下了联系方式，后来偶尔在QQ上聊几句。

和朱哥不过是萍水相逢，我和同事却得到了他热情周到的照顾。这让我更加确信，真诚善良的陌生人是可以信任的，甚至可以成为一生的朋友。

结束了温馨愉快的旅程，我们乘火车返回，在车上邂逅了田雪雁一家。田雪雁是作家，她特别关心孩子的学习。知道我是语文教师以后，阅读就成为我们谈话的中心。火车熄灯后我们依然兴味不减，直到很晚才歇息。

醒来后我们的话题天马行空，聊孩子和老公，聊事业人生，聊见到的花卉和人情，聊读书写作。他们一家在沟帮子下车，二十几个小时的车程，我们从陌生到相识相惜，一程都是欢笑和轻松，一程都是美和愉悦，往次旅程那种寂寞和煎熬没有了滋长的空间和时间。

在那年教师节，田老师寄来了她的两本书。两册书的分量不算重，捧在手里的是一份沉甸甸的信任与温暖。秋天该是北雁南飞，这只鸿雁却逆风而飞，从遥远的西安飞来呼伦贝尔，从秦岭到大兴安岭，从渭河到伊敏河，飞跃了千山万水，传递着深长的情谊。《仿佛月光》的扉页上是田老师秀美的字：“想念我们那一程的美！”

“在我心里，月光的另一个名字，叫温暖。她告诉我，心中有爱，就更靠近幸福。”雪雁老师的书中这样写道。那一程的美正也如月光，温暖着原本陌生的两颗心。

人生是一次漂泊的漫旅，若遇见善良真诚的人，请释放信赖的善意，那么这一程将是温馨的旅程，处处桃源，时时春天。人与人的距离其实就是两颗心的距离，即使是陌生人，打开心扉，彼此信任，距离就近了，天涯咫尺；疑心猜忌，亲人也会疏离，朋友成为陌路，咫尺天涯。我要告诉先生：我懂得保护自己，但我更希望将自己打开。我要告诉儿子：敞开心扉，才能让阳光和风入驻。唯有如此，你生命的旅程，才会有暖陪伴，有爱相随。

笨拙的父爱

李怀春

他真的是一位非常笨拙的父亲。

这是一个大型综艺节目，类似于各种选拔赛。台上一个个帅哥靓女，或歌唱，或舞蹈，使出浑身解数，把自己的才艺发挥到最好。精彩之处，台上台下高潮迭起掌声不断。

当他站在舞台上时，显得有些另类，因为他的年龄不再年轻。与众多参赛的小青年相比，他俨然就是“大叔”级别的。

论说，“大叔”级别的人物参赛也不算什么，或许还能一鸣惊人，出个中国式“苏珊大妈”。但是，他似乎又不具备这个才能。

音乐响起，我就看到了他的拘束，接着一开口，更大的失望袭来。他竟然合不上节拍，吐词也不清晰，这些都是歌手的禁忌。台上评委的灯齐刷刷地灭掉了，他陷入一种尴尬与难堪的局面。但是，他依然执着、含糊不清地唱着。灯光下，他的额头爬满汗水，沧桑的脸上似乎因难堪与拘束，显得又苍老了几分。台下嘘声一片。

这真是个乌龙事件，自综艺节目开播以来，从没有过这样的局面，主持人忍不住叫停。音乐停下来，他似乎更孤立地站在舞台上，手足无措。

“你一定知道自己的歌唱水平，能说说你为什么来这个舞台上吗？”主持人问道。台下揶揄声此起彼伏：现在人真是想出名想疯了。

男人低着头盯着自己的鞋子，半天才抬起头说话了。他的话语依然不清晰，一字一顿，原来他竟然还是一个有语疾的人，也就是我们说的“大舌头”。

他说：“非常抱歉，我不会唱歌。我这么做，是想恳请评委能给我女儿一个上台的机会。我女儿今年八岁，特别喜欢跳舞，能跳出完整版的杨丽萍的《孔雀舞》，只是她年龄小，不够参赛的资格。可是，女儿太想上这个舞台了，恳请大家给她一个机会，恳请大家明白一个做父亲的心情”。

原来，所有的难堪，所有的笨拙，都是为了他的女儿。

他女儿终于站在了这个大型的舞台上。孩子的舞蹈果然不错，她开心地跳着，像一只欢快的小孔雀。台下的男人望着女儿，也欣慰地笑了，笑得泪流满面。

在如潮的掌声里，女儿跳完了舞蹈。我知道，那掌声，一半是给女儿，一半是给父亲的。

主持人问女儿，知道爸爸是做什么工作的吗？女儿摇摇头。于是，主持人让她看看大屏幕：她爸爸是个切割大理石的火烧工，每天在一千多摄氏度的高温下工作。为了这次上舞台，作为一个有语疾的父亲，所做的努力，她也是不知道的。天真无邪的女儿，活在自己的舞蹈梦里，并不知道父亲的辛苦。

画面以回忆的方式，重演了他坚持让女儿学舞蹈的过程。女儿很小的时候，他发现了女儿的舞蹈天赋。只要他家那台老旧的录音机一放音乐，女儿就随之翩翩舞蹈，只是，女儿的舞步没有经过正规训练，显得有些凌乱与别扭。看看喜爱舞蹈的女儿，想想家里拮据的生活，他还是拿出全部的积蓄送女儿去了舞蹈学校。学舞蹈要夏练三伏，冬练三九。夏天，家里没有空调，他就去附近的冷库里，捡拾一些废弃的冰块，然后回家放在盆子里，用电扇吹，这样练舞蹈的女儿就不至于那么热了。冬天，他用捡拾的煤块在屋子里生火，把贫瘠的小屋照映得暖暖的，也让跳舞的女儿感觉暖暖的。就这样一天天、一年年，女儿终于走向了梦寐以求的大舞台。

后来，导演组还向我们透露了一个秘密，这个男人因语疾并没有成家，这孩子是他捡来的弃婴。可是他央求导演删掉了这一块，他说他永远不想让女儿知道这个秘密。

作为一个摄影师，我目睹了这晚最感人的一幕：大屏幕上，父亲辛劳的身影，还有他为了女儿，站在舞台上最笨拙、最尴尬的一面。

节目之后，我复制了一个光盘，送给了孩子。我想让她明白：父亲所有的辛苦、所有的笨拙，都是为了更好地爱她！我想随着女儿的长大，她一定会懂得父亲对她的爱，也会深深地爱着这个笨拙的父亲。

樱桃的心

杨 慧

流光容易把人抛。红了樱桃，绿了芭蕉。

几天不见，窗前的几株樱桃仿佛一下子熟透了，红嘟嘟的一串连着一串，缀得枝干深深地低下了头。真快呀，转眼又是收获的时节了。当我轻轻摘下一颗樱桃的时候，心里猛然一动，随着季节的转换，又一载的岁月离我们而去。其实无论我们是忙是闲，过得好还是不好，时光一刻都不肯停止奔跑的脚步。

仲夏之夜，凉风习习。一个人在街道上散步，迎面走过来的一对年轻人映入我的眼帘。女孩子穿着漂亮的高跟鞋，停在那里撅着小嘴说：累了，走不动了！男孩子马上蹲下身子，说：我背着你！淡淡的月光下，一对年轻人幸福地笑着。无论是被背的还是背人的，他们的脸上都写满甜蜜。我认出来了，那个男孩曾经是我的病人。那时，他还是牵着父母的手执执拗拗哭哭啼啼的孩童，特地来我这里寻医问药。为了一剂肌注的退热药，我与他商量了很长时间，他才肯把小屁股交给我。如今，他长大了，品尝着爱情，懂得了担当。男孩啊！或许你早已不认得我，但今夜，阿姨还是要为你送上甘甜的祝福，一如你孩童时代吃过的巧克力，浓烈芬芳。

周日，儿子放假回到家里，“妈妈，你帮我量量身高吧！”浓烈的青春气息扑面而来。我的办公室里有一座一米八高的药柜，上面已被我用钢笔划下一道道印痕。这是儿子成长的真实记录，也是我生命的骄傲，更是岁月奔涌留下的佐证吧。

昨日那个胖嘟嘟肉乎乎大眼睛的孩子不见了，那个常常把药盒当成积木去摆，常常把诊所里带甜味的药当成糖块偷吃的淘气包哪里去了？如今这个身高一米七七的阳光少年，浓眉大眼、英俊潇洒的小伙子，再难与那个稚嫩的小男孩连在一起了。每次与儿子一起去超市，他总是像一个大力士担负起所有的物品，而我则像一个旧时的小脚老太太，甩着双手，紧紧跟在儿子的后面。儿子啊！你是什么时候长大的呢？那个药柜上被我划下的，究竟是一道道印迹，还是一寸寸光阴呢？

儿子的成熟催促着我的衰老，鬓发里悄悄生出的几根白发，照着镜子自已偷偷拔掉了。只可惜白发能轻易拔掉，拔不掉的却是那一砖一瓦堆砌出来的岁月的足印。二十年前，我一个人提着行李，一袭白衣，热血沸腾地来到双鸭山这片可以挖出乌金的土地。二十年的时光，我就像一个拾穗的妇人，一门心思弯着腰、低着头，无比认真、无比虔诚地拾起一穗穗并不饱满的收成。生活，毕竟是一片可以播种、收获的麦田，我的篮子终究一点一点地丰盈起来。如今，我不再两手空空，不再一无所有。从农村到城市，从公立医院到私营诊所，岁月的细沙一层一层过滤了我的青春、浮躁、稚气、虚荣，总算保留下了美好、悲悯、自省和沉静。我自已最清楚，正是昨日的坎坷、疼痛、挫折成就了我今天的睿智，让我可以拿起笔，装点自己的人生。正如一首诗里写到的：“我不是我母亲生我那一刻诞生的，而是岁月的磨砺中一次一次诞生的。命运的每一次劫杀，都使我重生一次。”

衰老，可这有什么关系？身体会老，但我从不认为自己的心会老去，就像这樱桃树，冬天的风雪，虽然摧残了它，但也让它得以在下一个春天涅槃重生。那枝头必将不可阻挡地重新缀满红嘟嘟的樱桃，仿佛一张张少女的锦绣小口，你看，它们是那样急不可耐地和眼前的春天，热烈地亲嘴！

你若坚持举手，世界必将为你拱手

若　蝶

周末的晚上，独自在路边散步。一家超市门口，正在做促销活动。简易的一个舞台，表演者正在卖力歌舞，台下围满了老老少少的一群路人。

我停下脚步也加入了围观的行列，一曲歌罢，一个年轻的男子，左手抓着几只毛茸茸的玩具，右手拿着话筒喊道：想要礼品的孩子站到前面来，谁举手就给谁。顿时孩子们一阵哄闹，男孩女孩一起挤到台前，纷纷举起手来，伸向了主持人，最后几个身材高大挤在最前面的孩子如愿抢到了礼品，欢天喜地地散开了。

这样的互动游戏持续了好几回，每表演完一个节目，就发放几只玩具礼品。孩子们笑闹声一片，争先恐后地向前挤，踮着脚尖举着手，胆大的孩子时而跳起来，争抢主持人手里的玩具，有几个身强力壮的孩子，已不止一次抢到了礼品。

我注意到一个小女孩，穿着粉红色的绣花连衣裙，扎着一对羊角辫，因为瘦小，每回都挤不到最前面，只能站在左边努力举起手向台上够着，但每回都没抢到礼品，如此反复了几次，每次都空手而回。

一个跳舞的节目表演完，主持人宣布这是最后一次发礼品了，今晚的节目到此结束。台下孩子们的热情比前几次更为高涨，乱哄哄挤成了一堆，有几个孩子兴奋地跳着举手，好吸引主持人的目光。那个扎羊角辫的小女孩再次走上前去，还是被挤到了左边，但她依然努力地高举起了双手，尽管明显比别的孩子低了一些，但看得出她已尽了全力。

这时主持人的手里只剩下最后一个礼品了：一个漂亮的芭比娃娃，每个女孩都想要的礼物。主持人看了一眼台下几个手举得最高声音叫得最响的孩子，最后走到了左边："最后这个礼品，送给这位小妹妹。"我看到扎羊角辫的小女孩接过了芭比娃娃，兴奋得满脸通红，她终于得到了心爱的礼品。因为主持人早已注意到这个每次举着手，每次都没有抢到玩具的小女孩。

围观的人群散了，我怀着欣慰的心情走在回家的路上，一路上在想：面对竞争，有时我们的确势单力薄，没有天生的优势。但只要坚持向自己想要的伸出双手，总有能抓住一次的机会，机遇常常遗漏给了坚持的人。

几天前看到一篇文章，讲的是美国一次公开拍卖一批没收的脚踏车，拍卖会上每次叫价后，总有一个十岁出头的小男孩举起手来以五块钱开始出价，可五块钱实在太低了，男孩当然没有拍到一辆脚踏车。拍卖中场休息时，拍卖员问男孩为什么不加点价，男孩说他只有五块钱。

拍卖继续，男孩依然每次都第一个举手，出相同的五块钱，引起了大家的注意。拍卖会上只剩下最后一辆脚踏车了，车身光亮如新，装置齐备，这是一辆难得的好车。拍卖员问："有谁出价？""五块！"那个男孩仍然第一个举起手来，这时，全场一片寂静，所有人都屏住了呼吸紧盯着这个男孩。直到拍卖员唱价三次，大声说：“这辆车归这个孩子了！”顿时全场掌声雷动。小男孩的坚持，终于使他赢得了最好的一辆脚踏车。

世上的好运往往和坚持息息相关。如果男孩早知道，五块钱根本不可能拍到一辆脚踏车，而丧失了信心，放弃了最后一次举手，他怎么可能如愿以偿呢？

有一位年轻人，第一年参加高考，英语成绩只有三十三分，总分也很糟糕。第二年高考，英语考了五十五分，再次名落孙山，成了村里人的笑话。但这个农村孩子却在第三年的高考中，英语考出了九十八分的高分，出人意料地进了北京大学，后来成了新东方的创始人，大家都知道这个年轻人叫俞敏洪。

任何的成功都不是唾手可得的，对于你想要的，你只有不停地举起手来，向着那个目标说：我要，我一定要。失败往往源于我们没有坚持下去，早早地心灰意冷了。当你放下了炽热的手，你不想要了，谁还会给你呢！

贝多芬说，卓越的人的一大优点是：在不利和艰难的遭遇里百折不挠。成功与失败的间隔就在于多举了几次手之间，这是卓越与平庸的距离。

你若坚持举手，相信世界必将为你拱手。

太阳从西边儿探出头来

梁新英

约小玮一起去海拉尔逛街、吃好吃的，可惜购物和美食也没能拂去她心头的阴云。孔雀蓝的羊绒大衣裹住她秀美的身材，明亮的眸子里却有掩藏不住的落寞与忧郁，她的心情如窗外的冬景一样寂然而萧索，偶尔疑惑地问我：人性本身是不是自私的，为什么我的努力换来的却是伤心呢？

我告诉她，人性是很奇怪的东西，在伟岸的灵魂那里，它闪着耀眼的光。在猥琐的灵魂里，它裹着乌黑的泥。她似懂非懂地摇摇头，不置可否。

返程时，一个年轻的妈妈领着两个五六岁的男孩子与我们同车。其中一个男孩长得虎头虎脑，甚是可爱；另一个爱笑，酒窝乱颤，也让人喜爱有加。

随便一个话题，小家伙总能找到笑点，说笑嬉闹，奶声奶气的童音像溪流，叮叮咚咚，简单的韵律，明亮的调子。两个萌宝贝吸引了全车人的注意。

九大行星跳跳糖一样在他们嘴里欢蹦乱跳，说到月宫里的嫦娥仙子，他们神情紧张，仿佛可怕的怪物马上会从天而降。恐惧担忧的表情持续不过几秒，有人解释说那是一个很美很美的仙女儿，他们马上转忧为喜，争着信誓旦旦地说长大了要和她结婚。小哥俩甚至为了这个子虚乌有的小仙女争风吃醋了，大人们笑作一团。

我逗他们，邀他们到我的班级上学。这个一脸天真地问："你班上有恐龙蛋吗？有牧羊犬吗？"那个说："有机器人变形金刚吗？有僵尸吗？"这哪里是班级，分明是动物世界、科幻两极嘛！最让我无语的是一个孩子居然提出，不论犯了什么错误，我都不能批评他……我简直是在引火自焚，被小家伙拷问得无言以对，看着我的窘相小玮不觉笑了。

夕阳偷偷窥视着这一车的欢愉，它时而羞怯地隐在山后，时而探出头来一看究竟。一个男孩儿发现了远山和斜阳的游戏，嫩藕一样的小手指向西方语气坚定地说，太阳一会儿还会从那里升起来。我心头一震，阳光若照进心里，即使生活的天空被雾霾遮蔽，希望的太阳也会从落下的地方再升起来。我转头看小玮，小玮是聪慧的人，怕是也被这句话震到了。她若有所思，紧皱的眉头渐渐舒展开来。

小玮是个工作起来兢兢业业的人，前几天，有个挑剔的家长对她的教学不满意，到学校又吵又闹，非要把孩子从她班转到另一个班级，学校迫于压力答应了家长的要求，她又憋气又窝火，整天唉声叹气的。屋漏偏逢连天雨，她的婚姻也亮起了预警灯，丈夫不愿整天面对愁眉苦脸的她，晚上经常在外面酗酒，而且夜不归宿。她变得神情委顿，像经霜的月季一样了无生气。我约她出来，就是要带着她散散心，让她做回那个快乐无忧的自己。

看着两个无忧无虑的孩子，小玮感叹道：孩子眼中的世界与大人的是多么不同啊，他们永远看不到丑陋的一面，看到的永远都是美好和纯净，哪怕溅到身上的污泥，他们也会乐呵呵地顺着那泥点子画出画来。

小玮说，孩子给她上了很好的一课，对于生活中有些令人难过的事，为什么不能用孩子的眼光去看待呢？世界本就不是完美的，有着各种各样的瑕疵，为什么我们就不能坦然把那些瑕疵当成生活的一部分呢！

我终于如释重负。

是啊，孩子有着无忧的童话世界，他们可以霸道地让太阳从任何一个方向升起，可以把云朵当棉花糖，可以把星星镶嵌到所有人的梦里……

虽然我们有诸多的不如意，但天没有塌下来，没有到世界末日，生活总得继续。人生那样长，不是用来痛苦和难过的。费斯汀格法则这样说：生活中的10%是由发生在你身上的事情组成，而另外的90%是由你对所发生的事情如何反应决定。我们控制不了前面的10%，但完全可以通过我们的心态与行为决定后面的90%。大人要向孩子学习，遇到烦恼和挫折，我们可以像他们一样哭喊、跺脚，但是也请像他们一样转身放下，以轻快的心态对待负累和得失，相信前面一路花香。人生其实并不复杂，用一颗简单纯净的心去看世界，去处理问题，往往世界也纯净了，世道也简单了。

当然，最该感谢的人，是你，我最最亲爱的。小玮对我笑着，酒窝乱颤。

明天开始，我心中的太阳也会从西边儿探出头来！

螃　蟹

陈志高

深秋的早晨有些冷，天还不亮，码头上已经人影幢幢了。菊黄蟹肥的好时节，来抢购螃蟹的自然就多了起来。

几艘船靠岸，原本被冻得缩在车里的小商小贩急忙跳下车，一拥而上，冲到码头边，看货、谈价、装货。一时间，清冷的码头热闹起来。刚才大家还是和和气气的，现在就立刻明争暗斗、相互较量起来。

老于头和老伴儿沿着码头岸边，互相搀扶着颤巍巍地走着。两个人灰头土脸，难民一样，衣服皱皱巴巴，比那些连天在海上的渔民还要脏旧。老太太是第一次来码头，觉得很新鲜，不停地东张西望，好像在那里做着颈部康复训练。老于头的哮喘好像很严重，一声高过一声的咳嗽，甚至高过了那些大嗓门吆喝着的船家。

嗓门最大的还是船老大阿旺。老于头大老远就听见他吆喝了。他和老伴儿就是奔着阿旺去的。阿旺看到他们老两口，用力地朝着他们挥手。

“今个儿咋老两口都来了？”阿旺问道。

“你看我腿脚都不灵便了，她来还能帮帮我，咳咳咳……”老于头一边咳嗽一边应着。

船老大阿旺认识老于头已经半年多了，阿旺听老于头说起过他有个生了大病的儿子，每天都要花很多医药费，为了挣钱给孩子看病，老于头每天到码头上批发点小海鲜，然后到城里去卖，做点小本生意。阿旺看他可怜，人又老实，抢不过别的贩子，就经常照顾他。

螃蟹一筐一筐地从船上运到岸上，倒在地上进行快速的分拣，大的、小的、公的、母的，分别放到不同的筐子里，不同的种类可是不同的价钱啊。阿旺这一船看来又是打上来了不少，看他正咧着嘴数钱呢！

老于头和老伴儿走向前，张开嘴，还没说出什么来，就被旁边抢货的一个小贩一手拨拉到了一边，老两口倒也不恼，躲到一边儿，满脸堆着笑。

阿旺刚收完了一份钱，就从旁边拎出一个筐子来，里面放着一些螃蟹，这些大都是从刚才的螃蟹里挑出来的，好像是早对生活失去了希望，乖乖地束手就擒一动不动。上岸的时候，人家那些活力十足的还在伸胳膊蹬腿的能卖个大价钱，这些就只能当作次品处理了。

“老于头！”阿旺一边拖着那个蟹筐，一边从旁边的筐子里提出几个活蹦乱跳的扔了进去，“怎么好几天没来了？今天就这些了，拿去吧。”

“哎”，老于头满心欢喜地答应着，侧着身子挤上前，伸手抓住了蟹筐。老伴儿却充满怨气地小声嘀咕：“你个死老头子，怎么花钱买这么多死螃蟹啊？万一没人买怎么办？”

“哎呀，阿旺兄弟，今天的收成可真不错啊，肯定是发了大财了！”一个女人的尖声细语，半路里斜刺出来。

“原来是美女老板啊，发财？我可比不上你有手段。”阿旺一脸的不屑。

“今天的螃蟹怎么样？活得多不多？”美女老板一身红艳艳的休闲装，披肩发，满身浓烈的香水味，和码头上臭鱼烂虾的腥味掺和到一起，有一种让人绝望的窒息感。

“活的多得是，可惜你也不喜欢要啊！”阿旺朝她冷冷地笑着。

美女老板倒是不在意阿旺的表情。她显然看到了老于头身边的蟹筐，满脸欢喜地说：“这些货还不错嘛，还有没有？我全要了，给你出高价。”

“这些？你捞不着了，已经有主了。”

“谁买了？他？”美女老板指着老于头，原本平整的脸上因为过分夸张的撇嘴而一下子沟壑纵横。

阿旺朝着她大声说：“怎么了？兴许你家酒店卖给顾客死螃蟹，就不兴许人家买啊？”

“大兄弟，可不许这么说，我家酒店哪里用死螃蟹糊弄人家顾客了？”

“我的眼里可是容不下半粒沙子，看不惯你们做的事。”阿旺索性不再搭理她。

美女老板见势不妙，赶紧凑到阿旺耳朵边儿，对阿旺耳语了一番，还不失时机地在阿旺的后背上掐了一下。单身的阿旺哪敌得过这暧昧的举动，态度一下子有了转变，他对老于头说：“要不，今天你先把这些让给她吧，明个儿你早点儿来，我再给你多攒点儿。”

老于头哭丧着脸，要哭的样子，哆哆嗦嗦地张嘴道：“阿旺，我今天来就是想——想跟你说，我那生病的儿子……前天……走了，为了给他治病，欠了一大屁股债啊……”没说完，老伴在一旁抹起眼泪来。

“走了？”阿旺瞪大了眼睛，手狠狠地抖了一下，一大块儿烟灰掉在地上。

“这半年啊，幸亏是遇上了你，不然还得欠更多的债……”老于头也抹着眼泪哭出声来。

“别说了。”阿旺抹了一把脸，扭过头，大口地吸了一口烟。“今天这些你都拿走吧。”说完，就跳上了船，进了船舱。任美女老板再怎么妖娆地唤他也没再转过身来。美女老板失望地走掉，赶紧去等着下一艘渔船的靠岸。

冷风中，老于头和老伴儿弯着腰，拾掇着那一筐螃蟹，背影渐渐佝偻成一团。

走出阿旺的视线之后，老于头腰板忽然就挺直了，也不咳嗽了，更用不着和老伴儿互相搀扶了。老太太一边走一边骂：“你以前总和别人说咱儿子得了大病，我就够来气的了，现在，你又这么咒咱儿子死，你这老不死的，看我回家怎么收拾你！”

老于头嘿嘿干笑着，并不辩白什么。

“还有，这一筐死螃蟹你准备卖到哪儿去？”老太太问道。

“你知道个屁！”老于头终于还了口，“这螃蟹啊，也分聪明的和笨的，这些就是聪明的，它们都是在装死呢，等咱回家放到大水缸里，个保个的活，全都能卖好价钱！”

老太太由怒转喜：“螃蟹装死，也装不过你，你这个老螃蟹精！”

老两口正说着话，听见后面有人在喊他们，是阿旺！老于头赶紧弯下腰去，“咳咳”地猛劲儿咳嗽起来。

阿旺气喘吁吁地说，“我来就是想告诉你一声，你筐里这些螃蟹都是活的，它们有的是因为船舱里缺氧暂时休克，有的是故意装死的，你回去后可别卖瞎了，早上人太多，我也不好不紧着那些老主顾，只好把这些让他们以为是真死了的螃蟹低价卖给你，你知道就行了，别和别人说。你们太不容易了，孩子没了，日子总还得过啊，慢慢来吧，总会好起来的。”

站得很高的灵魂

若 蝶

一个飘着雪花的黄昏，街头行人匆匆。我路过一处公交车站台，发现路边有个地摊，堆满了琳琅满目的小玩意。一位中年男子正低头忙乎着什么，走近才看清，男人的手上缠着五颜六色的钢丝线，正在编织着一件工艺品。

我注意到男人蹲在一块棉垫上，一条腿盘曲着，却没见到另一条腿。男人始终低着头，手指在灵活地翻飞着。我被眼前各色活灵活现的小饰品吸引了，有绚丽多彩的孔雀，有古色古香的黄包车，有小朋友喜欢的各种奥特曼，还有猴子拉车等。这男人的手真巧，他将一根根毫无生命的铁线，编织出栩栩如生的模样，赋予了每种物件灵魂。

我选中了一辆小轿车，向男人一连询问了几次价格，他依然没有回答。一会儿他抬起头来，明白我在询价时，指了指小轿车的底座，我翻过来看到上面标着价格。我掏出钱蹲下身来，放进地上的铁罐里。

上天忘记了给他声音，又拿去了他的一条腿，但他用双手支撑起生存的希望，让自己有尊严地活着。虽然他蹲在那里，我分明看见了他站着的灵魂。

眼前这个男人让我想起家乡一位远方亲戚，他天生残疾，一辈子只能蹲着走路。为了减轻父母的负担，他十五岁离开了家乡，一个人蹲着走向了陌生的城市，用一块破布帮人擦鞋开始了谋生的路。许多人劝他去申请民政救助，他说我还有双手，我能养活自己。

拼了许多年，后来他做起来一家工厂，养活了许多残疾人家庭。中间遇到过经济危机，背上了巨额债务。亲友们劝他将工厂抵押给银行，宣布破产就可以给自己解困，可是他再次拒绝了大家的建议。就这样一直坚持着，所有的努力不是在赚钱的路上，而是在还债的路上。

他是一个残疾人，他却用比别人矮了半截的身体扛起了自己的人生。而许多正常人，站着的只是身体，灵魂却是蹲着的，甚至是跪着的。

有次看到一篇文章，介绍的是一位叫郑念的老人。郑念本是大家闺秀，曾就读于燕京大学。十年动乱期间她被关在监牢，遭遇了种种暴行，可她在遍体鳞伤时仍坚持每天做运动操，让自己的身体和神智不被摧垮。爱干净的郑念在狱中用针线将毛巾缝制成马桶垫，给贮水的脸盆做防尘盖。因身体原因，被放出看守所时，她坚持要迫害她的人向她道歉。

这个外表柔弱的女子，无论身处怎样的恶境，也不肯低下高傲的头颅。这才是真正的贵族，永远保持着灵魂的精致与优雅。

尼采有句名言“高贵的灵魂，是自己尊敬自己”。身体上的残缺并不可怕，可怕的是丢掉了自尊。失去自尊的人自然地矮了下去，拥有自尊的人，即便身体是蹲着的，灵魂却高高在上。

拥有高贵灵魂的人，总让人肃然起敬。在那个少了一条腿、又聋又哑的男人面前，我愿意蹲下身来。我蹲下来的时候，和他一样，灵魂站得很高。

一个人的春暖花开

李怀春

这是春天的事情。

春天总有一些事情出乎人们的意料，比如本以为死掉的一条小虫子竟然缓缓醒过来；比如一株本以为枯萎的被扔掉的月季，竟然开出艳艳的花来；比如一个人的突然来访，而这个人偏偏是我最不想见到的。

她是我们单位的职工家属，十年前，她爱人因公殉职，单位给了她一笔抚恤金，还念在她领着两个孩子，孤苦无依，就把单位的一间简陋的平房腾出来给她们住。每逢节日，单位还会送过来一点儿米面油之类的生活用品予以接济。孩子一天天长大，她来找我们的次数也一日日增多。按理说，她和孩子的户口在农村，村里也给她划分了土地，可是她不回去，坚持住在我们单位照顾给她的平房里，一住就是好多年。单位要扩建厂房，准备把这个平房拆掉，找到她，希望她能给予理解。她泣不成声，忙不迭地给我们跪下来，让我们帮忙给解决房子的问题。关于她的住房，一时间成了我们单位一件让人头疼的事，更成了我的心病。我和单位的主管领导多次找房改办，找街道居委会，费尽千辛万苦硬是为她争取来了一套廉租房。她感激涕零，我也松了一口气。没想到，时隔不久，她又来了，还是要房子，说是儿子大了，总要结婚的，没个房子女方肯定不会同意的，所以她要早点儿为儿子做打算。

这不是得寸进尺吗？我从最初的同情慢慢变成了厌烦。我和她解释，也和她讲“授人以鱼不如授人以渔”的道理，可是她却油盐不进，一门心思要个房子。

我狠下心来，决定无论如何也不会再对她“施以援手”，过多的仁慈，只会害了她，那些“帮助”，就像一根绳子，捆缚了她自力更生的能力。

“这日子，还得靠你自己来过啊。”我抛下这句话，拒绝再见她。那些日子，单位的人也都被她找怕了，看到她就躲，有她的电话就挂。或许是她自己也找烦了，也跑累了，终于，不再来了。

但是多年后的今天，她又一次突然而至，真是让我不知所措，她又会提出一个什么样的要求呢？

让我感到意外的是，前几次见她都是一副苦大仇深的样子，披散着发，耷拉着头，眼神呆滞无光，鼻子却灵活得很，不停地抽动，酝酿出无穷无尽的鼻涕和泪水来，并不时地用袖口擦拭着，嘴也不闲着，嘟嘟囔囔，尽是牢骚和抱怨，仿佛整个世界都冰冷着，一直都在冬天，没走出来过。而这一次，她完全变了个样子，整个人变得干净利落了许多，最主要的，是脸上有了阳光的色彩。

“俺儿子要结婚啦！”她难掩喜悦之情，急切地对我说。

儿子结婚？需要房子？我的脑海一下子冒出这些东西来。我并没有放弃对她的设防，对我来说，哭着和笑着，似乎都可以成为她的“撒手铜”。她似乎看出我的心思，笑着对我说：“放心吧，这次俺不会再提那些无理要求啦！俺就是想让你们去参加俺儿子的婚礼，顺便去看看俺们现在过的日子。”说着，她拿出手机来，给我看她儿子的新房——那是一栋两层半结构别墅型楼房。客厅、卧室、卫生间，一应俱全。有院落，用铁栅栏做围墙，大门设计得精美而敞亮。我有些不敢相信自己的眼睛，“这是在哪儿啊？”

“是我的老家。自从上次从这走了以后，我就回农村去了，种了地，还养了很多很多牲畜，也是老天照顾，种地丰收，养的牲畜也壮实，赚了些钱，就在自家的院子里给孩子盖了个小楼。”她接着说，“当年啊，要不是你拒绝再帮俺，俺还不懂得自己去闯闯俺的日子哩，这么折腾几年，还真折腾出点人样子来，这不，日子好了，俺也寻思着给你们道个谢，那些年啊，真是没少给你们添麻烦啊……”说着说着，她的眼泪就又流了出来，不过这一次眼泪，不关乎悲苦，只关乎人情。

我知道，她真正从生命的冬天里走出来了，现在的她，正在经历春暖花开的好时节。

一个人的春暖花开，是心，生了希望的根；一个人的春暖花开，是魂，靠了知足的岸。

艰难的生活优雅地过

雪 崎

一场突如其来的病使我生命的这个春天异常寒冷，病痛折磨得我形容枯槁，药物更剧烈地摧残着我，头发大把大把地脱落，几天吃不下一口饭，那宽大的病号服，无精打采地包裹着日渐消瘦的身躯。主治医生都怕来看我，对我很无奈。我不敢面对镜子，怕镜中那日渐憔悴的容颜会忆起往昔的娇艳。泪水浸泡着夜晚清冷的月光，期盼午后的那一缕阳光唤醒我沉睡的梦，给伤痛的心一丝温暖的慰藉。

结束了一个月的治疗，回到家已是初夏，把自己搁在家中，不出门怕遇到认识的人，更怕朋友来看我，怕他们的泪水打湿我的伤痛。我就像一只受伤的猫孤独地蜷缩在一个角落里，舔着自己的伤。孤寂的日子颓然地细数着我剩余的时光。

那个下午八岁的女儿给我煮了绿豆粥，于是我来到厨房端起碗就喝，女儿一边帮我拿汤匙一边嗔怪道：“妈妈，你就不能优雅点儿。”

我端着碗怔怔地看着女儿，她把自己的那一碗绿豆粥和汤匙放在托盘上，然后端到餐桌旁坐下来，撩拨一下垂下来的长发，开始一勺一勺地吃着那白瓷碗中的粥，她碗中的粥同我碗中没有任何区别，可她却像是在吃什么珍馐那么有滋有味。我静静地看着女儿，原来一碗绿豆粥也能吃得这么优雅，我来到餐桌旁坐在女儿对面，开始像女儿一样吃我碗中的粥，那一碗粥似乎真的有了不一样的滋味。

放下碗我来到镜前，这应该是病后第一次这么认真地照镜子，我已经不认识镜中的自己了，脸色苍白、憔悴、颓废，稀疏的披肩卷发肆意地凌乱着，我就像秋末的那一片树叶，满眼萧索、肃杀，从头到脚我只看到四个字——“失魂落魄”。那个曾经意气风发、干练利落的我去哪儿了？泪水轻轻地滑落，就这样对着镜子任泪水滚落。

站在镜前，隔着泪光，我竟看到一个利利落落的老太太，那是流沙写过的《藏起你的落魄相》中的曾祖母。他的祖上曾是大户人家，生意通达，后来家道中落，到了父亲，只余一间房、几个人。但是他的曾祖母，衣裳却总是清清爽爽的，头发总是梳得齐齐的，神态总是静静的，说话的时候总是慢条斯理的，不急也不躁。从不与无理取闹的晚辈争论，那时全家人一日三餐都成问题，曾祖母的日子过得非常苦。可她却不像村里其他老人那样将悲喜之色全部写在脸上，甚至因艰难而哭泣。曾祖母总是精精干干，从来没有人看到她哭过，她从来不会向别人兜售苦难。其实人生不如意事十之八九，不必以一副落魄脸示人，何不还以清新、明朗的形象，反倒更让人信任，更能得到成长的机会。

我还没有走到生命的尽头，哪怕走到最后，病摧毁的也只能是身体而不是精神。我还有机会，我也应该收起我的落魄相，于是对着镜子，拭去眼角的泪，洗了脸，梳了头，换上整洁的衣装，走出家门，来到理发店，剪去那稀疏的长发。我要以全新的面貌应对未来的风风雨雨。

再次去住院，我找出那件花衬衣，配上一件小西装，精精神神、清新明朗地来到医院，与我的主治医生走了对面，他竟没有认出我，报上姓名，他站定看着我讶异地笑了，说："我真没认出你，真的不一样了，你看这样不是精神多了。"他的记忆中，我大约还是那一身落魄的样子，我惭愧地低下了头，他的笑容竟让我看到了更多的希望。

感谢流沙，感谢我八岁的女儿，让我懂得艰难的生活也可以优雅地活过。一个人，不该向别人兜售自己的苦难，相反，要尽可能地为别人批发阳光和笑脸。

我愿为风，爱上一棵树

杨 慧

院子里有一棵樱桃树，枝叶繁茂，几乎遮了我的大半个窗。先生欲锯之，以还我空旷的视野和通透的空气，我断然阻止，我已经爱上这棵树。早春，满枝头洁白、素雅的小花，一朵、两朵、三朵、千万朵，爆米花一样纷纷炸开，花香十里，灼灼其华。晚春，满枝头缀满红嘟嘟的樱桃，珍珠玛瑙般晶莹剔透。又仿佛待嫁的新娘，披着红艳的嫁衣，只待心仪的人将她迎娶。

当然，更多的时候樱桃树是孤独寂寞的，甚至没有人关心她的存在，她独自在院子里送冬迎春，别夏接秋，不悲不喜，镇定自若。

每当生活累得我疲惫不堪焦头烂额的时候，我都会静静地坐下来，看着这棵树，她的气定神闲，总是恰到好处地给我的心灵一通抚慰。

所有的树都和这樱桃树一样，都有着一颗气定神闲的心，不好高骛远，不穷极奢华，永远把沧桑的年轮藏在内里，永远以自然而然的姿态去成长，永远以葱郁蓬勃的一面示人！老子说：“人法地，地法天，天法道，道法自然。”说的就是任何人都不能违背生命和宇宙规律的，最好的方式就是自然而然地生活！可是，这世上又有几人能像一棵树一样去完成这一生呢！

在医院里工作久了，经常会遇到一些非正常的伤亡，如自残的人、服毒的人、自杀的人。前不久值夜班就来了一个割腕的女孩，手臂流血不止，几乎休克，好在抢救及时，性命无虞。这样的病人就好像一棵原本很健康的树硬生生地被砍掉了枝丫，多么令人惋惜，而原因仅仅因为所谓的爱情！真正的爱情不是强迫性的你情我愿，更多的应该像置身于原始森林去呼吸一样自然而美好。爱情里不该有同情，不该有怜悯，更不该有霸占，不该有强求。

在人群中还有很多加班加点、熬夜、不吃早餐、嗜烟酒如命的人，他们严重地透支着自己的身体。还有许多为了名利绞尽脑汁的人，他们的身体已被折磨得千疮百孔，却不知迷途知返。每当这些人以生病的状态来到我面前，我都想说：人生短短几十年，为什么不能像一棵树一样去活呢？

像一棵树一样，安静、简单、朴素，日出而作，日落而息。像一棵树一样，在大自然的赐予面前，不贪婪，也不拒绝，把根须深深地扎在泥土，向着阳光，不畏风雨，让自己的每一枚叶片都长出清晰的脉络，让自己的每一个花蕾都开出绚烂的花朵。

《圣经》里说有福的人，必活得像一棵树——不寄望他人，牢牢地扎根在生活的洪流里，不疾不徐，不蔓不枝，按时开花，按时结果，叶子永不枯干，风雨中才更见翠绿。

像一棵树一样去生活，才是真正有福气的人。而福气不是自外而来的，而是自内而生的。人到中年，秋意渐浓，落叶翩飞中开始反思人生，谁不想做一个有福气的人呢？

借此，我愿为风，爱上我能吹过的每一棵树。

先从眼前这棵樱桃树开始吧，它遮了我的蓝天，却给了我的心灵，一片更辽阔的疆域。

在一首诗里相爱

吴慧娟

如果有一首诗，可以羞红少女的脸，那不算什么稀奇；如果有一首诗，可以让梅花鹿回过头来，倒是令人有几分讶异；如果有一首诗，可以把月亮熏香，那定是无与伦比的美丽与神奇。

“蒹葭苍苍，白露为霜。所谓伊人，在水一方。溯洄从之，道阻且长。溯游从之，宛在水中央……”我的耳畔飘着，我的心底刻着，都是这首叫《蒹葭》的诗!

夏的夜晚，读这首诗，一颗心仿佛浸了夜露，无限欢欣，欢欣里不再有昨日的惆怅；秋的早晨，读这首诗，淼淼秋水旁，蒹葭苍苍，盈盈水露映着柔和的日光，晶莹而透亮。闭上双眼，侧耳听着蒹葭间风儿的歌唱，那歌唱里有淡淡的忧伤，也涵着美丽的想象。轻轻嗅那蒹葭的清香，那清香里和着同一天空下伊人的气息，那般遥远又似偎依身旁。

于清风里和着乐曲诵着《蒹葭》，文止而情不散，回味无穷。所谓伊人，在水一方，又不知其所在。几经回溯，只见得缥缈模样。不禁多次惊叹，诗里那灵魂与灵魂的遥望。

与一个人的相遇靠缘分，与一首诗的相遇，不仅仅需要缘分，还需要运气。

这样的相遇是不是也是一种美呢？

在这样的一首诗里，可以听出久违的天籁；在这样的一首诗里，可以引出蝴蝶引出泉水；在这样的一首诗里，可以帮助我们彼此相爱。

寻找爱情的旅途，从来道阻且又长；那长发飘然的姑娘，逆流而上难觅到；那远处眺望的少年，你又在何方？可曾无限怅惘，断肠也难忘？又或将她珍藏，蒹葭柔情宛在水中央？

静美、缥缈，含着淡淡的忧伤，那忧伤里有甜美的想象，总也难忘。此生也曾邂逅那纯然、静美的爱恋，于深秋的黄昏里，于小桥流水上，那桥边观着鱼儿悦跃的背影进入相框，转身恰得眼眸相向，不曾尴尬，那般自然微笑。给我的爱恋，如我曾经的理想，也曾断肠，苦痛且无法释怀而又不曾想要释怀，却不知那原是两份爱恋隐隐的各自张望，可我们不曾知晓。有一天偶然应心，互诉衷肠，然欢喜奔放……春日离别柳绦绿，折枝只道是成典故。待那枫叶再红时，却也无须寄相思。然无论过客与否，走过了，便都是人生的沉淀。往事或浓或淡或沉重或轻松，都以舒展的姿势悬挂在记忆的枝头，装点了时光，装点了我们的梦。感恩爱情，感恩恋人，即使那陌路上已然荒草丛丛。

伴着熏香的月亮，我愿溯流而上，也去那微风里遥望，那美丽的想象，可否给我箫声的悠扬？

我希望我的爱情，亦能蘸一缕这首诗里的香，慰我良辰，醉我美景，呵护我不忍割舍的青春。良人，来吧，让我们在一首诗里相爱。

辑二／闪电和雷相隔七秒

祖母是一片不知愁的落叶

朱成玉

门半开半闭，如秋之眸。

立秋了，吃过这些饺子，眼前的一切就都变成了夏天的遗骸。它们齐刷刷地排列在你的视野里，令你无力躲闪。比如树上那些坚守到最后的果实，健康地存活下来，把完美的心一直留到晚年。这已经是个奇迹，我们还有必要担心它晚节不保吗？深秋的葡萄，像含冤的眼睛，虽然被秋霜凌辱，却依旧鲜亮，晶莹剔透，闪着不肯谢幕的光。

阳光不再蹦蹦跳跳，像顽皮的孩子一下子变成了少年，一下子就有了心事。阳光开始为那些在秋天里哀愁着的人工作了，为他们摊开伤心的绿，晾晒着寂寞的红。

其实天气还没变，一如往昔，艳阳高挂，心却不知不觉间有了凉丝丝的感觉。因为叶子落了，曾经的青春不复存在，流行歌曲里照旧挥霍着用之不竭的情感，但任凭沙哑的歌喉怎样声嘶力竭地挽留，时光都不再回头。你能做的，只有默默地清扫这满地狼藉。

也有不知愁的叶儿们，它们调皮地打着旋儿，姿态优雅，把生命中的大去当成一次惬意的旅行。

怀念祖母，是从一片叶子开始的，秋天的叶子。

叶子上错综复杂的脉络，像极了祖母的皱纹，但祖母并不悲伤，祖母的额头经常是金光闪闪，阳光喜欢在那里安营扎寨，那令人愉快的微笑常常使她的皱纹像是在跳舞。

在我的记忆里，祖母总是拿着扫把，试图把所有的哀怨清扫干净，只留给我们无忧无虑的鸟鸣。

祖母在那些落叶里不停地翻检，把中意的握在手心。祖母喜欢收藏落叶，这个习惯终生未曾改变。这个习惯让我感觉到，祖母永远不会衰老下去。

我在祖母的书里看到过那些落叶。祖母喜欢看书，她的书里总是夹着各种各样的落叶，仿佛是她为自己的青春留下的标记。每一段青春，都是一片叶子，那些青春的遗骸，无法言说的旧日时光，成了书签，丈量着一本书的里程，时刻提醒着你，哪些句子需要再一次的爱抚，哪些情节需要重温。

我从来没有见过自己的祖父，父亲告诉我，祖父和祖母结婚一年后就去从军了，再也没有回来。作为军烈属的祖母受到了很多人的尊重，然而却没有人可以安抚她内心的苦痛。祖母习惯在那些叶子上面写字，一句半句的，大多都是哀婉的宋词。我想那是祖母用她自己的方式怀念着祖父吧。每年清明的时候，我就会看到祖母去祖父的坟前，把那些写了字的叶子铺满坟头，景象灿烂而华丽。这么多年，我没有见过祖母掉过一滴眼泪，但我知道，她的心就像是蓄了雨的云，轻轻地挤一下，就会泪雨滂沱，只是别人无法看见。祖母的眼泪，只居住在她自己的云里。

不管天气的好坏，祖母总是会大声爽朗地笑，祖母的苦难像一座山，把她的脊背压弯，却压不弯她热爱生活的心。

在那些叶子上写字的时候，祖母是小心翼翼地，仿佛怕碰坏了一份念想。写上了字的叶子，就如同被装上了灵魂，重新活了过来。我想只有祖母懂得那些落叶，也只有那些落叶懂得祖母，她们惺惺相惜，彼此嘘寒问暖。

怀念祖母，是从一片叶子开始的，替那些果实遮过荫凉、从枝头跌落、背井离乡的叶子。

祖母在秋天的离世毫无任何征兆，只是那一天刮了很大的风，院子里的那棵老柳树稀里哗啦地掉落了所有的叶子。其实，也只有风能让叶子喘息或者感叹，在叶子的生命中，风往往扮演着接生婆和送行者的双重角色，所以叶子的心思只和风说，它只和风窃窃私语。

落叶也有遗言吗？在离开枝头的刹那，它和风都说了什么？谁听过它们交代的后事？

那些齐刷刷掉落的叶子们，是去陪祖母了吗？

我想，如果祖母是落叶，那么风一定是祖父。他们之间，有那么多缠绕不清的爱意。

我的祖母，一片写满诗句的落叶，一片不知愁的落叶，把生命中的大去当作一场旅行。

落叶从不惊叫，哪怕你踩到它的脊背。不像雪，不论你走得多轻，都会在你的脚下呻吟，仿佛踩碎了它们的骨头。

落叶从不惊叫，哪怕再多的苦难，她都只是去和风窃窃私语。

我似乎听到了落叶在说：等我，来赴一个灿烂的约会。在此之前，请好好生活，各自珍重！

揣一剪庭前的月光远行

雪　崎

生命是一场大的遇合。一个民歌手，在洲渚的丰草间遇见关关和鸣的雎鸠，于是有了诗；牛郎遇见织女，留下了一场恻恻然的爱情；夫子遇见泰山，陈子昂遇见幽州台，为后人留下道不完的佳话。我们感念生命里的种种遇见，还有遇见之后的悲喜忧欢。

那一月，我摇动所有的经筒，不为超度，只为触摸你的指尖；那一年，磕长头匍匐在山路，不为觐见，只为贴着你的温暖；那一世，转山转水转佛塔，不为修来世，只为途中与你相见。

如果不是那一场遇见，他也许终生安心地做他的和尚，她也将一生在帝王宅院里寂寞地绽放、枯萎。而他们偏偏在那个明媚的日子遇见，皇帝的掌上明珠、宰相的儿媳妇、美丽高傲的高阳公主在郊外一座无名草庵中遇见虔心诵佛的辩机和尚。她站在午后的阳光里冲他婉儿一笑，纤尘不染，璀璨得像一朵绝世独立的牡丹。他一身粗布僧袍，气宇不凡，英俊出尘，安静得像一株站立千年的菩提。他如水的襟怀唤醒她沉寂的情感，她炽热的目光点燃了他禅寂的心灵。这一世虔心修佛竟不及她盈盈一笑，一世的荣华难抵他合十的双手。她在他温暖的怀抱里苏醒，他在她温柔的怀抱里沉沦。那一刻，她再也不愿回到尘世的繁华；那一刻，他竟再也不能向菩提迈出一步；那一刻，风停止了喧闹的脚步，太阳羞涩地匆匆坠落。

那一晚他们超脱了世俗，缠绵相拥，他们跨越的岂止是千山万水，心底深深的无望换得更炽烈的情怀；那一晚她携取那茅舍庭前的一剪月光，把月光连同她自己一起永久地放入他的胸怀；那一晚他们十指相扣，红尘渺如轻烟。

“曾虑多情损梵行，入山又恐误倾城。世间安得双全法？不负如来不负卿。”爱情与菩提之间他左右为难，终日纠缠于矛盾之中，情缘不容抗拒，佛法亦不能放下，她豁出去伦理朝纲，他却放不下佛祖如来。他终究还是选择了回归，前往弘福寺随玄奘法师编写《大唐西域记》，在青灯黄卷里埋葬红尘往事。她还是众人仰慕的帝王爱女、宰相儿媳，他还是众生敬仰的青年俊才、得道高僧，也许此生可以不再纠结，只把彼此珍放在庭前的月光里。

然而她赠他的玉枕却终将他们引入万劫不复的深渊，她依然做她的公主，愁云惨淡；他却要为这一段感情奔赴刑场，命丧黄泉。那一日他面色平静从容，仰望蓝天白云，回首她的方向，那是他世间唯一不舍的情怀。他来到铡刀前，弯下腰，拈起铡刀上的一只蚂蚁，俯下身放在脚边的地上，给它一条生路，而后微笑着整整胸前的衣襟。那怀中揣着她携取的茅舍庭前那一剪月光和她当初的模样，那日初见笑靥如花，双瞳如水。

“你眼前的我是红尘万丈，

我眼里的你是化外一方，

若，你跳得出去，且安心做你的和尚，

我只记取你当初的模样，

白衣胜雪，才冠三梁。

若，跳不出去，亲爱的，

请和我于红尘里相爱一场。

醉笑陪君三万场。

不诉离觞。”

桥

乔青芳

每天上班，她都要经过一座人行过街天桥。

这座桥，位于城市的主干道，桥上人流涌动，有不少小贩和乞讨者占据在那里。

每次走上那座桥，看到乞讨者露出殷红的残肢，大热天里盖着棉被躺在桥上，还有把身体扭曲成异样的，她就觉得像是吃了苍蝇般恶心。因为她有过被骗的经历，那一次次被骗的过程，让她对这些乞讨者彻底失去了同情心，甚至会有仇恨。她认为那不再是一群乞讨者，而是一群病人，身体和心灵都生了病的人。所以，面对眼前的这些骗局，她总是选择高昂着头，板着仇恨的面孔，屏住气息，目不斜视地迅速穿过。

日子久了，那座桥上乞讨的大军，换了一拨又一拨，那些千变万化的乞讨者，她从来不施舍，更不会留下一丝笑容，甚至不愿多停留一秒。

寒冷的冬季来临了，桥上瞬间变得沉寂许多。她依然按自己的方式，每天紧绷着脸，走过那座桥。这天的桥面上，有些湿滑，头天夜里下过一场雪，她放慢脚步，小心地一步步迈上台阶。耳边传来一阵小孩子的笑声，她循声望去，几个五六岁、十多岁的小孩子，正端着空鞋盒子追着一个中年男人乞讨。不知道什么原因，那男人走得极其缓慢。其中一个孩子抱住了中年男人的腿，另外几个孩子挡住男人的去路，男人不好意思地咧着嘴直喊，别闹，别闹，立即伸手从口袋里掏出钱，小孩子才松开手。孩子们一起欢喜地跑回来，凑在一块美滋滋地数着钱。紧接着，又一拨小乞丐凑上来缠着他，他还是不恼，用一些零钱打发了他们。

她刚踏上桥面，眼尖的小孩子们就发现了她，一下子围上来，她的厌恶感“嗖”地蹿上来，抬眼轻轻一扫几个孩子，孩子们立刻怯怯地闪开。她继续向前走去，但没有甩掉最后一个有些固执的“跟屁虫”，她停下来，回过头，用巴不得能射出子弹来的眼睛愤怒地瞪着小孩子，鼻子里“哼”了一声，小孩子掉头就跑，好像生怕被那子弹击中一样。

她的嘴角终于露出久违的笑意，不过却是轻蔑的得意的笑，她觉得小乞丐们这点小伎俩实在算不得什么，她只需一眼，就能打败她们。

同时她有些嘲讽地看了那中年男人一眼，觉得他一个大男人，竟然连几个小乞丐都无法摆平。“那都是些小骗子，难道你不知道？”她说。

“知道，可是给了他们几个零钱，我们也没损失什么，不是吗？”那男人说。

“那你是被骗的次数少了，如果像我这般，接二连三地上当受骗，你也会冷硬了心肠的吧。”

“或许吧，但是现在，我只是把他们当成是冬天里的饿着的孩子。”

她觉得他真是个愚蠢的不可救药的男人，嘴里嘟囔着“有病”，转身欲走。

“您眼力真好，我这病的啊，还不轻呢！”那男人有些自嘲地笑着说，“不瞒您说，我是刚刚听到医生给判的‘死缓’啊！”

她才知道，他是个癌症患者，而且是晚期。她一下子愣怔在那里，不禁为自己刚才的话深深愧疚起来。一个生命已进入倒计时的人，尚有一颗悲悯的心，而自己呢，一张僵硬的脸，眼里总是射出冷漠的寒光，每天冷漠地走过那座桥，仇恨地面对那些乞讨者，却让自己成了真正充满仇恨又冷漠的人。这样的自己，又何尝没有病呢？被骗的次数多了，就可以让一颗心被冷漠捆缚了吗？

“有时候，施舍只是你一个人的事情，和被施舍的人无关。”男人说。

桥的那边，是慈悲的天堂。那个男人步履缓慢，却先她一步，走过了桥。而她，每天走，却一直都没有走过来。

“要加快些脚步了呢！”她暗暗对自己说。

爱的一千零一夜

若　蝶

出院的时候，正值深秋，落叶如疲倦的蝴蝶，纷纷飘落。

主治医生再三叮咛：一定要熬过三年，三年后，癌症的复发率会大大降低。三年，一千多个日夜呀，叫我如何熬过去？

恹恹地躺在沙发上。小女儿又来缠我讲故事了，这一次她拿着《一千零一夜》让我读给她听。我便给她讲了宰相的女儿是如何给残暴的国王讲故事的，如何解救了自己和许许多多女子的，女儿听得入神，我却一下子愣在那里。自己多像那个女人呀，每天要伴随残酷的暴君，并随时有被杀掉的危险，这个暴君就是癌魔。怕，是没用的，暴君不会因为你害怕就手下留情。那么我是不是应该像宰相的女儿那样，每天给这个暴君讲一个让他入迷的故事呢？

好吧，那么我的故事是什么呢？

是淡定，是从容，是优雅，是坚强，是珍惜……是生生不息的爱。

我要为我爱的人，过好每一寸光阴，把每一天都过成一朵花，让日子散发出幽香来。

每天清晨，送孩子们上学，用坚定的语气说一声，妈妈等你们晚上回家。

然后打扫，给家一个整洁舒适的环境。累了，就倒在床上，听一段舒缓的轻音乐，在时光的流水上小憩片刻。

午后，捧一本书在手，读懂它，也读懂自己。再动笔写一点儿对世界的感怀，对往事的追忆。

在篱下锄草种花，等候一季花开带来的惊喜。去附近的田间走一走，闻一闻草木的味道，看飞鸟在苍茫的天空下一掠而过，掀动云朵的裙裾。

傍晚，做几碟小菜，等家人一个个叩响门扉，迎进一个个喜悦。饭桌上微笑着听儿子讲学校里的趣闻，听女儿哼着今天新学的儿歌，爱人叨唠着生意场上的得失。这热闹的晚宴，是多么欢喜的俗世人间。

当爱人在电视机前微微打鼾，不再粗鲁地叫醒他，给他盖上轻柔的毛毯。辛苦了，我的爱人，多睡会儿吧！

把手机通讯录里的名单删掉一大半，只保留亲人和两三个好友。不再需要那么多人在我的生活里。偶尔问候远方的朋友，听他们说红尘的新愁旧怨、生活的酸甜得失。最后轻轻地问一声：如果你现在是我，还会计较那么多吗？——癌魔成了我劝慰别人最好的道具。

我要像只蜜蜂一样叮在时光的花蕊上，吮尽每一寸甘蜜！

还不够呀，还不够。我还要在春天去赴一场桃花的邀约；在秋日去听大雁南飞的啁啾；在夏日去观荷起舞，听雨敲窗；在冬日的火炉边，温一壶酒，读两行诗。

哪一天不是知足欢喜的？哪一季不是值得重来的？这日子哪能过得

够呀？

我的故事里没有惊心动魄，却细致温柔，如夕阳洒在一江碧水上，每一片波纹都泛着喜悦的粼光。就这样笃定喜乐地一日一日度下去，癌魔暴君，你也爱上了这飘着罂粟般迷香的日子了吧？走过我的一千零一夜，相信你也会放下屠刀，许我更长的岁月，让我把人间更多的美好继续给你讲下去！

脚　　印

李建明

上小学二年级的时候，我一度迷上了玩游戏机，致使学习成绩一落千丈。

冬日的一个夜晚，父亲检查我的作业，发现了许多错误，又见字写得潦草，气愤的父亲险要把我的作业本给撕了，想让我重写。他铁着脸给我讲解，但已经很晚了，我带着困意和惧怕，在一旁聆听着。母亲睡得早，等她醒来时发现已经11点多了，父亲还在教导我，便催促父亲，让孩子早点休息，明早儿还上学呢。我心里委屈着，收拾好书包，含着泪花去睡觉了。

清晨醒来的时候，发现雪花已无声无息地下了一夜。吃过饭去上学，母亲叫住我，说雪下了一夜，路上有积雪，你再带一双鞋吧，路上鞋走湿了，到学校再换上。我听了，固执地说，我是小男子汉，还怕一点儿雪吗？不带！说完便急匆匆地走了。

走在村子里的小路上，只听见沙沙的脚步声，很多人家门口前的雪都还没有扫，许是怕了这冷天气，连太阳都起来得晚了，地上、房屋上铺着厚厚的白雪，一脚踏下去，就淹没到了裤腿。我小心翼翼地走在路边，心里却是有些后悔了，这样走一路，到学校鞋子肯定会湿了。

幸运的是，我看见路边有一排大大的脚印，把雪压得塌陷了下去，我的脚正好放在里面，免去了鞋子埋入雪里的苦恼。我的小脚印，就踏在这些大脚印里，一路延伸，来到了学校。

到了教室，却是发现，有的同学果然带了两双鞋，进了教室，把被雪沾湿的鞋子换下，换上了另一双。同桌问我，怎么鞋子一点儿都没有湿，我笑着说，我是踏雪无痕啊，哈哈。

中午放学的时候，我心里很欣喜，又借到同学一张游戏卡，我揣在裤兜里，像宝贝似地摸着，走那条小路时，看见大脚印又多了一排。

快到家时，几个小伙伴邀我到雪地里堆雪人、打雪仗，在学校怕弄湿了鞋子，上课时难受，在教室闷了一上午，这时放学了，我可逮着空能撒欢了。和小伙伴一起玩着，在雪地里留下了许多小脚印，这些小脚印，偏离了那些大脚印。

回家吃饭时，我对母亲说，妈，快给我找双鞋子，我的鞋子走湿了。

母亲着急地拿来鞋子，说，快换上了，准备吃饭。

我把自己湿漉漉的鞋子，放到窗台上，看着自己的小鞋子，沾着顽皮的雪花。忽然，我看见窗台的另一边，摆着一双湿了的大鞋子，沾着雪花，显得疲倦，却顽强地站立。

日复一日，年复一年，小脚印不断地长大，逐渐也长成了大脚印，当我毕业准备工作与结婚时，面试的碰壁、好工作的难寻、与女友的矛盾，以及结婚门槛、房价的节节升高，现实的压力与打击，撕破了春暖花开的梦想。那些迷茫与无助，如同冰凉的雪花纷纷掉落，遮蔽了我眼前的路，往前走，却感觉双脚无力。

过年回到家，推门望去，又是一夜的鹅毛大雪。在除夕早晨，去给先辈上坟，父亲领着我，我习惯地走在父亲的背后，父亲扭过头来说，慢一点儿，顺着我的脚印走。

我走在后面，踏在父亲的脚印里，那些厚重的脚印，把雪压得塌陷了下去。看着父亲佝偻的背影，感觉父亲矮了，他的脚印也小了。

到了一条小路前，我对父亲说，爸，让我走前边吧，天还黑，你眼睛不好，我看得清。

父亲说，好吧。

我走到了父亲前边，一脚深一脚浅地踏在雪地里。我说道，爸，还是顺着你的脚印好走。

父亲笑着说，小时候，你可淘气，一直想偏了我的脚印走呢。

我也笑着说，后来，我不又转好了吗？接着，我又心烦地说，爸，工作、婚姻的事儿，我感觉，越长大越往前，越难走也越不顺了。

父亲说，没事儿，有爸在背后支持着你呢，勇敢点儿，别害怕。

听着父亲厚重的脚步声，那声音里，有着亲情的支持；又回忆起了小时候的雪地里，那大脚印里，有着方向的引导……我忽然感觉，自己的双脚又充满了力量！

闪电和雷相隔七秒

唐 娣

天，突然暗得如夜来临，阴云密布，沉沉的闷雷在发出暴雨来临前的预警。几只鸟儿从头顶匆忙飞过，我羡慕起它们有方向可以寻，而我，情路灰暗，事业受阻，人生找不到出口。

我没有顾及老板的训斥和警告，丢下工作，开车跑到空阔的高速公路。每一次暴雨来临，我都喜欢这样去近距离地看闪电，我喜欢看雷电把天空炸开的景象，希望那雷电，也可以把自己沉闷的人生，炸开一个口子，我想流点儿自由的欢欣的血液。

闪电在我眼前欢舞，如此清晰和完整。细长如明晃晃的镰刀，让人望而生畏。接踵而至的雷发出厚重的咆哮声，震裂了长空。瓢泼大雨是天空的宣泄，恣意的像是隐忍了许久。记得小时候，家里老人对我说，闪电和雷声的相隔时间是七秒，那是神仙在和妖精斗法。闪电是监测哪里有妖精，雷声是在打妖精，妖精总喜欢躲在树下，所以打雷的时候不能站在树下，会无辜被伤到。我好奇地真去数了，后来我童年里的每一个有雷电的雨天，我都会仰头凝望着天空，默默地数着，1、2、3、4、5、6、7，轰隆隆的雷声如期而至。那时候的我在想，打雷比闪电更加骇人，我倒替妖精担心起来，倘若雷没有到来，是否妖精就可免遭伤害？现在，我不信有什么妖精，但我还是会数，就像人的一生早知道路途坎坷，是否可以因恐慌未来而停止不前？路两边垂头的柳树在大风中摇摆，犹如一位恭敬又谦卑的老僧，雷声向它们发出了高亢的怒吼，也丝毫没有看出他们的畏惧。这究竟是一个怎样的对信仰的坚守？

我仿佛在一个奇幻的世界里自由奔波，这里只有稀薄的车辆，没有复杂纷扰的事情，没有尘世痴男怨女的苦恋，也没有商场斗争的尔虞我诈。我把自己想象成一辆车，车与车之间距离一百米。后面行驶的车辆在一两百米外给我一个需要超车的灯光，我诚意谦让，对方便在几秒之间疾驰而过，从无交集。

车厢内放的每一首民谣音乐都像在诉说一个悲伤的故事，关于青春、怀念、遗憾和孤独……音量大到我听不见外面的雨声。表面看，我在很认真地开车，而事实上，我的心像片云朵一样不知飘零在人生的哪个片段。是在眷恋流逝的青葱岁月？神往心醉的炙热梦想？还是对一个永不相见的人的思念？我变成了心的旁观者，我揣测着，任由它肆意地流浪。在这一刻，心是自由的。曾经的我天真烂漫也年少轻狂，以为爱情是忠贞不渝的，友情是患难与共的，亲情是亘古不变的……后来的我经历了生活的考验，爱情的流逝，友情的背叛，亲情的凋零……

雨势越来越大，我握紧方向盘在暴雨下悠悠地向前方行驶。一场雷阵雨下进我的灵魂里，给我昏昏欲睡的灵魂提了个醒：活着的本身就是要接受生活的洗礼和命运的雕琢。尽管经历风雨，但只要把握好自己的方向往前走就好。

乌云不怕，闪电会劏开它，雷声会震开它。大雨喧哗，就是给那颗布满愁云的心淋了一个通透。之后，阳光就该回来了。

就像闪电和雷相隔七秒那样，人生许多看似山重水复的囧途，只需你再多坚持七秒，就会换回一个柳暗花明的境地。

七秒。仅此而已。

永不退休的扁担

曾水浪

小时候，夏日农忙临近尾声，我和弟弟就喜欢粘在父亲身后，特别是看到父亲拿起竹筐出门时，我们会主动抬起那根相思木刨出的扁担呈给父亲，俨然是孙悟空底下的猴猕抬着金箍棒请他出战。等父亲在扁担上系好筐绳，我们就会抢着钻进筐里，一人一边，我比弟弟重，父亲总是先挑起弟弟一边，然后不停挪动肩膀寻找平衡点，再挑起我这头。当我们都离地时，扁担横在他肩上弯得像一张弓。他两手紧紧拽住两边的筐绳，像拽住两把成熟的稻穗。

六月的太阳晒红父亲的肩膀，像我们红红的腮帮子，我们兄弟俩有时做着鬼脸玩闹，有时还把脚伸出筐外互斗，而不管我们怎么胡闹，扁担总是离不了父亲的肩膀，只有扁担和肩膀摩擦的声音咿呀咿呀地响起，还和着父亲有力的脚步声。父亲特喜欢南音，有时还会哼上几句："十年守窗前勤苦读，三年一望，三年一望我爱卜京都去赴试，所望，所望求功名，去到苏州遇阿仙；因只上我贪恋伊亲鲜，即将只许多钱银，尽都花了一尽空。心念念，念念思想，我哪有日返家乡……”虽然成年后才知道他唱的词儿，但南音特别的调儿还是让我记忆犹新，有点儿课本上学的卖油翁的样子。

太阳娇艳时，父亲很容易流汗，额上滴落的汗珠随着他的脚步晃动直接甩在我们身上，有一两回我们还以为下雨了。这个时候父亲总会往路边的阴凉处走，即使杂草丛生也挡不住父亲宽大的脚掌，硬是给他走出了一条林荫小道。回来时父亲挑上一大筐的番薯，我们俩就顺着去时父亲踏出的林荫小道走在父亲跟前，一手拿一个番薯边战斗边欢呼着随挑重担的父亲回家，如凯旋的将军。

路上遇到邻居，父亲总会傻傻地笑，有时邻居会招呼父亲抽把烟，然后就拿我们兄弟俩开玩笑说：“你家这两屁孩还真喜欢跟着下田，真是够粘你的。”父亲从他黑黄的齿间冒出一团团白烟，欣然自得地说：“这是养着两条小狗，凑热闹呗！”其实他知道我们喜欢坐在筐里让他挑着走，像坐在船儿随波流淌，他也喜欢挑着我们走，有伴儿。

如今，我和弟弟都已成家立业，父亲六十多岁了，他的肩膀也很少挑担子了。我很怀念美好的童年，却也很感慨岁月的流逝，人在时光隧道里只能往前，即使再宝贵的东西也会渐渐退去光华，更何况我们凡人肉身。父亲已满头白发，但笑起来还是傻傻的样子，老实憨厚。

今年春节时，父亲交代我们回家取黄酒，说是母亲亲手酿制的，醇香浓郁，给我们兄弟俩各准备了一大坛，每坛足有四十来斤。因为父母亲住的老家路太窄，车子是进不去的，我和弟弟商量着俩人一坛一坛抬到车上，刚挽起袖子，就被父亲喝住了：“等等！”父亲竟然从杂物间翻出一对竹筐，说是母亲平常下菜地时挑菜用的，父亲得意地笑说：“俩坛一起，一趟就搞定！你们俩还顶不上我一个。”不知什么时候他手里已多出了一条扁担——光滑细腻，青黄的相思木，很熟悉的面孔。我心里一个战栗，几十年了，这扁担竟然还用着，青黄中透出黝黑的筋，镀上一层蜡一样光滑，结实的肌肉，僵硬的骨骼，但却屈身弓腰，弯的幅度都固定了。看着父亲肩膀被八九十斤的担子压弯了，明显力不从心，我不免有些难受。又见到那条跟父亲的肩膀一样弯的扁担，心里才释然：连最坚固的木头都如此，何况是人呢？

父亲的肩膀就是一条扁担，把我们从这一头挑到那一头，我们遇见阳光和花草，有时还能偶遇彩虹，我们像小鸟扑棱扑棱翅膀自由翱翔在蓝天白云下。当你需要绿荫时，不用任何提醒，他们就自然伸展成一棵橄榄树，绿意葱茏，你停在上面暖暖的、软软的；待在下面时，凉风习习，阵阵惬意。

上车前，我笑着告诉父亲：“哪天这扁担退休了，就送给我。”因为我想那条扁担是最坚固的承担，可以托起一个家的重任。即使它弯得低下头立在荒乱的杂货间，也会像一个饱经岁月风尘的老人一样淡然。

扁担在父亲的肩膀退休，但一定会在我的肩膀上岗，因为我接替过来的，绝不仅仅是一根扁担。

我的乡愁

李娟娟

我的乡愁是一团雾，总是从地坑院开始缓缓升腾。

地坑院是陇东黄土高原上的特定符号，人们在地下挖个穴，在里面繁衍生息。这就是最朴素的家，四四方方，火柴盒一般颇具匠心地卧于大地之中，随大地的脉搏而跳动。热爱生活的人们，就是那一根根精神饱满的火柴，随时准备着被生活点燃。

八十年代的农村，从村头到村尾，没有一间瓦房。“见树不见村，见村不见房，闻声不见人”是当时生活最真实的写照。而外婆家，就住在塬边沟畔一处四合院地坑院，这个地坑院共有八孔窑洞。正面五孔窑洞分别是厨房、居室，还有外公的药房。而南面靠西的一孔是牲畜窑，里面养牛和羊。西面靠南的是两孔小窑洞，一孔是我和小姨的卧室，另一孔是妈妈和二姨他们有时回来住，我想西面这两孔应该是妈妈和姨妈们曾经的闺房吧。

外婆是个利落的老太太，除过那孔牲畜窑，其他的几孔，不管是药房，还是厨房，住人的就更不用说，都被她收拾得整齐、亮堂。

整个窑洞都被报纸糊过，尤其住人的那间房，不仅下面用报纸糊过，上面还用白纸糊一圈。靠炕头的墙上，巧手的外婆会剪一些花花绿绿、栩栩如生的窗花纸，贴在上面。我从那些窗花纸上，认识了孔雀、大象和熊猫。上二年级时，老师提问："燕子的尾巴像什么？""像剪刀。"我脱口而出，得到了老师的表扬，说我是一个善于观察的孩子，这比喻形象、恰当。其实老师不知，墙上的窗花纸，给我了最早的启蒙。

"宁可食无肉，不可居无竹。"外公是一个读书人，他熟稔这个道理。于是，院子的西面墙角，有一大片郁郁葱葱的竹林。清早总是被一阵"咕咕"的叫声吵醒，那是小舅养的鸽子，而竹林，就是它们的家。我朦胧着眼，站在竹林旁边，手里拿着玉米，呼唤着鸽子，呼吸着竹林清香的空气。看着金色的阳光，慵懒地照在竹林上，有风吹过，竹子纤细伸展，竹叶随风轻荡。闭目养神，听着耳畔鸽子悦耳的鸣唱，还有竹叶沙沙的丝语声，感觉整个世界美好极了。

陇东黄土高原盛产苹果，除过竹子，院子里最多的就是苹果树。一棵棵苹果树散落在院子里，像护院的神。我亲眼看着它们开花，然后结黄豆般的小果子，在我天天期盼下，那些黄豆般的小颗粒一天天长大，变成乒乓球般大小，然后慢慢地，再长成大红的苹果。这个过程很漫长，但是因为有期待，所有过程一点儿都不苦闷，反而充满了乐趣。

院子里还有杏树，巨大的树冠覆盖了整个院子。春天，粉红色的杏花挂满枝头，蜜蜂和蝴蝶层层环绕，上下翻飞。秋天，黄灿灿的杏子挂满了枝头，惹得我们一帮馋孩子整天在树上蹿上蹿下。吃不完的杏子，被外婆晒成杏干，做成杏脯，会甜一整个冬天，一整个童年。

十二岁的时候，被父母带着离开了外婆家，刚开始是镇上，到最后到了省城。我离老家越来越远。每一个黄昏，我趴在窗台上，看着窗外车水马龙的街道，川流不息的人群。我就感觉深深的失落。我会想念那个地坑院诗意的黄昏，鸽群在空中悦耳地叫着；草丛中，一种叫蛐蛐的小东西，像在开演唱会一般，此起彼伏，好不热闹。想念外婆剪的那些窗花纸。很多年后，我参加过很多次画展，但在我心底，最喜欢的还是外婆剪的那些窗花纸，我感觉他们是这个世间最美好的民间艺术。还有那些杏、苹果……离开了乡村，我再没吃过那么香甜的水果。

我变得很忧郁，我不喜欢这里的水泥地板，不喜欢一坐上去就“咯吱咯吱”响的席梦思，我更喜欢老家的土路，喜欢那有着泥土气息的土坑。做梦都想回到那个魂牵梦绕的小山村。多年以后，读到席慕蓉的诗——“故乡的歌是一支清远的笛/总在有月亮的晚上/响起/故乡的面貌却是一种模糊的怅望/仿佛雾里的挥手别离/离别后/乡愁是一棵没有年轮的树……”我才知道，很多年来，一直缠绕我的那个东西，叫乡愁。

可是，我却再也回不去了。十五岁时，回过一次老家。外婆家已离开了老屋，新房子很漂亮，却冷清了些，一尘不染的瓷砖上反射着凉凉的光。再也不能贴窗花纸了，外婆也老了，她得了老年帕金斯综合征，双手颤抖着已经握不住剪刀了。整个院落也都打上水泥地面，不再有一棵果树，只有舅舅养的那些花，像城里人一样，也都养在花盆里，蔫头耷脑地，缺了地气。以前的那个地坑院，已经被人们远远地抛弃了。我偷偷跑去看它，它已经被蓊郁葱茏的草包围了，深秋的草已经发灰，像它的白发。它在里面睡着，我不忍再去唤醒它。

当我阅读和写作，碰到故乡这个字眼的时候；当我在车水马龙的街头，碰到那些操着乡音的农人挑着担子叫卖的时候……我会不由得失神，想到那个叫陇东黄土高原的地方，想起那个地坑院，时间越远，我的想念越深。

我的乡愁是一团雾，总是在那个时候开始悠悠缭绕。

佛光山的大

唐 娣

我一直把佛光山当成个寺院，以为是个旅游景点，后来才发现其实那里才是人间的“极乐世界”。没有得失，没有烦恼，融合着平和、友善、宽容和希望，不愧被称之为“台南佛都”。

10月15日的大早，下着毛毛细雨，我们还没有解除前一天舟车劳顿便激动地往捷运站跑去，四个人拎着大行李箱转完地铁转高铁，一切都是那么顺利，像是冥冥之中都被安排好似的，没有走一点冤枉路。在左营出站口，素未谋面的台湾胖师兄如约而至，将我们送到七八十公里之外的佛光山。

远远看到星云大师题“佛光”二字的白色高塔，坚定又威严。师兄告诉我们，右手边是佛陀纪念馆。到大门口时，有保安，有法师，还看到很多远道而来的信众，师兄体恤我们是女生，将我们送到不二门前，一时有种迷路的感觉。我不知道该用什么词形容佛光山，太大？很大？

庞大？壮大？还是巨大？很快，师兄帮助我们安排接下来要去的地方，法师开着观光车来将我们送到报到处。这一路下来，我看到佛光山的僧侣信众、花草树木、建筑楼宇，我静静地看着，竟也忘了自己在什么地方。

中午抵达报到处，忙碌的法师脸上各个带着汗珠。一个法师耐心解答我们的咨询，一个义工热情地帮我们寄存行李，指引我们去斋堂。吃完饭后，我们有了一点点时间游览佛光山，我的心几乎是澎湃的！我跟蒋姨说，这里像极了那什么……蒋姨追问我，像什么？像什么？我不敢说，我深知自己没读过什么经典，学佛资历尚浅，我不敢说这里就是西方极乐世界的样子。但这里俨然是建筑高大宏伟、树木挺拔、枝叶硕茂、燕语莺啼；法师慈祥可亲，言传身教，循循善诱；眼前的人们匆忙有序，境地却是自由安谧的。站在大雄宝殿里面献花礼佛，人类竟然渺小到可以忘了疲惫不堪的身体；忘了我们是凡尘众人，忘记自己置身在不知道用什么词可以形容的佛光山。

下午，我们被分配到引领法师的队伍里，井然有序地跟着引导，学了搭缦衣。第一天晚上，我们在广场上法师领着我们理了一下第二天受戒的仪轨，心定和尚带着念了忏悔文。看到亲切的心定和尚除了累以外得到了意外的鼓舞，终于坚持到最后可以回去睡觉了。十个人一间房，记得法师很幽默地说，第二天四点二十分在门口排班，至于你们什么时候起床我不管。

第二天天气依然燥热，我还睡眼惺忪，过去排班时法师已经在门口独自等着我们，大家迅速露出了尴尬的表情。引领法师给我们每人发了一块糖果，命令我们必须吃完，我分明从她的话语里看到了她对大众满怀的疼爱。天还没亮，秩序井然的队伍朝着大雄宝殿的广场走去，心宝和尚给我们正式受戒，理所当然，我们成了新的戒子，以及由此所带来的深深的荣耀感。站在我们旁边的台湾当地师姐说，在她离家来佛光山之前，流泪了。她说奋斗一生的事业，最终皈依佛门，受持五戒，这种出离心，使她不禁落泪。我十分相信，虽然，自己并没有达到那个境界。上午，星云大师突然出现，让大家欢呼起来。掌声如潮，经久不息！他仔仔细细地给新戒子逐一讲了五戒、菩萨戒的戒律遵守，也生动有趣地回答了大众提问。他说，小时候师父给他烧戒疤时头顶被烧个坑。二十二岁前这个坑让他每次剃头时，剃头师傅都剃不到坑里面的头发，洼坑太深哩！ 他自嘲的方式使众人大笑，这曾使他智力受到严重的影响，总是挨骂。大师笑着说，他每天凌晨三点钟起床偷偷拜观世音菩萨祈求开智慧，三四个月后终于不用挨骂了。大师的毅力和艰辛让人钦佩和感动。他诙谐幽默，几次大家开怀大笑。在这场开示中，我感受到星云大师的用心良苦，桃李春风。

最后，我们去了佛陀纪念馆，108米高的佛陀庄严而慈悲。我们敬畏、虔诚地在他脚下，真诚地礼拜，愿不断努力、智慧增长。

佛光山之所以“大”，是因为我们内心揣着“小”。

在广大里，在黑暗中，在冷漠的边缘，在忧伤的角落，你的心随时可以遥望佛光山。那里的法师亲切蔼然、建筑气势壮观、植物茂密繁盛。那里充满着宁静、祥和与感动!

在心头织就一片春红

清　和

春初，暮色四合，独自散步。

近一桃树前，竟见满树小小的花苞，裹得紧紧，像粉红的露珠，镶嵌在刚钻出一抹鹅黄的枝丫上。“林花谢了春红，太匆匆！”以“春红”二字容纳春景，美到极致。

我得见这一树粉红的花苞，是我的福气。我的眼前，蠢蠢欲动着属于我的一片春红。

想起遥远的童年。我与伙伴一同去田野里玩耍。浅春时节，田野的小路已经变得湿软。一处篱笆前，一枝开满粉红色小花的枝丫探了出来。近前，发现简朴的院落里挺立着一棵开满小花的树，是桃花！一片粉红映在了童年小孩子稚嫩、幼小而又潮湿的心中。

然而伙伴的脸上却掠过一丝忧伤。她说她并不喜欢春天。我疑惑地问她，春天那么美丽，充满了希望，为何不喜欢呢？她没有解释，只是甩开我的手，独自奔跑着消失在田野。

后来，我从别人口中获悉了她的关于春天的忧伤。

那是一个开满鲜花的春天，她的父亲因为煤矿塌方而永远离开了她。年幼的她，跟随母亲改嫁到了这里。从此她就讨厌春天，她说是春天带走了她的父亲。

时光流转，多年后一个午后的黄昏，我与她再一次来河边散步。同是温暖的夕阳，似乎又回到童年那个画面。还记得那个美丽的黄昏吗？我问她。她侧过头，温柔地笑了笑说，当然记得，永远不会忘记。

那你还讨厌春天吗？

不，带走我父亲的不是春天，是命运，是意外。父亲在春暖花开的季节离开，内心也应该是温暖的吧。所以，我要感激春天呢！

她说，你看，我怎么可以讨厌春天呢，柳树就要发芽了，河水开了，重新又有了流动的生命。花会开，燕子会归来！这一切是多么的美妙！

我看着她，可以感受到她黑亮的眼睛里闪烁的晶莹的光，我的内心也跟着妥帖与温暖起来。我知道，是岁月让我们成长了！不再抱怨生活，抱怨命运。经过岁月的磨砺，我们的心，终会现出彩虹的颜色。那是属于灵魂的，另一片春红。

要击败颓废与黯淡的人生，唯有在心中，织就一片春红！

喂养生命

晓　非

祖母是童养媳，三岁时被家人卖到我家。她幼小的心灵里，家和亲人是飘来飘去的雾。

祖母像粒蒲公英种子，命运的风把她带到哪里，就努力在哪里生根。

祖母育有四子一女，那时，我们村田地少，家里人口多，日子艰窘可想而知。祖母耗尽心力，侍弄着一家人的生活，直至儿女各自成家。

印象里，我从没见过祖母沉沦困顿，即便在异常惨淡的日子，祖母都未丧失对生活的信心。

三十多年前一个夏季，我小婶为小叔弃艺改行争吵。往日宠爱孩子的小婶，恼怒之下赌气喝了农药，扔下一个三岁和一个刚满周岁的儿子，撒手去往另一个世界。

那个夏天，虽然有炙热的阳光，可我们家却散发着瑟瑟寒气。风烛残年的祖母，含悲忍痛，怀里抱一个，手心牵一个，开始了又一个悲壮的生命征程。

一个粘着一个的日子里，是祖母费心操劳的声色影像。小堂弟体弱多病，祖母不顾晕船折磨，抱着他坐船去县城求医。为让堂弟吃到营养便宜的米糊，自己推动沉重的石磨，晶莹的米粉里，滴落着她的汗水。

祖母一双缠过的脚，领着两个堂弟，颠行在生活的阴霾里。她用尽气力为孙儿撑出一方生命的晴空。那些祖孙三人相依为命的温暖画面，也成为我眼里永不褪色的记忆。

再苦再难的生活，祖母从不愁眉锁目，怨天尤人，哪怕在后来摔断腿骨，倚靠一根拐杖行走。她常常对我们说，天不会绝人之路，人到一境，就得过好一境的日子，才不负上天的意思。祖母相信上天住着神灵，相信天长着眼睛，能看见她的苦，会帮她照看该照看的。

我和弟弟妹妹的快乐童年，就搭建在祖母的这方心境里。小时候我们嘴馋，到处翻吃的。祖母有个谷柜，既可存放粮食也可当我们睡觉的床铺。白天，祖母锁上房门，去菜园地头忙活，我带弟弟妹妹从窗户爬进房间，从谷柜中的瓷坛抓冻米糖，炒薯片。祖母装作不知，从此柜子不再上锁。

夏夜，祖母在屋外洒水净尘，搬出竹床。我们在清凉的竹床上，拳来脚往，大声喧哗。祖母轻摇蒲扇，给我们纳凉驱蚊。月光下，流萤点点，蛙躁虫鸣，不时一颗流星擦燃空气，拖着火尾狐样的尾巴，“嗖、嗖”地自天而降。祖母望着星空悠悠地说：“天上落颗星，地上死个人。”这话遭到集体反对——“骗小孩，如果下场流星雨，难不成会死那么多人。”祖母坚持自己的说法，有流星划过天际，她低声地念念叨叨。或许来自迷信，或许来自心灵，祖母认为众星各有凡体在人间，一荣俱荣，一损俱损。祖母用浪漫的想象解释着生命，自我化解对宇宙对生命的畏惧和困惑。祖母对星星的认知，如长腿的风溜入我小小的心灵，以至在未来岁月里，我偶尔也会对着银河，找寻属于自己的那颗星。

祖母非常爱干净。她的房间永远一尘不染，浆洗过的被子弥散芬芳，旧的衣服洗得干净熨帖，即便打着补丁，也很好看。那补丁像精心设计过的图案。祖母有一把桃木梳，泛着盈亮润泽的幽幽暗光。祖母在梳理发髻的时候，就仿佛看见了一天新生活的希望，她的表情和面容显得雍容柔和。

祖母做得一手好菜。人到中年，回忆起祖母做的菜，依然口中生津，那些菜的美味几十年来一直潜伏于我的味蕾深处。物资匮乏的当时，一些简单的食材，在她手上就能化作色香俱全的美味。阳春三月，青绿细长的野小蒜，散发着浓郁的蒜香味。祖母把它细细切碎，混合米粉捏成圆形米粑。蒸熟的米粑翠色流淌，扑鼻而来的清香让你斯文全失。狠狠咬一口，春天在唇齿间跳跃。初夏时节，菜地青黄不接。祖母挖些葱头，摊日头下晒干，和着一钵生粉几片腌肉，柴火灶文火煨。空气里飘荡着诱人心肺的葱香，那是从大地和阳光中提取的芬芳。

有时，我陪祖母做饭，炉灶里明亮的火焰蹿到灶口，丝丝热气从锅底升腾。祖母有条不紊地忙着，身上洋溢着日常生活里自然而然的风度，脸上流露出虽经岁月万般摧残，仍如春风拂面的淡定安和。我想，能让一饭一蔬成美味的祖母，除去有着对烹饪过程的喜爱，更多是来自对生活本身的尊重和热爱。一个会做美食的人，再苦的生活也能看到生活的光亮。

祖母用这些美食喂饱了我们的童年，也用她的一腔热爱，喂养了贫瘠的生命。

淳朴温厚的祖母，她对自然万物亲和空灵的感应方式，对命运赐予的宠辱不惊，对日常生活的诗意心境，使她看上去更像是一位智者。虽然她不曾读过书，甚至不认识自己的名字。

祖母走后的忌日，我在她的坟前，摆上她平日爱吃的食物，焚烧纸钱。我挂念不与世争的祖母，在另一地方缺衣少食。辽阔的霜天里，有鸟飞来，听不到它们的鸣叫，却看到它们盘旋在祖母的坟头，久久不肯散去。

暖

梁新英

暖，是积雪笑花了的那张脸，是枝头一抹柔嫩的喜悦；暖，是桃林那朵绯红的娇羞，是小溪不时拨弄的琴声；暖，融融的气息从内而外，几丝慵懒，几丝闲适；暖，是季节的佳酿，醉了山河，醉了游人。

古人把对“暖”的喜爱嵌进诗词里，千百年来滋润着人们的心田。“几处早莺争暖树”，那棵暖树惹来满枝黄莺的喧嚣与灵动；“光风转蕙百馀里，暖雾驱云扑天地。”如纱一样飘逸的雾也可以暖暖的，在天地间自成风景；“暖手缝轻素，嚬蛾续断弦。”一针一线缝制衣服，调好琴弦，指尖流淌着思念与幽怨的音韵。

有谁不喜欢暖呢！生活在北方，在朔风和雪花的歌吟里向往着小桥流水人家的江南，向往“熏得游人醉”的暖风。我们这儿几乎没有春天，煎熬苦盼着冬天终于过去，一夜之间柳绿花红，用“东风夜放花千树”形容再恰当不过。那一刻，心头只有一个“暖”字久久停驻。

春天被轻描淡写地一笔带过，突然之间热浪袭人。风衣刚刚上身，还未过足绰约的瘾就被纱裙取代，幽怨寂寞地回归衣柜。春光短暂得犹如惊鸿一瞥，虽然带来惊喜，却少了暖融融春风的抚慰，少了绵绵春雨的滋润，少了依依杨柳的婆娑，总觉得春的韵味不够浓，不免怅怅然。

痴迷暖的感觉，贪恋由“暖”衍生来的一系列词汇。拢圆了双唇轻轻地吐出“暖”字，心也跟着柔柔软软的，着了它的善意与微笑。红橙黄，“暖色”偷来太阳和火焰的温度。冰天雪地的寒冬，室内的“暖气”给人以温馨和安宁。从日用品“暖壶”到描述季节的“暖冬”，从居住的“暖阁”到情感的“暖流”……“暖”字词汇的家族不断壮大，它在人们的衣食住行里，在季节的变换里，在人情的冷暖间。“面朝大海，春暖花开”，是海子的愿望。网络又给了“暖”活泼轻俏的内涵——暖男，用以形容外表阳光、内心细致体贴的男人。

大姐今年退休，平日里她无微不至地关心着身边的同事，大家亲切地称她“大姐”。三八节前大姐被同事们请回单位。一进门，花香扑鼻，小同事送上一大束鲜花，另一同事送上手包，那是她们精挑细选的礼物。包的材质好，款式大气，价值不菲，大姐从没买过那样贵重的包，那是她唯一的“奢侈品”。大家请她吃饭，要给她过一个不一样的女子节。大姐性格坚强，不轻易流泪。禁不住小年轻们一番“煽情”，幸福的泪顺着她的脸颊毫无顾忌地流淌。这份由暖而生的爱和感恩，使人相信人走茶不凉，是一种让人舒适的暖。

这个春天连续上映暖心的故事。伟是一个优雅的女神，便是在站点等车，或者是超市柜台前买菜，回眸或者一低头的瞬间，你会被她的独特气质震一下，好美。她不恃美而骄，关心起人来百分百的真诚。她把多年练习瑜伽的经验毫无保留地和几个爱美的同事分享，免费带着大家做瑜伽。

伟看到我没有瑜伽垫，把自己的给我用。地板又凉又硬，我怎么忍心她吃这份辛苦呢，一再推拒。她说，在家已经练习过，要随时纠正我们的动作，用垫子时候不多，等我网购的瑜伽垫到了，再还她。她轻言轻语，一脸的云淡风轻，那份暖意堪比催泪弹，我注定洪水泛滥了。有些美女冷傲，拒人于千里之外，她的神采里漾着善意的流波，那是尘世烟火里的妖娆。内外兼修的美有蛊毒，一旦中招，无可救药。

看过一部电影，讲述一个很青春很含蓄的爱情故事，内容已经模糊，却清晰地记住了女主角的名字——暖。弟弟家的二孩儿生在小寒那一天，给女儿起名“暖暖”。暖，是人们对生活的永远期许。

从自然界到尘世，暖是宇宙生命的密码。人的心是一块神奇的土壤，种下暖，爱和希望葳蕤；种下爱，暖和幸福疯长。若爱着，无论风云如何变幻，无论经历怎样的困厄，这世间都将温暖如四月天!

暖，比冷高八度，比热少三度，那是可以孕育爱和美好的温度。

永不老去的母爱

梅 素

画展回来，她一个人躲进出租屋，默默流泪。

朋友举办画展，她将几幅很满意的作品挂了出去，希望借此也为自己的画做一下宣传，可现场始终少人问津。此刻，对面墙壁上，那支盛放的巨幅玫瑰，兀自艳丽着，似乎嘲笑她，自恃一份孤高冷傲的才华，却无人欣赏。

一切让她困惑不已。论技法，自己的画作，无论构图、线条、色彩，以及光与影处理上，无一不协调完美，细腻到位，比照朋友的粗犷画风来，更显精致，无懈可击。可画展上，自己的画并没有过多引人注目。而当年大学里，她这个导师心目中最具才气潜质、前程似乎锦绣一片的得意弟子，如今却沦落到山穷水尽的地步，又如何不令人心痛?

电话铃突然响起来，是母亲。母亲抱怨她两个多月没回去了，再忙，也该想着给家里报个平安。母亲漫不经心的絮叨，平素里是极不耐烦听的，此时却听出了温暖和心酸，倒在沙发里，泪落如雨。

第二天，她拎了包回老家。进门，母亲正在院子里择小青菜。见她回来，高兴不已，连忙端来一碟水煮虾让她吃。中饭还没吃吧！母亲嘘寒问暖了一阵，起身准备给她做最喜欢吃的手擀面，任怎么劝不听。

进厨屋时，母亲的腿突然软了一下。她忙上前去扶。母亲果真是老了，常年腰肌劳损，还有一天天严重起来的类风湿，导致她肢关节变形，走路吃力，手臂经常疼痛麻木到无力抬起。记忆力也大不如前，一句话总要重复了好几遍。好几回炒菜，错将白糖当味精，外出散步会经常迷路，甚至将父亲治疗心脏病的药，当成自己的降压片吃……很难想象，曾经那么精明能干的一个人，说老就老了！

她想留下来帮忙。母亲说不碍事儿，歇着去，面一会儿就好。灶台边，母亲精气神儿又恢复过来了，从打卤、和面、擀面到切面条，一气呵成，不足半小时，一盆飘着葱油香的打卤面就端到她面前。望着她仍如小时候馋猫般吃得一副热气腾腾的样子，母亲藏在褶皱里的笑，一瓣瓣绽开了。可是当晚，母亲手臂肿胀起来，在床上翻来覆去一宿未眠，清晨连洗脸也完全不能自主。她懊恼自责，慌忙送母亲上医院。

医生告诉她，从脑部CT看来，母亲小脑已严重萎缩，神经功能部分受损，极易导致老年痴呆，需好好调理才行。可母亲却拒不配合治疗，她对自己的记忆力向来自信满满。终于拗不过，她决定当场考考母亲。出乎她的意料，四个兄妹每人11位手机号码，包括最近更换过的新号，母亲居然都能倒背如流。对儿女们的琐屑往事，母亲更是活灵活现，绘声绘色地如数家珍……

夜已深，母亲又熬过一天困痛，安然睡下。望着母亲日日衰老憔悴下去的一张脸，她鼻子一酸，泪水悄然滴落到面前的画稿上。迅速撤掉画稿，另换一张。她重操起画笔，在画纸上细笔描摹起母亲的容颜来。

她明了，这世上，所有母亲终有一天会老去，而她们对儿女的爱，却不止不歇……

一幅《永不老去的母爱》的画作，在画展上获得高度认可，她的作品随之开始热卖。从那之后，她不再去过多关注绘画的技巧技法，而是开始以挖掘人物灵魂为主，全身心热情投入创作。她的作品，开始呈现出动人的面目。正像一位画家朋友评论那样，转型后的她，作品不再有之前居高临下的疏离感，而有了温暖亲和的力量，那里有熟悉的生活气息，丰富的爱的传达，以及对一事一物深深的眷恋与珍惜。亦如许多场合她常常自嘲的一句话：从前的画与现在的画，是女郎叼起的一支冷艳玫瑰，与妈妈手中一棵小青菜的距离。

原来，唯有真实细腻流淌的爱，才是滋养艺术生命真正取之不竭的源泉。它打开你的心灵格局，让精神火花最终迸发出来，源源不断，创造一个又一个光芒奇迹。

永不老去的母爱，帮她在尘世修了一颗低到尘埃的柔软的慈悲之心。

母亲的怀抱无可替代

孙守美

快要母亲节了，习作课上即兴开展了一次“妈妈，我想……”的口语表达活动，没想到一个孩子的举动着实让我难过了一回。

那天的课堂上孩子们发言积极，有的说要为妈妈洗一次脚；有的信誓旦旦一定要为妈妈做一顿香喷喷的饭……一个一个紧紧攥着小拳头，仿佛一下子长成了能为父母遮风挡雨的小英雄，骄傲得不得了。只有宇低头不语。以前的他可不是这个样的，活泼可爱，回答问题积极果断，还飘着智慧的香。今天这是怎么了？我纳闷着。直到最后他才磨磨蹭蹭地站起来，好像下了很大的决心似的，大声地说：“我要妈妈！还有……还有……”宇的声音突然小了，小得像只蚊子在哼哼。

“来，大声点儿说出来！”我催促道。

“还有……”宇依然吞吐着。说实话，我真有点儿不耐烦。

“还有就是我想……让老师抱抱我！”他终于说了出来。

“啊？……哈哈……”还没等我反应过来，孩子们就肆无忌惮地哄堂大笑起来，而且一个一个像约好了似的齐刷刷地回头看着宇。宇一下子成了大家嘲笑的对象，竟不知所措地低下头抽泣起来，一粒粒豆大的泪珠落在他的手背上。其他孩子似乎意识到了什么，立刻安静下来。说实话，我也没想到宇会有这样的要求，看到他低头抽泣的样子，我的心头有一股说不出的悲凉。我轻轻地走到他身边，张开双臂将小小的宇搂在怀里，可就在宇扑向我怀中的那一刻，他“哇”的一声撕心裂肺般大哭起来，喊着“我要妈妈！想让妈妈抱……”宇这突如其来的举动一下子把我弄懵了，只是轻轻地拍着他的后背。待我安慰好宇站到讲台上的那一刻，我发现班里孩子哭倒了一大片。

我心里突然涌起了深深地自责，这么久了，我怎么忽视了宇内心的孤独？平时，我只看到了他表面的快乐，没想到他对母爱的渴望是如此强烈。幼小的孩子从来没有讲或者他不知道该怎么表达。我们成年人的孤独和苦可以彻夜不归地喝酒买醉，可是宇呢？

宇是一个特殊的留守儿童，留守儿童一直是一个让我避之不及而又心痛的话题。宇比班里其他留守儿童的情况更加特殊，听说他的妈妈未婚先育，而后一家人又不和睦，一气之下离家出走了，为此，婆家、娘家闹得不可开交。宇打记事起就没见过他的妈妈，只保存着几张他妈妈的照片，期间他也曾不断地问过爷爷、奶奶甚至乡邻，但是没有人肯告诉他妈妈到底去了哪里。没办法，想了、闷了，就拿出照片来看看。唉！课堂上那些孩子拿宇当笑料时，他们哪里知道一个缺少母爱孩子心里的苦？

在网上看到那个“画妈妈”的照片，有人说那个故事发生在伊拉克，由于战乱不断导致许多孩子成了孤儿，其中一个渴望得到母爱的孤儿在地上画了“妈妈”的画像，而后脱掉鞋子，旁若无人地躺在“妈妈”的怀里，享受着“妈妈”的温暖。

“我要妈妈……”宇哭喊的声音一直回响在我的耳边，扎在我的心上。我知道，我的怀抱再温暖，也无法替代他的妈妈。作为老师，我的能力有限，更无法左右孩子的父母。尽管如此，我依然不厌其烦千方百计说服宇的姥姥，在她那里求得宇妈妈的手机号码，我想尽我所能，为宇把那个久违的怀抱给寻回来。因为这世间，再温暖的东西也抵不过母亲的怀抱。

在这万籁俱寂的夜晚，轻轻地拨着那串号码，“嘟……嘟……”终于拨通了。我兀自微笑，我相信，爱在，宇就一定会成为妈妈怀中最快乐的宠儿。

爱情长久的密码

清　和

在电视上看过一档爱情访谈节目《完美告白》。节目中，两个漂亮的女孩争着向一个帅气的男孩告白。其中一个女孩是女友，另一个是男孩的追求者。女友家境贫乏，而那个追求者是个富家女。女友与男孩是老乡，高中时就相爱了，高考结束，男孩与女友都接到了重点大学的录取通知书，然而两家都是穷人，支付不起高昂的学费。于是女孩毅然决定放弃学业，参加工作供男孩上大学。男孩大学四年，女友没日没夜地推销化妆品，男孩一封信，女孩就把辛苦赚来的钱变成一张张汇款单。女孩无怨无悔地付出着青春年华，单纯地等待着男孩学成归来为她披上婚纱的那一天，然而男孩却因为贪图物质享受而有了新欢。在节目现场，瘦弱的女友泣不成声，例数旧情，哀求男孩不要离开她，可是男孩冷漠如冰，绝情地推开了女友。

不知是谁说过，深情从来都是被辜负，只有薄情才会被反复思念。

女孩的忠诚付出并没有换来男孩的真心守候。失去自我、把幸福押在对方身上的女孩最终丢失了自己的爱情。当你失去个人魅力而一味地为对方的成功添砖加瓦时，彼此的付出便开始不平等了，你如履薄冰小心维护的爱情也就离失去不远了。

很喜欢王尔德的一篇童话《夜莺与玫瑰》。一个贫穷的青年学生要在舞会上为自己喜欢的人送上一朵红玫瑰。夜莺看到青年为找不到玫瑰而悲伤哭泣，以为青年就是自己一直在歌颂和寻找的忠诚的情人，于是夜莺开始千辛万苦地为青年寻找红玫瑰。最后夜莺找到了一棵红玫瑰树，但是寒冬冻坏了玫瑰树的血管，不会再开花了。夜莺苦苦哀求玫瑰树，最后玫瑰树告诉夜莺只有一个办法可以得到红玫瑰，就是用夜莺的鲜血注入玫瑰树的血管，这样就可以开出一朵艳丽的红玫瑰。用生命来换取一朵红玫瑰，或许很多人都觉得不值得，但是夜莺觉得爱情比生命更可贵，它想到那个为了爱情痴心哭泣的青年，于是夜莺答应了。在一个月光柔美的夜晚，夜莺一边用尽全力唱着动听的歌曲，一边用胸口抵住玫瑰树的尖刺……黎明的时候，夜莺死了，玫瑰树上开出一朵鲜红如血的红玫瑰。故事的结局是令人失望的，红玫瑰并没有为青年带来爱情，青年爱上的那个姑娘，贪图富贵，把夜莺用生命染红的玫瑰扔到了河沟里，把痴心的爱情踩在了脚下。

这个故事是作家赞美夜莺唯美主义人生观的童话，但我却读出它对现实爱情的一个华丽的讽刺。为了别人的爱情而心甘情愿付出生命的夜莺，它自己多么像一个忠诚却惨遭抛弃的情人啊！这是一场失衡的不对等的爱，警醒着红尘俗世的情痴，真正的爱情应该是平等而有尊严的。

身边有这样一个文友，她年近不惑，却仍像个少女。每次在网络上聊天，她总是说起自己的先生，幸福之情溢于言表。我问她为何婚姻十几年，仍会如此相爱。她说，当爱人一心追求事业的时候，她不是像其他女人那样，只知道抱怨生气，而是把时间用在提升自我上。她去美容、健身，每周固定时间去图书馆看书，也会一个人去看场文艺电影。身边同龄的女人大都身材走样，脸上也有了斑点皱纹，而她却越来越年轻，越来越有知性女人的魅力。

其实爱情长久的密码不是当用生命染红玫瑰的夜莺，而是拥有独立的人格，被彼此的人性魅力所吸引，与他（她）站在同等的高度，让自己配得上对方的优秀。把爱情建立在平等自由的情感天平上，如此的爱情才能绵长持久、生生不息。

就像简·爱对罗切斯特说的那样："你以为因为我穷、低微、矮小、不美，我就没有灵魂没有心吗？你想错了！我的灵魂和你一样，我的心也和你完全一样。这是我的心灵在跟你的心灵说话，就好像我们两人已经穿越了坟墓，站在上帝的脚下，我们是平等的。因为我们是平等的！"

抓九粒儿

管　萍

麦子快熟了。妮子坐在田垄上出神。

妮子最爱吃这时候的麦粒儿。找那种没有麦芒的品种，大壮管它叫“瓜蒌头”，挑几穗饱满结实的掐断，在手中用力揉搓，吹去表皮，就露出一颗颗碧绿丰盈的麦粒儿，鼓鼓的，像个吹了气儿的微型枕头。

搓麦粒儿是个考验人的活计，不能用力过大，否则很容易揉烂，用力小了当然连皮也搓不掉。妮子虽是个女孩子家，手却很笨。一个麦穗搓到最后，除了没搓净皮的和掉在地上的，手中往往剩不了几粒儿，而且即使是那种没有麦芒的品种，它的外皮也很坚硬，搓不了几穗掌心就变得通红。

虽然妮子干惯了农活的手不在乎这些，大壮还是不舍得。大壮的手很大很灵巧，每次都能搓得恰到好处，而且掉不了几个粒儿。每当大壮把满满一掌心的麦粒儿摊在妮子面前时，妮子就觉得幸福极了，对即将到来的收割季节也就不觉得那么可怕。

有时妮子不好意思全都吃光，就提出玩“抓九粒儿”的游戏，闭起眼睛，从大壮手掌中的麦粒儿堆里抓不多不少的九颗，可以理直气壮地吃下去——虽然她很少能抓准。

大壮的母亲得病死了，父亲带着不满七岁的大壮到这个村子跟一个寡妇成了家，和妮子做了邻居。妮子起初觉得这么小就没了母亲的男孩子挺可怜，总想照顾他，其实她也只比他大五天。后来看到那个寡妇对大壮如同己出，就再没用异样的眼光看过他，但她和大壮一起玩耍的时候，还会不自觉地迁就他，谁让她大他五天呢？

妮子念完小学就辍学了。原因很简单，她还有个弟弟要读书。妮子倒也毫无怨言，山区里的女孩子有几个念书的？能让念完小学已经算开明的家长了。大壮也只念到了初中，即使他很聪明。山沟旮旯的孩子只能到这一步了。

书是念不成了，两个孩子像麦子一样按季节生长着。妮子红扑扑的脸蛋散发着健康的青春气息，一头长发又黑又亮，身体如麦穗般日渐丰满成熟。大壮结实的身板拔节般长高，身子骨架开始展露出一个男人的雏形。

两人不再像从前那样非得到一方家中去吃饭，出去玩时大声喊着对方的名字。见了面不敢正视，错身后再回头，偏对方也在回头，一颗心就怦怦跳半天，脸也热热地好久才恢复。现在两个人多半会在麦田边上巧遇。遇到了，也不说话，就那么在地头上走啊走，直到月亮升到了半空。

有一晚，两人相遇在初春的麦田。清清的月光洒在嫩绿的麦苗上，清冷的空气冲击着两颗火热的心，星星眨着好奇的眼睛，期待即将发生的故事。当大壮说要出去打工，挣了钱回来娶妮子时，妮子的脸一下子红透了。她隐约听双方老人嘀咕过这事，姑娘家的羞涩和矜持让她既紧张又期待。大壮说村里在外面干活的人给他找了份护工的活，说白了就是伺候一个不能自理的老人。大壮答应妮子不管能不能留下，一定在麦子收割前回来。

麦子黄透了，大壮还没有回来。

妮子看着一望无际的麦田，觉得今年的镰刀格外沉，拎不动似的。

麦子收进了缸里，大壮仍然不见影子。只托人带过一个口信，说回来后给妮子搓麦粒儿吃。妮子恨恨地想，麦子都变成馍了，还吃什么麦粒儿！这样想着，妮子的眼泪就把地头打湿了。

热辣辣的太阳照着绿花花的柳树叶子，满树的知了吵得妮子心烦意乱。大壮离家半年多再没回村子，莫非真的像别人说的被外面的世界花了眼睛，看不上土气的妮子了？田间的路边柳树底下坐着胡思乱想的妮子。这已经成了她的习惯，没事的时候爱坐在这片给她爱情和希望的土地上默默揣想。尽管每次想到最后总带着红红的眼圈回去。

一双手从妮子的身后伸过来，把妮子吓了一大跳。大中午的地边上有谁会来？妮子猛地回头，粗黑的辫稍扫疼了来人的脸。

妮子！半是埋怨半是心疼。

妮子圈在眼里的泪霎时奔涌而出。

妮子！大壮紧紧地搂着哭泣的妮子。我到家没看见你，家人不知道你到哪儿去了，我寻思你能在这儿。

妮子什么话也说不出。自打认识以来从来没有分别这么久过，满腔的怨言和等待都化做泪水淌湿这个梦寐的肩头。

大壮解释说，本来托人捎口信的时候已经准备回来了，可接替他的那个人，老人家不满意，那家人苦求他再多待些日子，他只好继续做下去，一直伺候到老人终老。

半晌，妮子才从大壮的肩头上抬起头幽幽地说，你说，回来给我搓麦粒儿的。

你看，大壮飞快地从挎包里掏出一个好看的袋子，在妮子面前晃呀晃。妮子睁大被泪水模糊的双眼，只见一团油蓬蓬的东西在眼前晃悠。

是爆米花！妮子从来没看见过这种好看的爆米花，老远就能闻到香甜的味道。

大壮捧了一捧爆米花给妮子吃，大壮说，这就是用麦粒儿爆的米花，可香了。

妮子的眼泪再次涌出，虽然这米花好吃，可是她还是最爱那一颗颗翠翠的麦粒儿！

那么，我们就来抓九粒儿吧。大壮魔法师一般摊开手掌，掌心里躺着晶莹剔透的麦粒儿，妮子数过来数过去，不多不少，正好九粒儿……

辑三／日子要慢悠悠地过

我们跟着月亮走吧

朱成玉

那年我十二岁，是家里很不顺的一年，处处弥漫着哀伤的味道。先是祖父去世；然后父亲在工作中受伤，中指被车床绞断；随后是哥哥闯了祸，和几个小混混一起偷铁被派出所抓去，坐了班房还要罚款；紧接着是姐姐被一个男人欺骗了感情，整日里精神恍惚。这些事情几乎是一起涌过来的，母亲像一个太极高手，四两拨千斤，硬生生用她柔弱之躯扛起了这一切。

父亲在医院里并不知晓家里发生的其他变故，母亲刻意提醒我们，因为祖父的去世，父亲心情一直没有缓过来，所以家里的事情必须对他隐瞒，让他安心养伤。

母亲把亲戚朋友甚至邻居家趟了个遍，总算凑够了钱交了罚金，毕竟偷盗数额较小，派出所一通教育之后，就把哥哥放了回来。母亲并没有立即打骂，只是让他跪在院子里，让他自己思过。哥哥双膝跪着，心却直挺着，倔强地噘着嘴不肯服软："我去偷东西，不也是寻思给弟弟妹妹买点儿好吃的吗？"

"就是饿死，也不能白拿别人东西，何况是偷！"母亲终于爆发，气得脸色惨白如月，"人要清清白白，你就在这月亮地儿好好反省反省吧。"

那晚的月亮白油漆一样泼在哥哥身上，像母亲的目光，一遍遍地洗刷着哥哥身上的污浊之气。

姐姐遭遇情感变故后，把自己困在屋子里，拉紧窗帘，整天不出来。母亲担心姐姐闷坏了身子，变着法儿地想让姐姐走出忧郁的囚笼。

母亲为姐姐做了很多好吃的，我去喊姐姐吃饭，却是千呼万唤不出来。母亲实在逼急了，闯进姐姐的屋子，一把扯开窗帘，月光被抖落一地。

满地都是撕碎的纸片，母亲知道那是负心人曾经写给姐姐的誓言。母亲把它们扫起来，扔进垃圾桶。

"你还这么小，难免会遇到不好的人。这有啥，以后的路长着呢，难不成你就把自己困在这黑屋子里，一辈子不出去了吗？"母亲轻语安慰，"丫头，你看，那月亮还有缺有圆呢，何况是人。以后你就知道了，你这点儿小事儿啊，咋说呢，喏，看见窗外炉子上那大锅菜了吧，它就像那大锅菜里的一头大瓣儿蒜，菜都算不上，就是借点儿味。"

许是母亲的比喻生动，姐姐竟挤了一个笑窝窝出来，继而号啕，母亲把她拥在怀里，"哭吧，哭出来就好了。咱不能闷着，你看月亮多好看，你怎么舍得不去瞅上两眼呢！"

姐姐心里的缺口，慢慢地就被那月亮的银辉注得满满的了。

几天后的一个夜晚，要去医院给父亲送吃的，很远的路，我和母亲走走停停。

歇脚的当口，我看见母亲对着夜空轻叹了一口气，仿佛是在对上苍许着愿望，又仿佛是在向无边的黑夜倾诉着憋闷和委屈。眼角似乎有亮晶晶的东西在闪，母亲毕竟是女人，太多的事让她有些难以承受，可是她坚忍着不让泪水落下。

乌云一层一层压过来，有些让人窒息，母亲也一直沉默着，让人不免担心一个闪电会不会将我们引爆。我想牵个话头出来，可是张开的嘴却被一阵风塞住。

忽然间，天上的乌云裂开一个缝隙，月亮像获得自由的鸟儿，“嗖”一下窜出来！一绺一绺的月光像一把把利剑，霎时间割开夜妖的黑色袍子。母亲终于露出一丝笑容，“‘黑蘑菇’总有散开的时候。”并催促我说：“快，咱就一直跟着月亮走。”

人生是由各种烦恼的碎片组合而成，每个人的一生都是不断拼接的过程。人生中那些艰难之事，于我早已不再新鲜，每每历经苦之风暴来袭，我都不会选择躲闪，而是勇敢地扎进去。我记住了母亲的那句话，也相信乌云总有散开的时候，月亮出现，一切就都有了转机和希望。

跟着月亮走吧。

这些年，不知是有意还是巧合，母亲总是喜欢在月亮地里对我们进行说教，母亲的“月光疗法”对我们健康成长起到了至关重要的作用。殊不知，母亲才是最温暖、最贴心的那缕月光，我们一生都栖息在她的光华里。

母亲用强大的母爱叮嘱我，一切烦忧都不必过于介怀，跟着月亮走吧，自会走到柳暗花明处，自会走到鸟语花香间。

善念之灯

李娟娟

善念是一盏灯，我在它的照耀下，一路走得安稳而优雅。

小时候，家离学校特别远，还有最难的我很害怕走的一段路，不仅仅因为那段路的两旁有许多坟墓，还因为黑爷家在那儿。

黑爷是我们村里的“五保户”，年轻时被一只饿狼袭击，破了相，一只眼睛瞎了，半边脸没了，头皮也因为受了伤，不再生出头发，像极了《画皮》中的主人公。

我们怕他怕得要命，见了他都躲得远远的，村子里谁家小孩不听话，半夜哭了闹了，妈妈就会说，再不听话，黑爷来了。于是，正哭着的小孩马上就偃旗息鼓，睁着大眼睛惊恐地四下里张望。

哪怕是白天，我们也要三五成群约在一起，走过黑爷家门口。不是屏声静气悄悄溜过，就是憋足了劲一口气跑过，常常跑得气喘吁吁，满脸彤红，小心脏“咚咚”跳个不停。

那一年，我上了四年级，每天晚上要上晚自习，而那时那条路上没有和我同班的。我急得直哭，要妈妈一定来接我。妈妈忙，常常在放学的时间不能准时过来。每天晚上，课上了不到一半，我的心就忐忑不安。

那一晚，妈妈又忘了来接我，当我走到黑爷家门口，看着前面漆黑一片的路，吓得怎么也不敢走时。突然，黑爷家门口的灯全都亮了，院子里面还传来一阵嘈杂的声音，那声音好像是在唱二人转。

灯光和二人转的声音驱除了我的恐惧，我的心里一阵窃喜，迈着欢快的步子回了家。

从那以后，每天晚上放学，黑爷家总是灯光明亮，欢快的二人转声音也让我再没有了任何的惊恐。我那时小，并不知黑爷家的灯为什么总是亮着。直到有一次，和妈妈聊起。妈妈才告诉我，黑爷一个五保户老人，平时晚上都不舍得用电，但他得知我放学害怕不敢一个人走时，就在门口专门安了灯，为我照亮。

妈妈说，黑爷不止给我一个人照过亮，我们村好多孩子都享受过这个待遇。这个丑巴巴的老人，从那以后，再不是让我恐惧的人。当所有人对他只有厌恶和嫌弃时，他不仅没有怪罪大家，而是以一颗仁爱之心善待我们。最终，他也赢得了大家对他的喜爱。

在网上看到这样一个故事。被人们称为“死亡之海”的撒哈拉沙漠，多少年来，有许多考古队去考察，都命丧沙漠。但是，1814年，有一支考古队却打破了这个魔咒，走出了沙漠。他们是怎么走出来的呢？有记者前去采访。原来，当他们到达撒吵拉沙漠以后，只见荒漠中随处可见以前考古队员们的骸骨。善良的队长不忍看到这些骸骨暴晒野外。总让大家停下来，把骸骨掩埋起来，还用树枝或石块为他们竖个简易的墓碑。一个星期后，考古队在沙漠中发现了足以震惊世界的文物。欣喜之余，大家准备离开时，突然刮起了风暴。接着，考古队迷失了方向，大家感觉到了死亡的威胁。危难之时，队长突然想起，说："大家不要绝望，我们沿着来时一路掩埋骸骨树起的墓碑，就会找到路。"最终这支队伍终于走出了死亡之海，创造了奇迹。

"为人点灯，明在我前。"因为看似替别人做事，其实是在帮自己铺路，爱出者爱返，福往者福来。你帮了别人，看似是成全了别人，实则是帮助了自己。

善念之灯，不会让我们迷路，因为它照得见世间的每一个角落。

乌云散尽，阳光自来

孙守美

初中同学聚会，与多年不见的同桌相约而坐。一阵寒暄之后，看着他油光满面的样子，猜他的日子定然过得风起水生吧。

谈话间突然想起他初中没毕业就退学了，便忍不住惊问他退学的原因。

“还不是因为你这个同桌学习太好！”他不紧不慢地了呷一口茶，笑着慢腾腾地向我砸来一句话。

“咋，这账还算到我头上？”我迫不及待地反问道。

“别急，别急，要不是你，我还混不到今天这样好的地步呢！”同桌倒是沉得住气，慢悠悠地点了一支烟，吞云吐雾略显神秘地话锋一转，目光坚定，话语里是满满的感激。

“快点说来，怎么回事？”我急急地催促。

同桌说那时能与我坐在一起学习很高兴，不会的题我及时帮他讲解，只因他基础太差，无论我怎样帮他，与我的差距都越来越大，觉得自己没了希望。灰心丧气地挨了一段时间便有了退学的念头。想想也是，那时我真的帮了他不少，但不至于有如此大的功劳吧？最后同桌补充道：你帮我讲题倒是小事，关键是在我颓废的时候，你写给我的那句话：别灰心，从头再来！瞬间，我的心“咯噔”一下，“别灰心，从头再来！”这是早已生在我心上，刻在我骨髓里的一句话，是父亲教育我的。想想，我的人生何曾不也有过这样一段惶惑和挣扎呢？

记得小学阶段，我在村小里学习棒棒的，不光是父母的骄傲，更是同伴的榜样。可是上了初中，突然离家，年幼的我对新的环境极不适应，成绩一落三丈，心中如压了一块又一块的乌云一般黑暗。自责、自卑一次次地席卷着我的内心，看不到一点儿升学的光明与希望。就这样浑浑噩噩地挨了一天又一天，突然觉得再这样耗下去虚度了光阴不说还会让父母失望透顶。生性倔强的我毅然决定退学。在我收拾好被褥回家的那个夜晚，本来就嗜烟的父亲更是一根儿接一根儿的吸个没完没了。在没有星星和月亮的夜晚，我和父亲一直默默地坐着，一明一暗的烟头还有父亲的哀叹声，犹如父亲那忽疼忽痛的心。我的心也跟着一紧一紧的，不用说，我也知道父亲在为我发愁了。此刻，真想让父亲大骂甚至暴揍我一顿，那样，我内心那深深的愧疚感或许能就此消耗掉。意外的是父亲却没有，在彼此静默的时光里，似乎流淌出了穿透我心底的温暖。记得父亲最后只说了一句：“别灰心，从头再来！”语气坚决容不得我有半点儿反驳。

那一夜，我不知道父亲睡得有多晚，只记得第二天醒来看到一地的烟头。

浪费了两年美好光阴的我，在父亲的鼓励下走上了复读的路。复读的日子里，我把“别灰心，从头再来！”写在书上，刻在心里。这句话如一股看不见的力量，默默生长，压在心中一块又一块的乌云被一次又一次优异的成绩给击破了，成功似乎开始露出点点光芒，这让我变得越来越自信。果不其然，我没让父亲失望，考上了省里有名的师范学校。一路走来，直到今天，我依然感谢在那个落满烟头的夜晚，父亲对我的教导与鼓励。

“别灰心，从头再来！”没想到，当年父亲鼓励我的一句话也被我为他人曾经灰暗的人生绽放了光彩！相信乌云散去，阳光自来！

坐等太守上头条

何欣航

洪武年间，有个非常可怕的太守。

为啥这么说呢？第一，他身体太过康健了。半夜一点，当熬夜的亲们刚刚进入梦乡，他便爬起来，干啥呢？秉烛夜读。自己读也就算了，他的嗓门也极大，于是他的读书声便划破了寂静的夜空，穿过了寂静的官署，回响在学子们的耳畔。（《明史》载：“夜四鼓即秉烛读书，声彻署外。”）

好啊，你不让我们睡好觉！我们也不会让你过得安稳的！当时的学子们脑袋里装的全是书，所以比较一根筋。你读书，我们也读书。于是凌晨一点钟，爬起来的不只是可怕的太守了，还有一群癫狂的学生。他们琅琅的读书声划破寂静的夜空，穿过宁静的学府，回响在太守的耳畔。可怕的太守忍不住偷偷地笑了，这正合他意啊！

由此可见，太守不但身体好到能够经得起午夜的摧残，脑瓜也不赖，有高人一等的谋略啊！

学识方面修炼到了极致，言行方面就可以披上铠甲了。太守的可怕之处，就在于他能在无声无息中把一个人击垮。一次，衙内给事中登门拜访太守，当然，是为了我私事而来。在那个没有反腐倡廉的年代，太守仍是洁身自好的一朵“白莲花”。他和颜悦色地问道：“你这次上门来，是有利于百姓，还是不利于百姓呢？我仍在猜想。”给事中坐在椅子上，战战兢兢，汗不敢出。与此同时，侍者倒茶来了。太守突然变了脸色，大喝一声：“干吗上茶？给我撤掉！”给事中刷地一下跪下了，战战栗栗，汗如雨下，就此告辞。

太守便从“四更太守”变成了“撤茶太守”。想想就可怕，他眉一挑，眼一瞪，大吼一声，官署都要抖一抖啊，从此再无人敢登门求事了！

第三，他有个突出的特点：不吃鱼。某天凌晨，他的妻子被他琅琅的读书声吵醒，于是只好起身，为他做了一碗鱼羹。奶油色的羹汤中，静静漂浮着绿色的葱末，和金黄色的鱼，一看就是鲜美无比……当她兴高采烈地端上了鱼羹的时候，想不到这位可怕的太守只瞟了鱼羹一眼，就挥挥手：“你不记得我啃草根的时候了吗？把这条鱼端下去，埋了！”（若不忆吾啖草根时耶？）

他的妻子无辜地眨了眨眼睛，盘子里的鱼也无辜地眨了眨眼睛。于是，鱼就被埋掉了。然而这馋坏了全城的老百姓，他们是多么想念那长眠在土里的肥美之鱼啊。所以这个故事被广为传唱，太守就由“撤茶太守”变成了“埋羹太守”。

草根倒是很开心，它竟然成了太守口中的优良食物！瞧，它得到“重用”的时间段，就是“太守时期”还有长征时期了。由此可见，成大事者，啃得了草根，拒绝得了鲜美之鱼汤。四更能爬起来读书，夜里也不会停下前进的脚步。偷偷说一句，若是挑食的你们想要偷偷把鱼埋了，肯定会被大人们呵斥的。因为，这是一个艰苦奋斗的时代！然而当时，太守过得比我们要艰苦得多！埋鱼所下定的意志，为诸位学生做榜样的决心有多大，大家都该明白。这也该是我们深深景仰，代代传唱的。

想到现在，大家口耳相传的，便是“都叫兽”“金叹欧巴”“周杰伦好声音首秀”“汪峰能否上头条”诸如此类的娱乐人物和娱乐新闻，而又有谁会聚在一起讨论一下像太守般的其人其事呢？太守其人其事之娱乐价值和个性特色就是嗅觉灵敏的娱记们也不会拒绝的，所以，我还是在等，有一天，“埋羹太守”会取代各种流行，也“上个头条”。

仁心是天下最好的药

杨　慧

那是我毕业后和院长做的第一台大手术——肝破裂、脾切除。

病人是井下工人，因井下安全设施不完善，顶板落石砸伤。病人送来时就已经非常虚弱，不久就开始昏迷不醒。已经是下午要下班的时间了，我们外科的全体医护人员谁都没有吃晚饭，在手术室里一连奋战了好几个小时，终于把病人一点一点从死亡线上抢救了过来。

那时我还很年轻，刚刚毕业就遇到这样的大手术，既紧张又兴奋。院长和主任都年龄大了，一台大手术下来几个小时，他们累得筋疲力尽。所以，每十分钟去看一次病人，检查病人的输液情况和生命体征的任务就由我主动承担了下来。

病人是从外地来的打工仔，没有家人，更没有任何亲友的陪伴。夜深了，只有他一人孤零零地躺着抢救室里。病房的走廊静悄悄，灯光幽幽，整个外科楼里只有我一个人在抢救室和办公室之间来回跑，一会儿检查，一会儿记录，一会儿换药。

当我再一次为他测血压的时候，我的手不小心碰到了病人的手臂。忙乱的我感觉到他手臂的冰冷。那种冰冷仿佛死亡之手伸进他的骨头里。刹那间，我心生怜悯，眼前的这个男人，我不认识，和我没有任何关系，他只是我的病人，而且是一个我从未过见过的男病人。可是，他是多么可怜，年轻的生命受到如此重创，谁看到了都会心痛。

仿佛有一种使命引导，我把我自己的手，放在病人的手臂上，为他捂热，为他取暖。虽然我是医务工作者，为病人检查身体，下各种部位导管，甚至手术时碰到病人的内脏都是平常事，但我还是第一次这样去“温暖”一个陌生男病人的手。年轻的我是一个很羞涩的人，众人面前一说话就脸红耳赤。但当时的心，清澈如水，什么都没有想就去做了。

那一夜，我几乎一夜都守在抢救室里，陪伴他，照顾他。尽管病人还在昏迷中，我仍然对他说：你一定要挺住！我望着输液一滴一滴地滴落，不断地向上苍祈祷，请保佑他吧！他还那么年轻，家里的母亲一定很焦急地等着他回家，或者他已成家，妻子也是望眼欲穿盼着他，怀中嗷嗷待哺的孩儿，等着他寄回钱去买奶粉。

死神在那边铆足了劲儿牵着他的手，我在这边也铆足了劲儿死死不放地往回拽他。夜深了，整个外科楼，都安睡着，谁也不知道一间明亮的抢救室里正进行着一场生与死的较量。

经过两个多月悉心的护理治疗，死神退却，病人一点点康复了。看着他一点点地坐起来，站起来，活动起来，我们真为他高兴！但病人不知道，我也永远不会对他说，手术的那天晚上，在他昏迷的时候，我的心是多么为他焦急，急得我用自己的手放在他的手臂上为他取暖，我希望我这份来自心底的温暖能注入他的身体的每一个角落，帮助他快点暖起来，好起来。

病人完全康复以后，就离开了双鸭山，听说好像是回了内蒙古老家。光阴流转，草木青了又黄，黄了又青。二十多年后，我依然工作在医疗的第一线，我已不记得我曾经做过多少台手术，救治过多少病人。只记得病人们对我越来越深的信任，和我对病人们一腔来自心底的祝福。但我忘不掉那个病人，我清清楚楚记得他的名字叫钱福祥。尤其忘不掉那个夜晚，忘不掉那病人冰凉的手臂和自己温暖的手。也是从那一刻起，我懂得了一颗悲悯的心，对于医者的重要性。医者仁心，是天下最好的药，可以令无数濒临绝境的生命，回归春天。

采不到蘑菇，就去捉蝈蝈吧

梁新英

对儿子来说，中考那年人生的天空是灰色的。在考前最紧张关键的时候起水痘了，在家隔离二十一天后回到校园就迎来了中考，原本擅长的历史政治也考砸了，成绩上不了重点高中。

儿子一蹶不振，原本高大阳光的他好像一下子矮了好多。平时课余时间他喜欢在篮球场上叱咤风云，那时却对打篮球失去了兴趣，寂寞的篮球在角落落满了灰尘。他整天把自己关在屋子里，每一声的叹息像一把利剑刺痛着我这个母亲的脆弱神经。

为了帮助儿子走出阴霾，我和丈夫决定带着儿子去郊外采蘑菇。

天空蓝得纯粹，像无瑕的美玉。樟子松郁郁葱葱，偶尔一阵风拂过，松涛就像叠叠的浪花涌上岸滩的声音。在草原这个大自然的氧吧里，儿子深深呼吸，眉头渐渐舒展了。

蘑菇长在松树下的深草丛，不知这里被多少人采过，想搜到漏网之鱼真不容易。

起初我和丈夫谁找到蘑菇都喊儿子过来采，渐渐地他觉得不过瘾，非要自己找寻。

于是大家分头去采。儿子在我的视线之内，我关注着他的一举一动。他偶尔弯腰采蘑菇，更多时候漫无目的地拨弄着杂草。

我走过去，发现他采的蘑菇要么是不能吃的，要么发了霉，把它们一一丢进草丛。儿子的信心大受打击，深情暗淡："唉，人倒霉，连喝凉水都塞牙。"

他来看我的战果，虽然蘑菇不多，却个个鲜亮。奇怪地问："看你不断弯腰，以为你采好多蘑菇呢！"我笑了，"采不到蘑菇，我就采野花编花环，还用手机玩自拍。你看我的另类收获——"我指了指头上的花环，"美吧！"又打开手机给他看照片。

"老妈，你这是哪是采蘑菇啊，纯属于玩儿嘛。"儿子有些不解。

我拍拍儿子的肩膀："咱们来采蘑菇图的就是一个乐儿。采不到蘑菇就捉蝈蝈，听听松涛声，给野花照相。一会儿也许你就会意外发现目标，有'踏破铁鞋无觅处，得来全不费工夫'的惬意。不要让失望遮住快乐的阳光，抱怨会使我们的心情发霉呢！"

"人要懂得随遇而安，顺其自然，无论什么事，我们尽力就好，不要强求。在阳光的背面，不肯攀登不好，因为那样就像你刚才采到的那些发霉的蘑菇；向着阳光努力奔跑值得称赞，太用力也不好，一定要调节自己。有时候漫步比奔跑更健康，一味地奔跑，你会错过好多景致呢。而漫步，才可以欣赏到路边的风景。哪怕是一朵花的点头致意，哪怕是一只蜻蜓伸的懒腰……"儿子专注地听着，不时点头，眼睛亮了起来。

儿子终于明白父母的良苦用心，他说无论在哪就读他都会尽力去学，也会努力做到，采不到蘑菇，就去捉蝈蝈。

大家再次分散去采蘑菇，我不时望向儿子，看见他不断弯腰——也许蝈蝈在他的篮子里正合唱高亢的歌，也许他的手机记录下一朵野花的妖娆……

斜阳照在他被晒得发红的脸上，久违的笑容灿灿的，像一朵雨后鲜亮的蘑菇。

大 锅 菜

春 潮

大锅菜是皖北的家常菜。顾名思义，这首先得有一口大锅，仅此一项就让许多的城市人望而却步，只能在回忆里品尝那曾经的美味，与时光的遥远了。

小时候，家里虽穷，但逢年过节，奶奶总是炖上一锅“大锅菜”，里面有五花肉、猪血、粉条、白菜等。荤的、素的都在锅里一起炖。素菜里有肉的香，荤菜里却又有素菜的爽，彼此浸透。那香味飘散开来，真是让人垂涎三尺。

结婚后，工厂里家属区是连排宿舍，一家一间，对门搭一间厨房。妻炖的“大锅菜”成了名吃。每到开饭时，香味就吸引了一些职工们，到我家凑热闹，有的带一瓶高粱大曲，有的从食堂端点菜，我在家不在家他们是不顾及的。“大锅菜”做好后，厨房门一开，他们就像在自己家一样，无拘无束，说说笑笑，吃吃喝喝，热闹非凡。妻子来自农村，心地善良，为人憨厚，有时人多，她自己倒没有了菜吃。但只要大伙吃得高兴，她也从不计较。

我调入行政单位后，买了商品房，住进了小区，对门的邻居，没有特殊事情很少串门。“大锅菜”只有我去姨家走亲戚才能吃上，每年两次，一次是中秋节，一次是春节。姨知道我爱吃这“大锅菜”，年年都在节前给姨哥说，割点好排骨留着给“大潮”（我的小名）炖菜吃。我打电话说，姨，不要买凉菜，就吃“大锅菜”。可说归说，做归做，姨哥每年还是准备一桌子凉菜，不喝上几杯他心不甘。我常常借故走出来，一头钻进厨房。姨早就知道我的心事，厨房准备了一只大碗，掀开冒着香味热气的铁锅，给我盛了满满一碗大锅菜。

姨总是在我满满一碗大锅菜上，时不时地再添些菜。我呢，则像一个吃不饱的孩子，我蹲在灶屋里，拿起一个泛着黄锅巴的锅饼大口吃起，那个惬意劲儿让我每年都要想着走亲戚。

因了我喜欢的大锅菜，妻绞尽脑汁终于买了一个平房小院。就这样我搬进了这个小院。小院紧挨局办公大楼，有一个小门和大院相通。开始时，我们烧地锅做饭，鉴于城市人特有的距离，还没有人来光顾。但不久，大锅菜的香，同样吸引了单位的职工。从开始还拘谨说：“你家做的饭真香，真好闻。”到后来，他们时不时都找借口来吃。“大锅菜”真好吃。这可不得了，有人买了牛排送来说，嫂子做“大锅菜”；有人送来了羊肉说，嫂子炖“大锅菜”。不问你情愿不情愿，厨房里一扔，人就没影了。妻说：人家来咱又不好赶人家，就当我给你“为人”了。妻成了专职“大锅菜”的厨师，要赔上粉条、面粉，有时还把我存的酒也添上。

不久，妻一帮在一起跳健身操的美女们，也闻到了菜香，逢星期来打牌，炖“大锅菜”。我回家吃，她们有点儿尴尬，我也有点儿拘谨。

双休日，我首先要打电话问妻，你那帮“老美女”又来吃“大锅菜”吗？妻说有，我便躲起来。实际上，为的是让她们无拘无束、快快乐乐地吃上“大锅菜”。

经常在街上，碰到以前的工友们，二十多年了，各自的人生多有不同。有的在大街上打扫卫生，有的在小区当保安，有的在做装修防水。一个双休日，妻打电话说来客了，让我回家陪。到家一看，七八个二十年前的工友，相聚在一起，已经开好酒，兴致勃勃地开吃开喝了。虽然有几个凉菜，主打还是“大锅菜”。 一碗大锅菜端起来，味道、情意都还是那么醇厚。他们开始念及在我家吃“大锅菜”的日子，他们眼中泛起了泪花……

大锅菜里各种菜都融合相安，才味道十足，人呢？爱每一个人，不管是卑微还是高贵，才能融洽，才能美好。

“大锅菜”虽不是山珍海味，但里面却盛满了情义，盛满了温馨和快乐！当饮食日渐成为一种文化、一种时尚，家常的大锅菜似乎更能体验出味道的厚薄，人情的冷暖。

心　井

静　秋

家乡的土井是用石头垒起来的。年久了，井周围石头上长满青苔，好像井的眼睫毛。冬天会从井口里升起缭绕的白雾，在清晨白雪的映照下，如朦胧中一朵盛开的雪莲。这就是我小时候家乡的井，它养育着村里的几百口人和牲畜。

井旁有棵歪脖子柳树，它拼命往井这边长，总想和井亲近，一旦它能触摸到井沿了，人们就残忍地用镰刀把它斩断。所以它总是和井遥遥相望。仿佛两个相爱的人，被施了咒语，爱着却又无法相拥。

那一年放暑假，我来挑水。看到一个高个子、白净脸的男孩，明净的眼睛仿佛这深不见底的井水。文质彬彬的样子，一看就知道是城里来的学生。他把料斗放到井里，那料斗欺生，就是不肯倒下。

我说："你没干过这活吧？我来帮你。"他红着脸，说声谢谢。

我们就这样相识了。他在外地读中专，是来姑姑家串门。

以后的几天里，就像心有灵犀，每次我来挑水，他也准时来挑水。因为都是学生有共同语言，他给我讲述城里的趣事和学习生活，让我这农村长大的女孩心生好奇和羡慕。虽然认识不久，却有着说不完的话。

每当见到他那双清澈如水的眼睛，我的心就不安分地跳动着，脸发烫，手脚都不自在，想看他，又不敢看，他的眼神总像探照灯似地笼罩着我。他告诉我，他叫亚木，亚洲的亚，木头的木。这个名字很好笑，和他有点儿不般配，可是我依然喜欢。

我和他说："我最不喜欢挑水了，什么时候不用挑水也有水喝就好了。"他说："只要你好好学习，将来走出这里，有一天你肯定有能力把城里的自来水引到这里来。"我听了笑起来，仿佛在听天方夜谭。

他学会了打水，就开始帮我挑水了，我们互帮互助，愉快地度过了一个假期。

亚木离开后的日子，每当我来到井边，他的身影就在我眼前浮动。他的每句话、每个动作都那样清晰，仿佛一切都没有散去。

我就在这煎熬中盼来了寒假。

那天的雪花纷纷扬扬，我来打水。亚木突然站在我面前，那一刻，我不敢相信自己的眼睛，他上前紧紧握住我的手，久久不肯放下！使劲地摇啊摇……我只是傻傻地望着他抿嘴笑。爱和期盼的眼神出卖了我们各自的内心……

我又满怀欢喜地挑水了。有时我们会倚在老柳树下聊天。虽然是冬天，但感觉如沐春风。看我没戴手套，他把自己的手套套在我的手上说："这个手套送给你，女孩子要爱惜自己的手啊"我的手钻进他的手套里，感受着他暖暖的体温。

后来每个假期他都会给我带些小礼物。最多的是书。一本《青春之歌》让我爱不释手，睡觉都放在枕边，并由此喜爱上了文学。还有一条鲜红的围脖，我好喜欢啊！“你太美了！像朵红牡丹。红代表热情和善良，太适合你了。我愿一生都陪伴你这朵红牡丹，甘心当你的绿叶，你同意吗？”这算是他的求爱吗？我脸红心跳地点点头。当时感觉我是世上最幸福的人。漫天飞舞的雪，像爱的精灵，为我们燃放着爱的烟花。

悲剧来的那天，格外的冷，西北风夹着雪粒打在脸上生疼，我来到井边。看他正从井里往上提水，我默默地看他熟练打水的身影，正要赞美几句。他回头看到我，忘形地挥舞双手，不想脚下一滑，猛地摔倒，头正好磕碰到水桶的边沿上，鲜血涌出，嘴吐白沫。吓得我双腿发软，急忙把自己的围脖解下来，把他的头包上，红围脖变得更加血红。

所幸，他的生命保住了，可是却失忆了。我谴责自己，总觉得他摔的这一跤和自己有着莫大的关联。如果自己早一点儿或者晚一点儿出现在井边，也不会发生这样的悲剧吧。

我偷偷去市医院看过亚木。他脸色苍白，那清澈动人的眼睛变得毫无生气，呆呆地望着天棚。我上前握着他的手：“亚木你好些了吗？”

得到的是比最凛冽的冬天还冷的两个问句——

“你是谁？”

“我是雪儿啊！”

“雪儿是谁？”

我的泪夺眶而出，滴落在他的手上，滴答，滴答……仿佛钟表声在告诉我，此前的一切都过去了。我望着那张熟悉的此刻却变得陌生的深爱着的脸，心在抽搐！那一瞬间我体会到什么叫切肤之痛，这种疼痛令我一生无法抹去。它成了我心上的井，深深的自责把我拉向无底的深渊。

爱，让我感觉自己像个罪人；我愿意躺在床上的是我，只要他安好！但是爱的疼痛和自责随着岁月的流逝而成正比。它像一块流过血结了痂的伤疤，即便痂掉了，仍然留下了疤痕！

后来听说他们家为了给亚木治病搬到上海姐姐家，再没回东北。她姑姑家也搬到外地，再没有他们的消息。我也去外地读书，但每次回家我都去看看那口井和井边那棵老柳树。

结婚头一天，我来到井边，那棵柳树也显得苍老了，它的枝干终于够到了井沿，用整个躯体拥抱着那口心爱的井。这一对爱侣终于被解了咒，可以相拥而眠了，可是我的亚木呢，如今你是否安好？

别了，我的初恋情怀！

二十年后，叔叔家的侄女结婚，我又一次回到了家乡。我迫不及待地问起那口老井，叔叔说，早成枯井了，现在家家都用自来水，再也用不到它了。

“你还记得那个叫亚木的吧，”叔叔说，“就是他给全村安的自来水。”

我一下子惊愣了！

“他不是去外地了吗？他不是失忆了吗？……”我有太多的问题要问。

“嗯，后来他的病治好了。自己开了家公司，听说挣了不少钱，回来给咱村修建了自来水管道，好像还给村里小学赞助了不少钱呐……”

关于亚木的这个消息，像一个炸弹，炸开了记忆的闸门，所有关于我和亚木的过往一幕幕地在我眼前流淌出来。思念、牵挂、自责、惦记，伴我走过了几十个春秋。虽然不敢碰它，但隐隐的疼还在那里。我跑出去，直奔那口长满蒿草的井。倚在那棵老柳树下，像个孩子似的任凭泪水肆意流淌……

我隐约听到井底有水涌动的声响，好像我的泪水，使那口枯井复活了过来。

日子要慢悠悠地过

杨　慧

秋天到了，玉米和稻子刚刚成熟，还没来得及在秋天的旷野里给自己办一个“成人礼”，就被匆匆忙忙地收割了去。

小时候不是这样的，记得那时候在乡下住，秋收时节，大人们却一点儿都不着急，“懒洋洋”地，任凭金灿灿的玉米在大地上敞开胸膛，露出结实的肌肉，向秋天展示成熟的韵味。

父亲带我们去地里掰苞米，不像劳作，更像是对土地进行一次短暂的告别仪式。父亲抽着烟，望着渐渐空旷下来的大地，说一声：“一年又过去了啊！”不知是对这一年收成的略感遗憾，还是对岁月无情流逝的喟叹。

夕阳西下的时候，父亲说收工，我们才能踏上归途。装载玉米的牛车走得很慢很慢，晃晃悠悠，吱吱呀呀，偶尔伴着一两声牛哞声、蛙鸣声和咕咕的鸟叫声，像是大自然弹奏的一首美妙音乐，悦耳动听，余音袅袅。

慢慢地，我和妹妹躺在牛车上就迷迷糊糊地睡着了。

收回家的玉米，也并不急着脱粒，就那么在院子里堆着，给农家院落增添着丰收的喜悦。要过年了，父亲才会张罗着卖掉一些玉米，因为我们要用它换来的钱，置办年货，置办我们的鞭炮、我们的年画、我们的橘子瓣糖、我们的冻鸭梨……

一切都是缓慢着进行的。慢，在乡村是一幅优美娴静的油画，色彩丰富，美轮美奂；慢，在孩子们心里是一粒香甜的糖果，其乐融融，难以割舍。

父母年轻时住在同一个村子里，媒人介绍后，婚事就算定下来了。但彼此单独见面的机会很少，偶尔见一次时总是聊一些清风明月之事，拉拉手都不好意思。结婚以后，有一天母亲告诉父亲今天是她的生日，父亲翻了翻日历，很认真地说今日也是他的生日。母亲不相信，天底下哪有那么巧的事！后来查看户口本，才知他们真的是同年同月同日生。

几十年以后，母亲讲起这个话题时，我们都觉得太滑稽太好笑了。也不知道当年他们是怎么谈的恋爱，这么重要的话题竟然没有聊呢？至于红玫瑰、黄玫瑰、烛光晚餐和生日蛋糕就更不可能有了。妹妹曾追问过父亲他们的爱情究竟是什么样子？父亲只是微笑着，不言不语。恰逢早春时节，清风吹过，庭院里的杏树正缓缓地飘落着一朵朵杏花。那白里透红的花瓣像涂了一层淡淡的胭脂，素雅端庄，羞羞答答地像即将出嫁的新娘。

父亲不善表达，他说：“我们不懂啥爱情不爱情的，两个人不吵不闹的，慢悠悠地过着日子，就挺好。”慢悠悠地过日子，就是父亲眼里的爱和幸福！

慢一点儿，多好！慢，是天底下的有情人唱不完的一首情歌，曲调优美，情真意切；慢，是一杯陈年的老酒，浓郁香甜，回味悠长。

现代社会，是一个追求速度与效率的社会，行色匆匆的人们很难静下心来体会一下“缓慢”所能带来的快乐。人们越来越喜欢更快、更好、更新的同时，往往忽略了宁静、甜美、祥和。

奔跑的圆谷幸吉自杀了，因为他一生都在奔跑，他累了，再也不想跑下去。如果可以放慢一下脚步，是不是就可以让他的灵魂得以安歇，不至于如此疲倦。迟子建回忆自己的爱人时说：其实人生是可以慢半拍，再慢半拍的。生命的钟表，不能一味地往前拨，要习惯自己是生活的迟到者。是啊，她只能在回忆里与心爱的人谋面了，因为他为了工作急于赶路，把自己赶往天堂。

为什么不能慢一些呢？金庸先生给了我们一个很好的回答。他说：人生要有张有弛，武打小说里也不能总是打个不停，打一会儿，就要吃饭，捎带着谈情说爱，不能老是很紧张，要有快有慢，要有节奏感。他就是这般徐徐缓缓地走了一生，是“慢”把他磨成了一颗“金庸星”。

冬日的午后，我很喜欢泡一壶茶，并不急于喝，烫杯，冲水，看着一叶一叶的茶芽像遇到了春风一样，慢慢地舒展叶片，慢慢地溢出清香。端起茶杯，慢慢地品味茶的味道。似乎透过那氤氲的雾气，整个人生便在里面若隐若现。这杯小小的茶，让我的心情焕然一新，让我从中感受到山野大地的气息，重温了一段明媚而又温暖的时光。

那样的时光真的非常美妙，正如父亲所说，慢悠悠地过着日子，挺好！

爱的积分

晓 非

儿子十三岁了。在我每日的目光中悄然长大，个头“嗖嗖嗖”地在赶超我，身板结实体型匀称，上下楼梯敏捷如风，我们惊叹他的速度与活力。

儿子快速成长，也慢慢地在脱离对我们的依恋，对世界兴致盎然又小心翼翼地张望。这样的变化终于让我长舒一口气，想起这些日子记忆的皱褶里流动的是他一个个微不足道的变化。

儿子的性情比较软弱，害怕新生事物。因为搬家转到新的学校，一时难以适应，情绪时常懊恼、焦躁，喜欢用埋怨的口气嘟嘟囔囔。没了旧日的玩伴，学余时光不愿独自出去玩。这不免让我们十分忧虑。

“旧时光就像黑屋子，你躲在里面，小伙伴们找不着你，太阳也找不着你啊！”先生耐心和儿子谈天，鼓励他对待新环境先不要排斥，要有勇气接受新生的美好，而不是恼怒和灰心。“就好比一个阳光灿烂的孩子和一个灰头土脸的孩子，你说哪个招人喜欢呢？”儿子听着，似懂非懂地看着我吗，虽不作声，但我感觉到他内心的暗流涌动。

为激发出他的勇气，我和先生陪着儿子到小区孩子集中玩耍的地盘，主动找那些玩得正嗨的孩子聊天问好，介绍他们认识儿子。儿子初始胆怯，去几次熟悉了，放学后只要一写完作业，就立刻飞奔下楼找他们去玩儿。

我站在阳台，看夕阳缓慢下沉，云彩飘荡。儿子和伙伴们在楼下溜旱冰，灵活的身子在晚霞橘红色的光里滑出一道道弧线，弧线上缀满孩子们肆意的欢笑。儿子朝着软弱宣战，勇敢地迈出了一大步。

儿子天性善良，极少在外和同龄人产生摩擦，对同学尤其是女生更是忍让有加，常被一大群小女生在后面追赶，有时跑到厕所去避难，无论怎样也坚持“打不还手”。儿子的理由是，男孩是不可以打女生的，女孩是要让着的。儿子的可爱和善良，想必也是被那些女生喜欢着并故意围堵的原因。

可是男同学一味挑衅就不一样了。有一天回家，他兴冲冲地大声说，“妈妈，我今天和同学打架了。”

先生对儿子说，打架不大好吧。我想了想说：儿子，能告诉我是怎么打的吗?

儿子说有个男同学又来挑衅他?他实在忍无可忍，把隐藏在身体内的勇气一股脑地爆发出来，给了那家伙一顿胖揍。不过那家伙求饶的时候，儿子适时收了手。

我很高兴，儿子用一场“战斗”捍卫了自己的尊严，而且懂得在强势时收手，保有着从未缺失的善意。

先生有点儿责怪我，说我不该鼓励儿子打架。我却认为一个男孩需要打一次架看到自己的力量和勇敢，找到男性的刚烈和勇气。

儿子做事拖拉，对本是自己该完成的事，只要碰到不喜欢的，就会找出各样借口说：等下，等下，我会做。结果是一拖再拖，直到拖得事情没了影踪。儿子也喜欢耍赖皮，某日见到心动之物，就会拐个弯儿提出来，一旦没允许，喜欢哼哼唧唧无休无止地纠缠。这种种的不良，说起来是我养成的。和先生讨论，源于以前我对儿子的事总是大包大揽。孩子的心灵敏锐，能迅速捕捉到大人心理的微妙变化，经常尝到甜头，拖拉劲儿顺理成章变成了习惯。

赖皮也是因为我受不了儿子为达到目的，三天两头磨我，直到糊弄得我放弃原则让步。对儿子的各种不假思索的放任随意，他的拖拉赖皮自然也就越发膨胀。先生不免忧心地对我说：优秀的人才必须要有一个良好的习惯才行。培养儿子的良好习惯，帮助他除掉难种种毛病，就成了我俩生活中的重中之重。

儿子热爱运动，喜欢骑车，车子是女儿读高中后留下的，车旧骑着也不舒服。儿子一直想有辆属于自己的山地车，我们没答应，觉得过于奢侈。见儿子对山地车的殷殷盼望，先生抓住机会，提出买车可以，但得靠自己赚钱买。

先生给儿子设定奖项，从每天的日常小事如分担家务，洗碗晾衣上给予加分。重点在学习上，把奖项标准记录在册，如平日考试无论大小考达到标准就给加分，英语、语文考试超出标准另外加分，满分就翻一番加分，数学低了标准就减分。对平日在家每周诗歌背诵、作文、英语，顺利验收过关加分，讲究速度与效率，若往后拖拉就减分。每周末累积结算登记分数。

想到梦寐以求的山地车只要努力就能得手，儿子对学习的兴趣心大增。原本对英语不是很喜欢的儿子，每周得背诵二篇英语课文，发语音给远在大学的女儿，纠正发音和单词。

儿子学习粗心，写字常犯缺胳膊短腿的错，读书更是如此，不愿翻字典，认白字是常事。记得儿子在背诵古诗中的“晋”字，楞生生地念成了“普”音。先生认真，对儿子的粗心惰性毫不手软，写下这两个字贴在房间，罚儿子对着正确读音念一千遍。儿子在每日的渐进过程中，拖拉不时冒头，无奈不是遭冷眼就是遭罚分，只得“咕咚”一声不乐意地吐个泡泡乖乖下潜。儿子的拖拉赖皮，在先生略带强制性的策略下，在他每日梦想可成真逼出来的自律中，逐渐褪色分化。

平静的日子如流水哗哗地流走，经过几百个日子的努力，在一个雨后的夏日午后，儿子兴奋地骑着山地车沿湖滨公园兜圈，脸上挂满得意的笑，不时地放飞双手，远看像只小鸟张着翅膀自由滑翔在蓝天下。我和先生微笑目视。

儿子凭着努力赚来了山地车，他的各种“弱”也在这努力的过程中得以濯洗，脱颖而出为一个性格阳光的少年。在今年升学考试中，英语和数学以满分告捷。儿子的童年时光经历了蝶变，在盛夏收获了他的果实。

孩子的成长，需要积分的方式去鼓励。那么，爱又何尝不是呢？爱也会一点一滴，在孩子的心中慢慢磨砺成一粒珍珠。

铁路熊孩子那些事儿

闻　名

山子喜欢诗歌，山子原不是熊孩子的，不过自从那件事之后他就冠名“熊孩子”了。上小学的时候，语文老师让全班的同学每人讲一个小故事或背一首诗，山子站起来就来，奶奶曾教给我一首诗：“先生吃粑如卷纸，吃到肚子化成屎，早知如此太麻烦，不如趁早……”当山子正一字一句认真背诵的时候，班主任老师一声断喝：“站到门外边去！”山子自己还委屈呢，而此后他“熊孩子”的大名声名远播。

熊孩子就熊孩子吧，或许山子这样想，熊孩子还经常做出一些你意想不到的事情来。一次山子随奶奶进城，奶奶好不容易进一回城，所以就想给孙子弄点好吃的。中午时分，奶奶带着山子进了一家饺子馆，奶奶给山子点了一盘煎饺，一盘煎饺共十个，奶奶吃了一个然后就坐在那儿看着孙子吃，好久没有吃到这么美味的东西啦，山子风卷残云般，一会儿一盘饺子就没有了，这时奶奶瞪大了眼睛，唉？怎么少了一个啦，一共十个，我吃了一个还有九个，而你明明只吃了八个啊，还有一个呢？而这时山子站起来骄傲地拍了拍自己的小口袋：“在这儿呢，我要带回家给妈妈吃！电视广告上都这么做的！”一番话说得奶奶大为感动。

熊孩子做事儿自然有熊孩子的道理，这则小故事也说明了“熊孩子”有样学样，有着心地向善的本质。

在村里上完小学，再到省城里上完一所大学后，后来山子成为一名铁路职工。熊孩子长大了，淳朴真诚不变，外加了一股坚毅和对工作的执着。

工作后，山子的工作地在一个大山里的小站上，那儿四面环山，小站是群山的装饰一点，群山是小站天然的屏障。在这样一个长久的寂寞环境下浸染，一个人的内心是会十分脆弱的，可山子却有着自己的励志名言，他说：“光荣在于平淡，艰巨在于漫长。”他要用自己的智慧把原本枯燥的生活变成一首诗歌。小站宽阔，山子在小站四周种花，葵花，很认真地种，先丢下去的时候是一粒瓜子，没过几天破土而出一芽绿苗，山子守着这些嫩苗傻乐。他把工作之余的时间都用来给葵花浇水、施肥，一行行的葵花长势良好。小站站长是一位上了年纪的老人，阳光熹微的日子里寻山子不见，就在小站门口扯起嗓子叫唤山子的名字，山子正在向日葵地里拔草呢，突然听到叫声“噌”的一声从一张张圆圆向日葵的小脸蛋里伸出脑袋，“唉，在这儿呢！”憨厚的脸蛋和向日葵一样可爱。山子在大山的小站一待就是四年，后来有人问山子，在小站里上班无聊吗？山子说：“寂寞伴随孤独而生，你若心存美好执念，烦恼不来。”可见山子已经具备了铁路人那种勇把困难踩在脚下的品质。

今年春节来临之时，山子老早就往家里去了电话：“妈，今年过年，我不能回家陪您过了，站上一位老师傅五十多岁了，我想让他回家过个年！”电话那头是妈妈欣然地笑：“好，我和你爸还年轻，把回家的机会让给别人吧！”放下电话，山子发现其实他的眼角已噙满泪水。

或许以后，山子还将是一个熊孩子，他一生的故事都将围绕着那一条条长长的铁道线展开。这里的山子或许是你，或许是我，抑或是他，是我们这些最平常不过铁路工人中的一员。

不让你品尝眼泪的味道

王英萍

她特别爱笑。人多的时候笑，独处的时候笑；走路的时候笑，扫地的时候也笑。她总是处于一种很幸福的状态，人都说爱笑的女人运气不会太差。她从来不觉得自己不快乐，因为，她是一个疯子。

从她疯了开始，就只会笑，不会哭。母亲干脆就唤她“笑笑”。她像是一具骨架，没有一点儿多余的脂肪。笑的时候，凹进去的大眼睛眯成一条缝，因为脸太小，咧开的嘴唇扯到耳后……可是父母从未认为她丑过。

二十多年前，她因为婚姻里的事，精神失常了。她那时聪明漂亮，能歌善舞。大概疯子都是因为太聪明，过了头，跑偏了。

几乎每一个清晨都是被她的笑声叩开的。因为这个表情，让刷牙这么平常的事也变成了一种幸福，她笑十几分钟，然后把牙刷很用劲儿地在杯子里清洗搅拌，举起来对着太阳看看上面有没有残留的泡沫，如果没有，心满意足地送进去。这时父亲很温和地喊她，笑笑，来，快把药吃了。她这时就会噘着嘴嘟噜着说："没病还老要我吃药，看不把我吃病了的。"

每次他这么说，父亲都笑起来。他拉着女儿的手："好好，今天吃完就不吃了，我的聪明姑娘。"她于是听话地含一口水一仰脖。父亲其实是个脾气暴躁的老头，常常莫名其妙地在家里大发雷霆。因为家住路边，担心笑笑突然走到路中间被车撞到，所以父亲常常搬了小板凳在门边坐着抽烟，有车疾驰而去，他总要骂几句开快车的司机："你个混球，挣命呐，小心开沟里去。"有人在他门前停留，他要大声轰人家走，他觉得那人在嘲笑他姑娘。唯独对笑笑，他保留着长久的唯一的耐心。他轻声地喊她吃饭，给她洗脸，给她梳麻花辫子。她把垃圾弄得到处都是，他不说她，跟在她屁股后面弄干净。她哈哈大笑地望着父亲，一点儿不觉得哪里不妥。

有时候父母陪着笑笑在小桌子上"斗地主"。她赢的时候很多，因为她不按套路出牌，只要把手里的牌出完就行，然后就开心地大叫："又赢了！又赢了！"有时候打打牌，她会突然停下来追逐一只蝴蝶，或者趴在地上看蚂蚁搬家。马路对面有一棵开花的广玉兰，她会伸手摘下一朵，插在母亲的头发上。因为花朵太大，每次一转身花都会掉下来，她好像有点儿失望，母亲拿一个橡皮筋取一个花瓣把它绑在自己头上秀给女儿看，笑笑开心地拍着巴掌："妈妈真好看……"

有路过的人说，这一家人都是疯子。

夏天的傍晚爸爸带她去散步。她身体轻巧，父亲年迈，她一会儿不知道跑哪去了。父亲来来回回往家跑好几趟，怕她自己走回来了，家里没有又慌忙去街上找。折腾到晚上十一点多钟，还没找见她。两个老人在昏黄的路灯底下，焦急地望着空无一人的街口。风吹乱他们的白发，也吹起街上的落叶和垃圾，没有笑笑的笑声的街道，清冷而落寞。

第二天上午，有人把笑笑送回来。笑笑迷路，一个人向着家的反方向越走越远，恰巧碰到一个熟人，不然怕是回不来了。老两口都是快八十岁的人了，一夜没合眼。她披头散发，怀里紧紧抱着一只瑟瑟发抖的猫，走上前，把猫塞给父亲，哈哈大笑着说："猫，猫。"老两口看她那样子，顾不得发火，陪着她笑。

老两口就那么陪着她笑，不舍得让她再品尝眼泪的味道。

这年冬天，下了入冬以来最大的雪。笑笑不能像以前一样出来逛了。因为天冷路滑，老两口没办法陪着她。她常常站在栅栏里看天上，把手伸出来接住落下的雪花，看它们融化，开心地笑。一只肥猫趴在她脚边，有雪花落在它小小的潮湿的唇上，它"喵喵喵"地望着主人，似乎在说："这么冷，我们进去吧。"她抱起猫，拍拍它的背，把它紧紧暖在怀里。

那个夜晚，父亲从床上跌下来。她和母亲住在另一间屋子，因为旁边没有人，老爷子在冰冷的水泥地上冻了一晚上。第二天，当她们发现他时，父亲已经永远闭上了眼睛。

街坊们都来帮忙。把父亲放进棺材里。哀乐，花圈，带着黑臂袖和穿着白孝服的来来往往的人。这好像是她家有史以来客人最多的一天。笑笑特别高兴。她伏在棺木上喊爸爸。她拿了扑克出来呼唤母亲一起"斗地主"。她去厨房偷了鱼给她的猫吃。她学着那些接待的人，拿了火机点了一挂鞭炮，鞭炮炸响，她快活地把它丢到雪地里，捂着耳朵哈哈地笑……

有客人问她："爸爸死了你知道吗？"她呵呵地笑着说："我晓得，他睡着了。"

第三天，父亲要去火化了。低沉哀婉的音乐声中，棺木从凳子上抬起，缓缓地移上灵车。她突然放下猫，想起了什么似的，一下子跑到前面，推开棺盖，俯下身，拉起父亲的手，轻轻地叫了一声：“爸爸！”看父亲一动不动，就用更轻的声音接着喊：“爸爸，爸爸……”众人扶住她，她脸色苍白，清亮的泪水从深陷的眼窝里漫出来，仿佛一口枯井，奇迹般地冒出汩汩清泉。

有一种山，你不必登顶

杨　慧

有一种山，你不必登顶；有一种爱，你无须攀附。

家乡有一座山，地势不算太高，坐落在村庄的西南角，与村口遥遥相望。由于山形像鼓一样圆，村民们都叫它大鼓山。

大鼓山是我心中一座神秘的山，萦绕了我整个少年时代。每一次与小伙伴们去田野里挖野菜，我都力争走得远一些，再远一些，不是为了寻找更鲜更肥的野菜，而是想距离那座山更近一些。

越是攀不到那座山，越是向往。多少日夜都在遐想：大山那面的生活是什么样？孩子们是不是也梳着长长的辫子，穿着碎花衣裳，每天放学也要去田野里挖野菜吗？那里一定有蔚蓝的天空和碧绿的流水，那里一定百草丰茂，牛羊肥壮，漫山遍野长满了奇花异草。一朵一朵的野花，有嫩黄的，有淡紫的，都是我喜欢的那种，摘下任何一朵插在头上都会让我千姿百态，万种风情！

后来，我走过很多地方，也攀登了很多座山，有崎岖的，有平坦的，也闻名遐迩的，有举世无双的。可是，我的内心深处还隐隐地惦念着家乡那座像鼓一样的大山。

一直想攀却没攀上的山，想想也是很美的事情，因为登顶了，那些想象中的美好就少了一份淡淡的朦胧之美。比如爱。

我有一位朋友，一直念念不忘她的初恋男友。她们是大学同学，如漆似胶地恋爱三年，但在大学毕业前夕，男友却悄悄地出国了，从此杳无信息。每年她都去她们曾经恋爱的地方故地重游，假想着会在某条街道或咖啡馆与他巧遇。

衣带渐宽人憔悴。许多年过去了，她仍旧没有找到他。

我劝她——或许那个人有空谷幽兰的气质，或许那个人有水墨丹青的韵味，但他是冷冷地、远远地站在云端，你们之间隔着一座最难攀登的山，那是一厢情愿的情感之峰，为了翻越，你已经弓了背，就请别再屈了膝。

爱也需要尊严，卑躬屈膝的一厢情愿，终是一座冷冷的山峰，让人望而却步。

“惟江上之清风，与山间之明月，耳得之而为声，目遇之而成色，取之不尽，用之不竭，是造物者之无尽藏也。”读苏东坡《赤壁赋》，感觉到清风徐来，水状茫茫，月光如银，无限美好。

“江上清风，山间明月”，这些美感物象我从未把它们私自占有，但它们一样能洗涤我的烦忧，使我的内心趋于宁静，它们一样在我需要的时候向我扑个满怀。

许多年以后，我渐渐懂得，生命是一个漫长的过程，不要太过于执着，不管发生了什么，都要坚持走下去，途中肯定会有意想不到的风景。也许你现在走的路不是你原来想走的路，也不是你原来想攀登的山顶，可另一条路有另一条路的风景，不同的山顶也一样会有日出日落、云卷云舒。

生命中总有一些神秘莫测的山峰，心在神往，身体又何必一定要抵达呢？

婚姻是一件青花瓷

清　和

婚姻是一件古老绝美的青花瓷，红尘男女是烤制瓷器的工匠。

青春时憧憬婚姻，当满心欢喜离开生养父母与心爱之人奔赴爱巢的时候，却被冷漠的现实泼了一盆冷水。面对刁蛮的婆婆、永远做不完的家务、不理解自己却偏向婆婆的老公，于是无休止地争吵、猜疑，一心想逃离。逃离烟火尘世，只是逃到哪里去呢？嫁出去的女儿泼出去的水，娘家回不去了，可还有退路吗？就像那英的歌中唱得那样：你以为一切都是没选好，得到的和想要的对不上号，你以为时间可以重来，换个人当主角，爱情就会天荒地老……

身处烟火多年后才懂得，婚姻其实就像一件瓷器，要用心呵护，稍不留意，就会生出裂缝，产生瑕疵。也如同养一株植物，要按时浇水、施肥，还要熟悉它的习性，耐阴还是喜阳，用心用情，植物才会青绿鲜活。没有天生就幸福的婚姻，没有自来就完美的爱人，都是在时光日久地打磨下，彼此才会慢慢融合，呈现最舒服的状态。

提到婚姻，不得不提的是钱钟书先生的《围城》。城外的人想进去，城里的人想出来，是钟书先生对婚姻的精彩解读。主角方鸿渐是个胆小懦弱、中庸又不乏善良的男人，妻子孙柔嘉是一个性格反差强烈的角色，婚前柔顺，婚后嚣张。孙柔嘉与婆家封建家庭的矛盾，方鸿渐与孙柔嘉姑母的互相抵触与排斥，以及两人吵架时的对话语言，这一切的种种看似平常，仔细揣摩，蓦然觉得竟是现实婚姻中千千万万个你我的真实写照。

谁的爱情不是千疮百孔！谁的婚姻不是一座围城！只是有的人把婚姻这座围城打造成了囚禁囚徒的监牢，而有的人却将婚姻的围城经营成王子公主的城堡。监牢里孤独厌烦，城堡里相惜相爱。是要厌烦还是幸福，其实主权掌握在自己的手中！

胡适与太太江冬秀的婚姻是媒妁之言，在胡适十二岁还是个懵懂的少年时受父母之命便定下终身。胡适对传统老式婚姻并不抵触。他与太太在互不见面的十五年间通信谈情，交流情感。对拙笨朴实的太太扶持鼓励，要她放足，要她读书写字，要她给自己写信。江冬秀是个传统女子，虽没有风花雪月的风情，但在生活上对胡适极其体贴、细致。胡适在美国当大使期间，发现太太寄来的衣服口袋里装着七副象牙耳挖，动情地回信说："只有冬秀才会想到这些。"

胡适自始至终从未嫌弃自己的旧式妻子，而是给予她鼓励与欣赏，因而成就了一段老式幸福婚姻。光阴轮转，有一天你终会发现，想要找寻的人就在身边。

我外婆十九岁嫁给外公。外婆是护士，长得好看，外公是矿山的工人，帅气稳重。听母亲说他们是自由恋爱，婚后非常恩爱，从不吵架。外婆身体不好，那时外公有着很好的前程，但为了外婆休养身体，辞去了稳定的工作，回到乡村老家。外公一直耐心地照顾外婆，他们一起去田野里放羊，一起摘棉花，一起去逛集市。外公还经常会买礼物给外婆，一块手帕、一件花衬衫、一双绣花鞋……外婆去世后，外公一直一个人直到终老。外婆的衣物外公一直保留，经常拿出来看看，有时还会对着衣物说话。我知道，外公在想念外婆。

在漫长的人生旅程中，身处婚姻这座围城中的你我，是工房里烤制瓷器的工匠，要想做出完美精致的青花瓷，先要细心捏造形状，然后用适当的温度耐心烤制。婚姻也正如此，有了彼此善意的滋润与耐心的呵护，才会开出精彩绝美的花朵。无论你是年轻貌美，抑或老将迟暮，美丽的围城之花都会恣意开放，永不凋零。

从故乡出发的温暖

秦益辉

骨子里头喜欢这样的秋季天气，一切都刚刚好的样子，大地像母亲铺好的床，熨帖的暖意融融，让儿时的记忆一股脑涌出来。

晚秋的空气很干燥，是上山捡柴的最好时机。每逢双休，我们几个便会拿上竹耙子，背着竹篓一路蹦蹦跳跳入林。一般情况下，我们并不会把所有的时光都搭在捡柴上，大把的时光是用来嬉戏玩耍的，待到快回家时，我们的篓子一般都还是空的。不过没有关系，树下堆满了落叶松针，三下五除二，几耙子就能装满一篓子的。

我们一般捡拾的都是枯枝落叶，即使装满了一篓子也是很轻的，不耐烧。最耐烧的是油茶树枝。砍下的树枝经过一两个月的晾晒，到寒冬大雪的时候，可以拿来烧火取暖。一般母亲只要挑上两个晴天就能备好寒冬所需的柴火，我们的柴火房从来没有断过柴，一年四季都满满的。

拾捡山上柴是乡下农村为寒冬准备的第一份温暖，多了才能聚烧成火。寒冷的冬天，油茶枝烧尽的灰，可以引火，进而一天都不会灭。

引火只要少部分。这个时候母亲会物尽其用，把它们一部分扒出来放到一个类似茶壶的器皿里，盖上盖子，就会成为火子。树木不充分燃烧形成炭，火子是树木充分燃烧但未化成灰之前不给氧形成的，它比炭轻。吃火锅的时候，在炉子里铺上一层火子，同样管用，最主要的是为我们清贫的生活节省了一笔卖炭的钱。

剩下的灰火力还很足，这个时候，母亲会先把灰拔到两旁，根据火力情况放上大小不一的地瓜，合上灰。母亲总能在适时里拿出地瓜，拍拍灰，之后上下捏捏，再用刀分成两半，用筷子挑上一小块猪油，看白白的猪油一层层熔化，黄晶晶的地瓜更诱人了，"好了，熟了，拿去吃吧！"我们接过热气腾腾的地瓜，先是猛猛一吸气，深深一嗅，油润的地瓜香沁入心脾，再用勺子一口一口送入嘴，热乎软滑的地瓜挑逗着味觉，唇齿留香！类似地瓜的土豆、毛芋等都可以煨。有时候母亲会为我们煨鸡蛋，煨鸡蛋很有讲究，先用饱蘸了水的报纸多层裹住鸡蛋，再放进火堆，这样鸡蛋不会炸裂。鸡蛋是最好吃的，剥掉焦黄的壳，散发的蛋香，香气袭人，令人垂涎三尺。但那个时代，除了肉和鱼，鸡蛋是农家餐桌上的第三种荤菜，加上煨鸡蛋煨不好会炸裂，容易造成浪费，所以煨地瓜和土豆还有毛芋的时候居多。

山柴烧出的米饭特别香，尤其是锅巴。打完米饭后，母亲会再填把山柴，热锅以后，让猪油在锅边走一圈，熔化的油顺着锅边，慢慢浸入金黄金黄的，一粒米一粒米均匀铺开的锅巴上，烘烤粘连着，铲起来一小块对折，入嘴香脆香酥。如果在夏天，锅巴和米汤融合，可以熬成锅巴粥，柴火的香味和着米饭的轻微糊香，依个人口味，可以加糖、加盐，亦可原味，我喜欢原味。如果是双抢季节，一天的劳作后，咸菜就着这样原汁原味的一碗锅巴粥，能彻底驱走一天的劳累，暖胃暖心，那是记忆中永远的味道。那灶膛的灰、火温热了农村没有零食的日子，温暖了童年记忆。

怕寒冬，更怕寒冬熬夜温书习字。母亲知道我特别怕冷，特意为我准备了一个烤火盆，读着弥漫墨香的文字，听着柴火细微的“噼啪”燃烧声，心生温暖，神清气爽，拼搏劲头十足，脑海里无数次憧憬着胜利的欢呼场景。所以啊，灯下，伏案入眠的时候也很多。一开始母亲还会喊醒我脱衣入睡，时间久了，母亲也不喊醒我，而是半夜轻轻起来。每每那时，我总是佯睡，看灯下，母亲一枝一枝为我为我添柴，添足够烧到天亮的柴，看那蹿老高的火苗“呲”得母亲身子轻轻往后一仰，火盆里的光把母亲的身影贴到墙上……如今忆起，温暖依旧!

那些燃烧在记忆中的柴火，平平淡淡却又浓浓烈烈!

现在都是天然气烧饭，但那斯斯文文吐出的火苗，终究比不上山上柴在灶膛里的吱呀噼啪，甚至火苗成串往外喷，喷出的小火能哧掉刘海甚至眉毛，特别干净利落。一把一把的柴火，从故乡出发，一程一程、马不停蹄地蔓延，路经我们生命的每一个暗夜、每一个寒冬。

那样的暗夜，不凉。那样的寒冬，尚暖。

冬天的父亲，春天的心

陈志高

朋友的父亲病了，我到医院看望。

老人年轻时一直在大西北搞地质勘探，退休之后才回到他们身边，平时和子女聚少离多，相互之间总是感觉少了点什么。

以前就经常听朋友说，他们兄妹不理解父亲为什么把他们和母亲扔在这个城市不管，一度还很恨他。小时候，偶尔一见的父亲总是神情严肃，表情生硬生硬的，很难得见他笑一次的。说这些事情的时候，语气里透出满腹的怨气。母亲说，他是和石头打交道时间长了的，自己也变成了一块硬硬的石头。

病床上的老人面容消瘦，但精气神不减，他咬着嘴唇，沉默不语，一直在慢慢翻着手头的一本册子。

屋里暖融融的，窗台上一株盆景倒是生命力旺盛，遒劲盘旋的根，粗壮有力，坚硬的扎进泥土中，枝条不多，但是上面的叶子肥肥嫩嫩的。朋友说这是前些日子喜欢户外活动的父亲自己从山上挖回来的，这可是他的心爱之物，大家都没想到他还有这样的艺术细胞。

朋友说，他父亲这几天始终拿在手中的就是他们兄妹几个小时候的相片，一张张地翻了又翻，看了又看，然后就一个人长时间静静地想。有时候他单独和母亲在一起的时候，隐隐约约能听到他吞吞吐吐地说，我欠你的，也欠他们的。

到底是父子，走出病房后，朋友含着眼泪告诉我，医生已经宣判了死刑，父亲最多不超过一个月了。说完，他婆娑的泪眼望向窗外，初冬的天空灰蒙蒙的，毫无生机。

再次接到朋友电话的时候，老人已经去世了。匆匆赶到他家，后事已经基本处理完了，家里静静的，看到的只有客厅里摆着的老人的黑框相片，还有朋友兄妹几个哀戚深重的面容。

朋友说，这几天，母亲才告诉他们，父亲当年是相应国家的号召自愿离开东部沿海城市到大西北工作的，这一干就是三十年。但是他坚持让他们几个和母亲待在这个城市，就是为了不想让他们和他一起面对西北的荒漠和风沙，而他自己宁愿忍受这几十年的孤独和儿女们的埋怨。而这些父亲生前都不让母亲告诉他们。

刚住院时，医生的判断是父亲不会活过一个月，但是父亲却熬过了整个冬季，和他们一起度过了一个又一个寒冷的日子，全家一起过了一个团圆年，连医生都连连称奇。母亲说，父亲是在坚强地活下去，想和儿女们待时间长一些，在自己生命的最后时间里，他在竭尽全力地偿还过去对子女的亏欠。最后的那些晚上，病痛把父亲折磨得整宿睡不着觉，但他从不出一声，他说，别打扰孩子们了，他们已经很累了。

说到这里，朋友已经泣不成声了，他说，冥冥之中他似乎还感到了来自父亲的关怀，他坚强地熬过了整个冬天，不想让自己的儿女在数九寒天中因他的后事受苦遭罪，以前他感到父亲是冷冰冰的、硬硬的，但是现在，他感到来自父爱的柔软了。但是父亲已经走了，朋友说他们欠父亲的这一辈子是无法偿还了。

是啊，每一个坚硬的父爱下其实都有一颗柔软的心，每一个冷冰冰的父爱下都有一个温暖的情怀。只不过，这需要做儿女的去细细品味。

这样安慰着朋友，我动情地抬起头，不想让自己的眼泪掉出来。忽然，我看到了阳台上那一盆依旧茂盛的盆景，上面点缀着一朵朵黄色的小花，屋里的温暖让它早早地迎来了春天。

我依着你，你赖着我

王亚琴

公公临终时，已经无法出声了，肿瘤压住他的声带，他只能张嘴，却无法出声。他拉住我的婆婆，在她手心写字，写一个母亲念一个，念到最后，合成一句话——“下辈子，我还去找你，还做一家人。”婆婆隐忍了大半辈子的眼泪，终于落了下来。

婆婆是二十岁时经人介绍嫁给公公的，公公家很穷，结婚当天，用一个平板车把婆婆接过来。无法想象婆婆当时的心情，该是怎样的心酸呢？

公公教书，挣不了仨瓜俩枣，家里比脸还干净。而婆婆自打娘胎出来就生了一个怪病，有时候胃胀胀的，啥也不能吃。每天，公公都会给婆婆按摩，在胸肋上不停地推压，直到婆婆不停地打个几个饱嗝，疼痛感才消失了。

公公有空就帮婆婆干家务活，烧火、做饭、收拾家，他们的饭简单至极，婆婆蒸一锅像新生儿戴着的地主帽一样的馒头。这就可以吃一个多月了，几乎每顿饭都在不停地热馒头，最后那个馒头热得软沓沓的，难吃极了。可是婆婆胃有毛病，就喜欢这样软的食物，公公就陪着她吃，婆婆吃什么公公吃什么，两个人最后都闹了个严重营养不良。

婆婆晕车，坐不成火车、大巴、小车，据她说，除了自行车、电动三轮车，当然还有平板车她不晕，其他都晕。公公平生就大的心愿就是去天安门看毛主席，可是婆婆晕车，公公没办法带她去，自己又不能一个人走，因为婆婆太依赖他了，没有他，甚至于自己火都点不着，更别说吃到饭了。

可是公公病了，几个儿子强行领着他去了北京。我请假去陪婆婆住几天，婆婆每天准点就睡，恨不得头还在空中做落体运动时，鼾声就起来了。我实在没忍住，就问婆婆“你担心我爸吗？”“担心呢。”“那您倒头就睡？”婆婆得意地看着我，“你爸每天给我打电话，说他没事！”我当时的理解是，婆婆一点儿也不爱公公。

所有的医院都拒绝治疗了，他们扛了一蛇皮袋中药回来了，到了后来，公公虚弱到走路都困难，要靠别人搀扶。婆婆却对公公大声喊：“你给我自己走！”公公挣脱开旁人，努力地自己走几步，然后就靠着墙大口喘气。

公公最后还是走了，婆婆一滴泪都没掉，反倒是二姨趴在棺材上哭得气也上不来，一直重复着一句话：“姐夫，你拔腿走了，我姐咋办呀。”在大家看来，公公是婆婆的依靠，是分不开的一个整体，现在，一个走了，另一个该怎么办呢?

后来，二姨告诉我们，婆婆一直不掉泪，不只是家里最艰难时不掉，包括他们的兄弟、父母走时，婆婆也没有掉一滴泪。可是他们不知道，公公在婆婆手心里写下那几个字的时候，婆婆的泪水像开了闸的洪水，仿佛把一生的泪都流了出来。

公公是婆婆的依赖，婆婆又何尝不是公公的依赖呢。

依赖，就是我依着你，你赖着我。这样的爱情是把对方镌刻到自己的灵魂当中，极简但也是极爱。

杯子与水的缠绵

李建明

水问杯子，你为什么无心？杯子说，我不是无心，而是清空了它，我在等你到我的怀里来。

这是杯子与水的情缘。水最懂杯子的心，把杯子的空虚填补得天衣无缝；而杯子也最合水的意，水仿佛找到了最舒服的小窝，在里面安逸地居住着。

水在杯子中把自己打扮得圆润、清亮，一尘不染地释放着自己的青春美丽。而杯子也伸展着透明的手臂，把水幸福地拥抱。杯子小心翼翼，生怕自己的一个闪失惊扰了水，哪怕洒出一滴，也让他心疼。而水心甘情愿地待在杯子里，不躁动不喧哗，她知道，她把自己托付给了杯子，杯子就会给她最小心的疼爱与呵护。

然而，杯子与水的幸福持续得并不长久，一双手拿过杯子，杯子倾斜了身子，把水送了一程又一程。水也是一步三回头，她多想顺势回到杯子的怀抱，然而，她有另一个宿命，是杯子所不知道的。

杯子伤心地看着水在不断地变少，一点一点离开他，水也缓缓地流，不忍看杯子伤痛的脸。

最后，水一下子都走了，走得义无反顾，只是，留了一滴泪，在杯子空空的心房。幸福骤然变冷，杯子沉默了，久久地看着那滴泪，看出了一个梦境。

梦里，水对杯子说，亲爱的，当你看见这滴泪时，代表着我们已经分离了。我很高兴与你相遇的日子，我很珍惜你给我的幸福，亲爱的，与你相遇是我的宿命，是我们的缘分。但是，亲爱的，你知道我还肩负着另一种宿命吗？我的另一种宿命就是不断地流浪。这时，杯子看见了一幅又一幅的画面——水在天上飘着，成为一朵洁白的云；水淋淋地下着，是一场雨；水流动着、奔走着，是一条壮阔的河流……亲爱的，你再看，水继续说，我到过的地方，有了花开，有了树长，有了生命的繁衍不息……

居住在杯子里，与杯子缠绵的水，是安居乐业的水，是小爱；流淌在杯子外，奔波劳碌的水，是滋花润草的水，是大爱。世间需要小爱，更需要大爱。

放弃安逸的生活，奔波在需要自己的地方，偏远地区的志愿者、石油勘探者、守护边疆的卫士……都是离开杯子的水，洒落在世间的每一个角落，成为一滴水珠，或成为一条河，去滋养更多的生命。

辑四／为了蔬菜，你丢掉过鲜花吗

没有点奢侈又算什么生活

朱成玉

母亲经常和我们讲发生在她们那个时代的故事，她讲得头头是道，我听得津津有味。她讲的一个“老戏迷”的故事，尤其令我印象深刻。

母亲那时候还小，村里有一个从外地逃荒来的人，我们这里管这些人叫“跑盲流”的。他是外地户，自然没有他的土地，只好在村里的煤窑出苦力。每日几乎都是窝头就着咸菜，再加一碗汤，终日里不见细粮，更别说荤腥了。他爱抽烟，自己又买不起，只好弄些劣质旱烟卷着抽。赶上村里开个群众大会啥的，他总是最后一个离开，拿一把扫帚把男人女人们扔掉的烟蒂吧扫到一起，然后挨个扒开，眯着眼睛，极贪婪地掏取里面所剩不多的烟丝，存储到自己的烟盒里。

这样一个人，荤腥沾不到，连烟都买不起，却迷恋上了看戏。平日里一分一毛地攒，攒够了一张票的钱，就屁颠屁颠地跑去县城里看场戏。

这可真称得上是地地道道的老戏迷了!

有好事的人纷纷猜测，有的说他看戏是假，“逛窑子”是真，把辛辛苦苦挣的血汗钱全都搭到狐狸精身上去了。还有人兴致勃勃地给他编了一首打油诗：“一个窝头一碗汤，十斤汗来十车砖；盲流有劲不觉累，出了砖窑逛花窑。”也有人说他看中了那个唱戏的花旦，几天不见一回就会魂不守舍。各种谣传不一而足，他并不反驳，只是一味地笑，嘴里不忘哼哼着刚刚学会的几句唱腔，完全一副陶醉的模样。

在村人看来，他是不务正业的，因为他不该享有那份“奢侈”，他就该守着他的砖窑，日复一日地劳作。有人奚落他，有那钱不如买上二斤肉、一壶酒，好好犒劳犒劳自己，何必呢?听那两段戏，能长二斤肉啊?

他不置可否，只是喃喃地说，隔几天听一回戏，心就不那么空了。

他打了一辈子光棍，因为没有人照顾，再加上年轻时严重透支了健康，刚过了六十岁就去世了。临终的时候，他把这些年攒下的很大一笔积蓄都给了老支书，说自己反正也无儿无女，让老支书用这钱为村里做点事，修修路，或者翻修一下村里的学校，也算让村人对他留个好念想。

出殡的那天，老支书请来了一个戏班，唱了整整小半天的戏。如果在天有灵，他定会对自己这奢侈的谢幕仪式感到十分满足的吧。

这是个令人心生敬意的人，他于贫瘠的时光里，主动给自己订购了一份奢侈，这件事本身的意义甚至高过他生命尾端的那个高尚之举。

白岩松说：当下时代，最大的奢侈品，不是香车别墅，也不是金钱地位，而是心灵的宁静。

奢侈不是富人的专利，穷人一样可以。没有人规定，清贫的人就该守着清贫、循规蹈矩过日子。也没有人规定，苦难中的人就必须千疮百孔、唉声叹气地活着。

美国电影《战争与爱情》中医生与护士有过一次对话。医生认为该给伤员截肢，护士却努力争取为伤员保住那条腿。“对他来说，失去腿，生命也不再有意义。”“可你知道，若这次不截肢，失败了，第二次手术的费用会很昂贵。”不过医生最终还是妥协了，“冒这样的风险的确很奢侈”，他接着说“可没有点奢侈又算什么生活呢！”

有时候，生活需要一种奢侈，那是给疲惫的灵魂敬的一杯酒。

如今，每次回农村老家，都会为小广场上那些扭秧歌儿的人们感动。那些农人们累了一天，有的衣裳都没来得及换，就拿起扇子扭了起来。

秧歌是劳动者的翅膀。不论多劳累，也可以煽动出一份奢侈的激情来。

死水尚且有微澜，何况是有花有草有风有雨的生活，岂可就这样白白地沉寂，默默地荒废了！

有些忧伤，不要去碰

杨　慧

养了一盆蟹爪兰，开了很多花骨朵。我想让开满灿烂的花的时候让更多的人看见，就给它挪到个阳台上。这下可好，那些花骨朵商量好了一般，纷纷都落了，一个都没剩。我很讶异，问奶奶，奶奶说，这种花，喜欢守在一个地方，不要轻易挪动和触碰，你只要远远地看着它就好。

这个奶奶是新搬来的邻居，时常来我的诊室测血压。老人家看起来精神抖擞的，就是血压总是偏高，换了几种降压药才控制住。奶奶的性格开朗，愿意和护士们开个玩笑。大家都很喜欢她，因为这个奶奶每一次到来，都像春风一样吹过，顷刻间我这个药味扑鼻的诊室就充满了欢声笑语。

奶奶说她不怕死，人到了一定年纪，生与死并没有什么区别。但每次测完血压后，奶奶都会双手合十说："阿弥陀佛！菩萨保佑！让我再活上几年，这辈子就圆满了。”

奶奶每天都坚持捡垃圾，让女儿怨声载道。矿泉水瓶、小纸壳、易拉罐，什么都往回捡，她的仓房不久就被堆成了小山。有人好奇地问：“这么大岁数了，还整天忙活啥啊？”奶奶只是笑：“就当锻炼身体了，还能赚钱，多好！”

我和奶奶也越来越熟了，工作不忙时我也同她唠唠家常。有一次我问她：“奶奶，你原来的家呢？在什么地方？”没想到奶奶听到我的问话后，春风一样的笑脸立刻转为了阴雨天。“我已经没有家了……”奶奶哽咽地回答着，又好像怕我再追问下去，立即转身离开了。奶奶转身的一瞬间，我看到了她满眼浸满了泪花。

原来奶奶的家在离我们不远处的一个小村庄，老伴去世以后，她的女儿偷偷把老人的平房给卖了，这样奶奶就不得不搬家，不得不住进女儿家里。奶奶总觉得女儿家那是外姓人，那不是自己真正的家。于是，奶奶整天不着家，整天在街道里游游荡荡，可怜得像一个无家可归的孩子。

从前那个家是那么美好，那是奶奶与爷爷一起堆砌过的过往光阴岁月啊！那个家像一幅画一样牢牢地订在奶奶的心里，那里有几间奶奶生活多年的房子，大院子里有奶奶养活的一群活蹦乱跳的鸡鸭，房前房后有奶奶栽过的树，种过的花。那幅画里的一砖一瓦、一草一木，皆注入了老人家的无限深情。

用她的话说，那个家里有老伴儿的味道。可是现在奶奶再也回不去了，每当想起那个家，奶奶心里就锥心的疼痛！正如席慕蓉有首诗歌这样说：“我不是只有/只有/对你的记忆 /你要知道/还有好多好多的线索/在我心底/可是/有些我不能碰/一碰就是一次/锥心的疼。”我无意中闯了祸，和奶奶聊什么都行，但奶奶从前的家真不能“碰”。

其实我们每个人心中都藏有一幅谁也不能碰的画，那是内心深处的秘密，我们把它包裹得严严实实，不想让任何人知道。这幅画不同平常的画，每一笔都蘸着汗，蘸着血，蘸着泪，蘸着灵魂的煎熬。

我开始有些迷茫了，我的诊室可以治疗病人身体的痛苦，但像奶奶这样的心中痛苦，谁来去医治呢？

可是我的迷茫来得有些早了。奶奶忧伤过后，一下子又恢复了开朗的模样。她偷偷对我说，通过捡垃圾，她已经攒了快两千块钱了，再过几年，一定会把自己以前的“家”赎回来。她说，哪怕再回去过一天，也知足了。

有些忧伤，无法治愈，那么，就任它生，任它灭吧。任它在一个人的内心发酵。总有一天，那忧伤会发酵出最醇美的记忆之酒。

蟹爪兰掉了花骨朵，可依然枝繁叶茂、蓬勃向上的样子。多像奶奶啊，看上去那么快乐无忧，可是内心却装满忧伤。我知道，过些日子，那盆蟹爪兰还会重新生出花蕾来，如同奶奶的心。

只是，那些忧伤，我不再去碰。

孤独的你，胸有山河

清　和

孤独的人是灵魂的舞者。

父亲是家中的独子，从小娇惯，生活自理能力特别差，像个孩童。母亲总是责怪他不会做饭，不会照料家事。然而父亲的童年却是快乐而富足的。那时曾祖父经商，家道风光。曾祖父去各处做生意总会带着我的父亲。因而父亲从小见多识广，但性情内敛、不善言辞，总是一个人躲在角落里看书，《水浒传》《三国演义》《红楼梦》……这些古典名著父亲都读过。父亲有着一双灵巧的手。他会用几个月的时间独自为姑姑打制陪嫁的家具，为哥哥装修结婚的新房，他会用废弃的木料为我做一架书柜，他还会不计任何报酬的帮助邻里乡亲……这些事他都是默默地做，没有多余的话语。父亲没有什么朋友，从来不去外面喝酒。他心有烦闷的时候，只会一个人静静地蹲在台阶上抽烟。父亲很节俭，几年的岁月，总是穿一件洗得发白的中山服。没上过多少学的父亲，却博古通今。上了年纪的他，会绘声绘色地为晚辈讲历史故事。父亲的心是秋天的颜色，朴素却厚重。

拥有几许孤独的父亲是乡村朴实的风景，像一枚植物的果实，外表简朴，内心丰盈。

孤独是一场内心的修行。孤独的人，心灵丰富而鲜活，是灵魂的王者。孤独的你，惊美了年华，温婉了光阴。

清代画家朱耷被誉为“东方的梵·高”。他的家族都擅长书画，因而朱耷自幼就受艺术的熏陶，从小能诗善画，还写得一手隽秀的好字。青年时就成为小有名望的画家，擅长花鸟、山水，他的画栩栩如生。他的作品充满了刚烈、英豪之气。他的画就是他内心真实的映照，抒发了他对旧日王朝的满怀眷恋。他的性情与坚持，让他孤独清立，他把所有的光阴都用在自己的画作上。经年之后，他已成为深有造诣的国画大师。

孤独的时刻，旁无干扰，潜心专注于自己的喜欢，才可以磨砺出优等的自己。在孤独的光阴里静待一场唯美的花事，于俗世的荒芜中独守一片心灵的芳菲，任时光流逝。彼时，站在人群中，外表孤独、内心繁华的你，会是自己灵魂追寻的所在。

“当一片枯叶从枝头摇落，在空中从容的划出生命的轨迹，这是美；当一只白鹭在烟雾缭绕的水面上缓缓飞翔，一直飞向烟雾深处，这是美……但它们都是孤独的，是孤独赋予它们奇幻的色彩。”这是《百年孤独》中耐人寻味的经典段落，也正是马尔克斯对孤独的精彩诠释。

孤独的人是一只出群的孤雁，脱离了凡俗的飞行线；孤独的人是梅上的一朵雪花，晶莹纯美；孤独的人是一株山中的青竹，坚韧、挺拔而清傲。

红尘世间，人群嚷嚷，内心荒芜的人总会去找寻热闹，不停地聚会、K歌、逛街、聊天、打游戏……以此来消磨时光。每每闲下来，就会惊慌失措，心荒凉空虚，长满了野草。

问日：如何能静？如何能常？佛日：寻找自我。表面的繁盛只是虚无，内在的充实与提升才是心灵真切的需要。于杨紫陌上，找寻真实的自己。让空芜漠然的你拥有几许孤独吧！不需要太深，一个人的时候，可以看一本一直想看的书，可以观赏一部唯美的经典电影，可以欣赏一下春天涨起的河水、夏天清美的莲花、秋天枯黄的落叶、冬天纯洁的雪花，可以坚持一件挚爱的事。

日久年深，桑田沧海，半生过往，定会邂逅那个内心笃定、胸有山河的你。

邂逅狼王

孙　丽

在朋友的书房里挂着一大张狼皮，衬在布满书籍与绿色水生植物的房间里，让我有些不寒而栗！

那日上午，明媚的阳光占据了整个书房，将光辉肆意泻洒了一地。回头望去，平时冰冷的狼皮似乎也有了温度。我走近仔细端详它，通体的白灰色夹杂着棕黄的皮毛，细密的绒毛多而厚实。阳光下，闪耀着白亮亮的光。胸与腹部是较规整的白色皮毛。腿部细长。如此大张的狼皮，它的主人一定是只草原狼吧！我大着胆子抚摸着它，油亮光滑的皮毛好像有了体温。我似乎看到了你在草原奔跑的样子……

奔动的四肢细长而有力，一身肥厚的皮毛，在草原皎洁的月光下，银针般竖立闪耀。吻略尖而长，口宽且阔，一对灰色的耳朵竖立着，时刻搜集着细微的动向。你的尾毛厚密，直挺低垂。偶尔发出凄厉的长嚎，似乎在呼唤着什么。莹绿的眼睛发着幽幽的亮光，眼梢微吊。周围布满了你的同类，众狼见你，俯身露腹而垂下头去。原来你是王。机敏的狼王与众狼商议部署，如何去偷袭，去狩猎。你呈现了王者的威严，身经百战的沉稳，大家都承认，你是一只优秀的狼王。

鹿群来了，你发出号令，所有同伴一呼百应精确到位，出色地完成了任务。大家又一次享受着由你指挥而得来的战果，你站在高处，仰天长啸，是胜利也是炫耀！

而这一天，大雪下了一天一夜，把整个草原都染白了。动物们都躲了起来。饥饿像配合着寒冷一样内外夹击着群狼。整个狼群压抑着动荡与不安。焦急的你外表依然冷峻，因为你是王，必须要稳定众狼的心。你以为这不过是带领大家无数次狩猎中的一次普通的出击。然而，在搜寻猎物时，你踏进了猎人的陷阱，你的后腿被捕猎夹死死地夹住动弹不得。鲜红的血液温热地涌出，雪地一片殷红。众狼团团围住你，依旧无济于事。终于，你感到自己再也无力支撑，命令众狼纷纷撤离。你抬头吃力地望向远方，那里有你的同伴，荣耀和曾经的辉煌。你疲惫地垂下头去，两行泪下，凄凉悲怆……

太阳被云彩遮住，你身上的温度渐渐散去。我抚摸着你后腿处的伤痕，悲凉与寒意再度涌上我的心头。我明白了，恐惧是来自于对生命逝去的叹息！

忽然右手感到一阵温热，低头一看，原来是隔壁邻居的小猫悄悄在舔我的手。我一下子把它抱在怀里……

为了美，赌一回

梅芷篱

偶然看到一段网络视频，一位名叫樊丽君的美模，为保持身材，三十年不吃晚饭。镜头前的她娇美动人，看似花样年华，实际上她已年过花甲。不禁好奇何以岁月于她如此温柔以待，不老女神缘何而来？

她说追求美是她做了一辈子的事情，她喜欢美的东西，爱穿好看的衣服，总将自己打扮得漂漂亮亮的。岁月不能回头却，妨碍不了她爱美的心。哪怕遭遇命里逃不开的劫，她依然要做落难者里最美的那一个。

命运冥冥中的安排常让人倍感无可奈何，比如面临一场突如其来关乎性命的不幸。高高在上的命运之神像是一个布局高手，他精心布置着一场生死赌局，却又很不地道地给迎战的人派发了一手烂牌，分明让人看不到胜算。曾几何时，美丽的樊丽君也身陷命运安排的赌局。

“乳腺癌中晚期淋巴结转移，像是命运与我开了个玩笑！”她显得有些激动地说道。从她的神态不难想象当初咋听到这个消息时她的震撼。癌症中晚期意味着被命运之神宣判了死缓，如果听之任之，生命存续时间变成可数，倘若治疗却要经历重重难关，痛苦非常人所能忍受，更让人接受不了的是即使积极配合治疗，癌细胞也有很大可能性扩散转移复发。

一个把美视为人生信仰的人怎会轻易丢失信仰？当她最后一次喂饱家里的小兔子，当她把一切叮嘱当成后事安排妥当，当她以最美的妆容与家人挥别，当她头也不回地走进手术室，仿佛已然向命运之神做出宣告。她将带着烂牌迎战赌局，为守护信仰义无反顾决然而然地豪赌一场。

原是抱着必死无疑的心进了手术室，难以置信的是她活着出来了，像是面临穷途末路的赌徒，侥幸挣得了些许继续参与的赌本，她漂亮地赢了第一个回合并为此庆幸不已。

化疗是癌症病人治疗过程中最难挨的关卡，且不说药物带来身体上的各样不适让人难以忍受，单是脱发对于爱美的樊丽君来说便是一场残忍的考验。当儿子建议她理去脱落得所剩无几的残发时，一切难耐终于彻底爆发了，她歇斯底里地咆哮着质问：为什么要让我去理发，为什么要让我变成这个样子？像是责问儿子更像质问命运之神，对于爱美的她来说这是怎样的讽刺？接受丑陋或是放弃生命，她该何去何从？

终于她痛下决心接受了儿子的建议理成了光头，每日她以丝巾为饰包裹脱发的难言之隐，也裹住了内心深处的隐痛，依然携美丽继续着未完的赌局。

每一个新疗程的开始都是对前次治疗的肯定，是一次次重生，更是赌本的不断积攒，她赢得越来越多。五年之后，她安然地美丽如初，她赢得了多少癌症病人苦苦寻求并翘首以待的五年生存期。反观命运之神却是节节败退，最终让开了一条康庄大道。

奇迹在她身上的发生也是生死赌局的落幕。不堪回首成为过去，当她华丽丽地站在镜头前，痛苦的昨天便成了故事，她是当之无愧的赢家。她赢回了美，也赢得了更长久的岁月。即使烂牌在手，她依然坚持美丽的信仰漂亮地运筹帷幄，步步为营打好手里的每一张牌，最终决胜千里。

人的一生总难免要经历一些纷扰，或多或少遭遇一些挫折，也许是开启了一段漫不经心最终离散的恋情，也许是通宵达旦做坏了一个重要的实验，也许是工作中的焦头烂额。会觉得坎坷难当，会望而生畏，会心灰意冷，其实想一想无关乎生死，哪一件都不是大事。一段糟糕的恋情了结，赌一赌下一场恋曲拉开序幕会不会赢来满满一生的幸福？全力以赴的实验废了固然可惜，赌一赌明天会不会有更棒的发现？工作中本就容易状况百出，赌一赌这些恼人的琐碎会不会锻造出明日的行业精英？

不幸与机遇总是相伴而来，一味哀叹莫如做一次决然的赌徒。坚定信念，放开手脚与命运潇洒地赌一场，或许会赢得一个光彩无限的明天。

心境如莲美好

李怀春

喜欢莲，并不是因为周敦颐《爱莲说》的文章，而是发自内心地喜欢她那香远益清，出淤泥而不染的品性。

随着年龄的增长，我慢慢地感觉，我要追求另一种生活了。在部队我是搞新闻工作的，兵改工后，我回地方当了多年的办公室主任，后又调任一个单位当了领导。每天忙忙碌碌，心身都感到憔悴。

就在我身心俱累时，朋友把我拉进了摄影群，并帮我买了一部相机。从此，我的世界，通过那些美景，而豁然开朗，迥然不同。

市里举办摄影展，朋友给了我两张门票，千叮咛、万嘱咐要我一起去看看，能提高摄影技能和情趣；并特意介绍，都是大摄影家的作品。四妹不知什么时候来我家的，她听见了我们的谈话，进门就说：“我就是个摄影家，你们要不要看看我的摄影作品呀？”

我们以为她开玩笑，没想到她真的贴上许多摄像图片来，令我们意想不到的是，都是些木头的，横截面很是形象，有小乌龟、犀牛、小猫、小狗，我们不禁拍手叫好！她说这都是她业余时间用手机照的。真没想到，那些没有生命的朽木，在四妹的摄影里都有了生命。

四妹原在烟酒公司工作，随着市场经济的开放，她们单位的生意越来越差，最后成了下岗工人。如今她在一个私营板材加工厂上班。四妹有两个孩子，一个在外当兵，一个在外上学，夫妻关系因经济问题经常吵架。妹夫外出打工，多年不见踪影。四妹一个人撑起这个家。在私人企业里，她经常加班加点地工作，靠打工的费用供养女儿读书。我们都说她，何必把自己弄得那么累，一点儿轻松快乐的时间都没有。

她说，我靠自己的力气挣钱养家，谁说我不快乐啊？四妹每天早起去十公里外的板材厂打工，晚上才回家，工作虽然累，但她懂得生活，懂得挤出一点儿闲暇的时间，把自己的爱好发挥到极致，让自己变得快乐，多难得呀！

看了四妹作品，我心中激动又内疚，深感对四妹的了解和帮助太少。四妹的作品拍照得虽然还显稚嫩，但她选材好，立意深刻，构图美，有艺术感。最难得的是她困窘生活里还保持着一颗纯净的、发现美的心。

我兴奋跑进卧室，从衣架上摘下我的摄影包交给了妹妹。这个相机是你的了。你用她学照相吧！照出精彩，照出美好来。我无限寄托地说。

摄影展那天，我邀四妹一起去看的。朋友见了把我拉到一边，悄悄地硬塞给我两千元钱，说给妹妹添点摄影的家什。

望着朋友的背影，我不知如何是好。转过身来，看见四妹正神采飞扬地站在一幅画前。我走进一看，那是法国大画家莫奈的作品，是一幅安静、精美的《睡莲》。我知道这个大画家生前是极其潦倒的，没钱医治卧病在床的妻子，没钱喂养两个嗷嗷待哺的孩子，生活处在极端困难之下，在这样的困境中，他用思想的光芒，画出世界闻名的《睡莲》系列画稿。你看她沐浴在月光下，睡在池塘里，意境多优雅呀！

而此时，安静凝望画作的四妹，多么恬静如莲啊！

人生在世，不如意的事情很多。如果我们都像四妹一样，能于生活中发现美好，能有如莲的安宁和纯净。那么生活，也会如莲一样芳香美好。

为了蔬菜，你丢掉过鲜花吗

若　蝶

我家楼下有一小块空地，不知何时，开出了一株深红色的鸡冠花，在初冬百花凋残的时节，开得格外惊心。那硕大鲜红的花冠，像一团火焰，又像一面红旗，挺立在萧瑟的寒风中。

每天出门和回家，都要路过这块空地，每次我都留恋地多看它几眼，周围是树木荒草，只有这一株盛开的鸡冠花，显得分外妖娆和美丽。看到它总让我精神一振。

一天傍晚下班回家，路过那块空地，蓦然发现没有看到那抹惊艳的红，心下一惊，连忙在四周寻找，结果在一堆被铲掉的荒草丛中找到了它，它被连根拔出丢在了垃圾堆里。一楼的那位阿姨，正在这块空地上翻土锄地，想必是要开垦出一块菜地来。

阿姨，这花不要了吗?

我拾起鸡冠花问正在干活的阿姨。

不要了，留着也没用，还占地儿，我在这栽点青菜，再排点蒜，种上葱，到时你烧菜，要是少根葱缺棵蒜就下来摘呀。

阿姨热情地回答我。

我一边道谢，一边暗暗地惋惜：多美的花呀，怎么就成了无用的呢？环顾四周，想找个空地，把它重新栽回去，可找了半天，也没找到多余的土地。心想：阿姨为什么就不能少栽两棵菜，给这株花留点空地呢？

最后我在一棵桂花树下，挖了个洞，把它的根埋了进去，希望它还能活过来。

晚上躺在床上，像被谁抽去了筋骨似的，一动也不想动了，真累呀！想想这一天像机器一样地运转：早上急急忙忙地起床，做早饭送孩子上学，马不停蹄地赶到店里上班，应对各路顾客，你吵我争，讨价还价。直到日落西山，赶着回家洗衣做饭、抹灰扫尘，等孩子做好功课，忙完家务，已累得只想一头栽到床上。

这样的日子每天都在重复，生活里似乎只剩下忙不完的家务，挣不完的金钱。有多久没有静下心来好好读一本书了？墙角的那把吉他已落满了灰尘，有多久没有去触动它的琴弦？那时我们有梦，关于文学，关于爱情，关于环绕世界的旅行。什么时候这些梦想都被搅碎，拌进了柴米油盐里？

突然惊悟，我已和楼下的阿姨一样，为了蔬菜丢掉了鸡冠花。她认为一枝花是没用的，不能充饥，不能当菜。我不也认为文学、旅行甚至爱情都已是没用的东西，我的眼睛盯着的都是有用的：工作、学业、升职、房子、车子……早已不再注意，有一片小草正在悄悄地冒芽，有一树花朵正绽放清香。“情怀”二字已成风花雪月的矫情。可是抓住了尘世中的利益，为什么我的心并没有满足呢？常常感到活在闷罐里，透不过气来。因为我的生活里少了一抹鲜红的色彩，像楼下的那株鸡冠花，已被我从生活的田园里拔除了。

王小波说过：一个人只有今生今世是不够的，他还应当有诗意的世界。一枝花、一场雨、一次远行，都是诗意的生活。可在每日的忙忙碌碌中，我们可曾留一点时间给一枝花、一曲琴、一场远行？我们认为它无用，而这些无用的一草一木、一书一曲，恰是灵魂的栖息地、心灵的平静台。会给沉闷的生活，送来清风花香。

翻身下床，打开书柜，抽出一本旧书，弹去微尘，认真地翻阅起来。从今天起，给自己的生活留一点空间，哪怕每天只有十分钟的时间，留给文学，留给音乐，留给茶艺，留给舞蹈，留给……留给梦想。毕竟生活里，我们需要蔬菜，也需要鲜花。

一棵柿子树的幸福

梁新英

小时候，家在偏僻的农村，日子过得捉襟见肘。母亲面对困窘的生活从不抱怨，只是用辛勤的双手不停劳作，把清苦的生活打理得风生水起，让平淡的时光温暖香甜。

有一年大年夜，母亲神秘地端来一个盆子。打开盆盖，黑得发亮的冻梨间点缀着几个又大又红的果子，灯光下闪着诱人的光泽，那红果叫柿子。

柿子凉凉的甜甜的浓汁浸润着味蕾，我们吃着赞叹着。哥哥说，要是咱家有一棵柿子树该多好！我们都笑他贪心。母亲的眼睛忽然亮起来，她微笑着，什么也没说。柿子从此成为年夜的一道美味，是父母对家人一年清苦生活的慰劳。

有一年，母亲从河北老家带回一株娇嫩的柿子树苗。她要在贫瘠的岁月里养一棵柿子树，用勤劳和坚韧在枝头吹开孩子们的念想，结出甜津津的果实。

母亲把这株穿越了大兴安岭的幼苗栽在园子里，像照顾孩子一样精心呵护着，柿子树像母亲一样在塞外扎下了根。冬天，母亲用秸秆编了厚厚的帘子，给小树苗穿上暖暖的棉衣。我们在长高，幸福的小树也在茁壮成长。

一年春天，柿子树开出了淡黄色的花朵，每一朵憨态可掬的小花被四片肥厚的叶子小心翼翼地托起来，像母亲的手为儿女们托举着清贫岁月的希望。柿子树结出青色的果实时，我收到了师范学校的录取通知书，远离家乡到外地上学。

第一次离开家，想念母亲做的饭菜，想念家的欢乐与温馨，想念那株和我们一起长大的柿子树，思念的味道又咸又涩。妹妹来信：柿子红了，母亲说，柿子会在树上等你回来。我笑了：瓜熟蒂落是时序的规律，母亲这样说不过是安慰想家的女儿罢了。

时间犹如沙漏艰涩地流动，终于熬到放寒假，客车载着我的喜悦一路飞奔。母亲不在房间，妹妹说她在园子里。

那株日思夜想的柿子树在凛冽的风里安静地站着，落光了叶子的树上有几枚红彤彤的果实，自成一道独特的风景。母亲在树上忙碌着，鬓角的一缕白发被风吹得乱飞。

看到我，母亲从梯子上颤巍巍地挪下来。她的脸和手冻得通红，却兴奋地说：“英儿，亲手摘柿子吧！”几枚柿子怎么会那么固执，在树上挂了一个冬天不肯落下呢？我疑惑着爬上树。才发现，一个个圆实的柿子被细细的麻绳绑在枝上。

妹妹说，母亲原本留一些柿子在树上。一场无情的风一夜之间摇落了母亲的愿望，柿子落了一地。母亲用细绳把柿子捆绑在枝上，每天都到树下检查，发现掉落的就再绑上去。那一刻，我的眼泪恣意汪洋。我不知道，母亲是怎样克服了恐高的心理爬上树去，在风里雪里，把一个个甜蜜的希望一次又一次捆绑在树上的。

她从来没有对儿女们说过“想你”或者“爱你”之类的话，对孩子的宠溺就在那棵冬天的树上，红红的柿子像阳光一样照在孩子心上，暖暖的，有着香甜的味道。

母亲只为给回家人一个希望，让在外的女儿感觉到，家里，哪怕是一棵柿子树都在盼着，欢迎她回来。留下的这几枚柿子，是红红的爱的灯笼，挂在冬天，多冷都不怕。

一棵柿子树，因为有柿子留在枝条上，柿子树就很幸福。人也一样，母亲喜欢把孩子们聚拢在身边，可是又不得不面对他们闯天下的事实。母亲何尝不是一棵柿子树呢，让最爱的人攀上她的枝头，摘走精心孕育的果儿，那就是一棵柿子树的幸福。

在我的生命里，永远有一棵挂着红红果实的柿子树。

别急，再嚼一会儿野薄荷

孙　丽

当目光掠过琳琅满目的货架，定格在第三排中间的位置上时，我终于知道自已想要找寻的是什么了。那是一盒薄荷糖，封面上碧绿的薄荷叶对着我微笑，细密的叶脉像祖母脸上漾起的笑纹。

付款后，我迫不及待地拿出一颗放入嘴里，合上双眼紧闭嘴巴，拼命地吮吸，任凭它的香味在我的口腔和身体里蔓延、扩散。那是无数次在回忆中撕扯我的味道，我怀念的味道……

多年前的那个明媚的春日，懵懂无知的我初入社会，如同一只蹒跚学步的小鹿，一路上跌跌撞撞……以看望祖母为由，悄悄地回到祖母身边舔舐伤口。

祖母正在厨房里忙碌着。我一头扎上去，紧紧抱着她。祖母被我扑得身子一颤，笑声连成了串儿。满是白面的双手无处搁放，只好抬着胳膊任我撒娇。一段时间不见，她的鬓上爬满了银丝。我的心，忽地紧了一下。

午饭是我爱吃的手擀面。灶台边放置了一个竹篮，上面覆盖着藏蓝色的碎花布。这是什么？我一把扒开了盖布，一筐绿油油的大自然的精灵，亮晶晶地闪着光。“野薄荷！”我惊奇地叫道，拿起一片就放到了嘴里。一股辛辣的味道浓烈地袭击了我的味蕾，刚要吐掉，祖母说，“别急，孩子。再嚼一会儿。”随后，一缕薄荷独有的清香轻柔地送来了安抚，唇齿之间顿时溢满了芬芳。“馋丫头，急猴似的！”祖母笑望着我，开始和面。祖母耐心地告诉我，和面很有讲究呢，不但事先要预测用量的多少，而且还要掌控水温。面条煮饺用冷水，烙饼蒸饺包子馒头用温水，所做的食物不同，水的温度也千差万别，不能一概而论。它令我想到了自己目前的工作状况，因未经过考量，对人际关系处理不来，做事情屡屡碰壁。祖母的“和面理论”虽然通俗却正对我路，与这手中清凉的野薄荷一道入了我的心，令我深思顿悟。

祖母的面条擀好了，一旁锅里的水已经滚开，一朵朵水莲花争先恐后地盛放着。祖母将面条小心地拎起抖落掉多余的薄面放入锅中。水蒸气裹挟着面香一同跑了出来，我贪婪地深吸着。祖母把野薄荷放到盆里清洗，“我准备给你做一个特别的面条卤。”她神秘地说。我满怀期待地帮祖母把薄荷叶一片片地清洗干净。祖母用热水将它们焯好备用，水也沾惹了一身的绿，仿佛也有了灵气。祖母将薄荷叶切碎和肉末炒在一起，不一会儿，香绿喜人的薄荷卤就做好了。祖母给我盛了一大碗手擀面，放上一勺薄荷卤，手擀面衬托得薄荷卤更加碧绿青翠。透过腾腾的热气，我望见祖母慈爱的面容，心生感动。忽然很乖巧地说了句：“谢谢奶奶，奶奶辛苦啦！”

“我孙女爱吃，奶奶就不累。”祖母看着我吃，也是一脸的幸福。来之前凉凉的心，顿时暖乎乎的，感觉自己是世界上最富有的人。

祖母一直操劳忙碌，为我们奉献着自己的一生。就像那野薄荷一样，无须被关注却默默地为大自然交付出了全部。这么多年，对祖母很是依赖，每每遇到生命中的灰暗时刻，便总是跑来祖母身边，吃一碗手擀面，配一勺薄荷卤，心底的重负便悄悄释然，布满阴霾的心情也逐渐晴朗。

如今，祖母已然离世，但永不逝去的是野薄荷的清香，还有祖母的那句话，“别急，孩子，再嚼一会儿。”生活就如这野薄荷，不论多么辛辣，多么苦涩，只要我们耐心咀嚼，总会品尝到它的芬芳。

清淡的欢愉

梁新英

我喜欢假期背起行囊游走四方，只为圆一个做了许久的梦。然而，站在人流车流喧闹的都市街头，在异乡霓虹闪烁的夜里，蓦地会想起家乡，像有谁用羽毛拨弄疲惫的身心，轻柔的思念开始启程。家乡已经融在我的血脉，在我的呼吸里，一刻不曾离开。人间的清味和狂欢交织成纯粹的生动，滋养着单纯的生命和丰富的心灵。

“雪沫乳花浮午盏，蓼茸蒿笋试春盘，人间有味是清欢。”苏轼描绘的境界，与陶渊明的“荷锄戴月，采菊东篱”有异曲同工之妙，这是古代文人雅士的理想生活，也是繁华都市现代人的心灵需求。林清玄曾感叹“清欢渐行渐远”，真想对他发出热情的邀请，来我的家乡呼伦贝尔吧。这里有纯净的草原，有古老的原始森林，有淳朴的民族大家庭，你在尘世间苦苦寻觅的有味清欢在这里。这里自然和谐，远离喧嚣，可以体验到绝世的超脱。看“天苍苍，野茫茫，风吹草低见牛羊”的绵长画卷，听鸟语声声松涛阵阵的自然天籁，吃黄花、柳蒿、蘑菇等野味珍馐，醉乎于青山绿水之间，自己也成了一朵花、一棵树，或者空中那只自在飞翔的鸟儿，成为寄情寓意大自然中的一员，这是一种怎样清淡的欢愉啊！

草原是千年传唱的牧歌

虽然我喜欢宅在家里，捧一杯清茶在书香里徜徉，却也不敢辜负上天的恩赐，常常应时令而动，走进草原深处，走进千年前的古诗里，聆听草原的心声。草原一如远古的辽阔和壮美，每首草原歌曲对此都有独特的注解。

六七月份的草原最美。一场细雨过后，天空像温润的美玉，蓝得那么纯粹，洁白的云朵在临水弄影，草原像绿色渲染的国画接天而去。在轻柔的风里俯身细看，有着多少各色的小花啊，说一半是草一半花也毫不夸张。它们星星一样散在草丛，唱季节的歌，舞年轮的梦。在久久不散的清香里，在草原安静的怀抱，很容易把自己站成了草原的一部分，未举杯，人已经醉了。

草原沉静温婉，牛羊最得它的神韵。羊群在草地上缓缓移动，形成巨幅流动的碧毯白花壮锦图。牛儿轻甩着尾巴，神态安详，步子悠闲，即使穿越汽车疾驰的公路，任凭司机一遍又一遍地摁喇叭催促，它依然不疾不徐，安之若素。游客驻足路边，和牛羊拍照是草原另一道和谐的风景，此情应了“你站在桥上看风景，看风景的人在楼上看你”的诗句。

出行途中，随时可能邂逅别样的草原风情：高天流云，红日西沉，牧人打马而归，素月繁星。此时此景，浮躁的灵魂渐渐沉静下来。

如果觉得这样的欢愉过于清淡，就到辉河湿地自然保护区来感受水鸟的生命狂欢吧！辉河湿地得天独厚的地理位置孕育了奇特的自然景观。两岸生长着天然的芦苇，夏季绿浪滚滚，秋季圣洁的芦花摇曳在风里。湿地水草丰美，是鸟类的天然博物馆。保护区有鸟类三十科三百多种，丹顶鹤、天鹅、大雁等鸟类亲昵地生活在一起，无忧无虑地觅食，自由自在地飞翔。清晨，旭日的柔光洒在微波粼粼的湖面上，许多的水鸟起起落落，鸣声有粗有细，长短不一，合奏出鸟儿生命的狂欢曲。偶尔一只小船行过，或者垂钓者抛出钓竿，悠闲的水鸟们惊得骤然飞起，安静的天空霎时间热闹起来，湖水的涟漪里是聚聚散散灵动的鸟影。

如果游玩过程中意外赚得山珍野味，则更是幸运。芍药、黄芪是草原上美丽的花，也是医治病痛的药材；柳蒿、蕨菜是山林里平凡谦逊的草，也是餐桌上难得的美味。成片的黄花在春天的小丘上吹起欢庆的喇叭，白蘑和花脸蘑在夏天的草地上撑起诱惑的伞，一树一树红彤彤的山丁子在秋天的伊敏河畔向你招手，篮子里如何装得下采摘的快乐？陶翁如果来到这诗意的草原，品着纯天然的菜肴，把酒临风，也会忘了东篱下采菊，而深醉无边的宁静里千年不醒吧。

大兴安岭是不老的神话

大兴安岭环抱着青青草原，草原依偎着巍巍兴安岭。草原和大兴安岭相互依偎，像一对恋人深情相拥，守着一年四季，守着岁岁年年，直到天荒地老。由草原进入大兴安岭，路两侧的绿色由浅而深，山上树木葱郁，树下小花挤挤挨挨，摇曳着纯真的梦。天空被山岭切割成狭小的穹庐，云朵触手可及。伊敏到维纳河之间少有大的村镇，偶尔零星散落着牧民住户，一两家，或者三五家，不禁猜想，在这人烟稀少的地方，人们生活是怎样的从容淡定。

维纳河三面环山，方圆六七米的范围内分布着六孔矿泉，水温2～6摄氏度。泉水旁边花木茂盛，野玫瑰粉红的花朵硕大饱满，纷繁妩媚。旁边的樟子松系了彩色哈达，那是祈福树。微风过处，密密匝匝的愿望在枝头颤动。

每一孔泉水所含矿物质不同，保健和医疗功效也不同，分为心泉、头泉、胃泉、眼泉、耳鼻泉、万能泉，矿泉被当地居民被尊为“圣水”。心泉被置于飞檐的亭子里，颇显尊贵。其他泉眼的四面被木板围成井口形状，有两处井口相距不足半尺，泉水却有不同的功能——眼泉和耳鼻泉，头泉和万能泉，真是令人诧异。人们用泉水冲头，一瓢下去，整个头就麻木得仿佛不是长在自己颈上的，炎炎夏季那种冰爽的感觉永生难忘。旁边建有疗养的池子，泉水寒气刺骨，投身下去需要非凡的勇气。据说矿泉浸泡过的身体越来越热，就像洗了桑拿，难怪不少游客慕名来这里疗养。

维纳河周围山势不高，青松和白桦是它的主宰。晨雾还未完全散尽，夏日的阳光透过枝叶斑驳地落在林间葳蕤的杂草和丛生的野花上。空气润润的，缭绕着丝丝缕缕花木的清香。小心啊，也许正有野菜缠住你前行的脚步呢，是蕨菜，是柳蒿，还是韭菜？你的喜悦会一直蔓延到它成为餐桌一道特色菜肴，唇齿间留下它清新的味道。

维纳河的树木与红花尔基森林公园的比起来就显得局促逼仄了。

红花尔基是樟子松的故乡，到了那里才知道什么是林海。沿着石阶爬上山顶，从古朴的凉亭里放眼望去，满山的樟子松郁郁葱葱，莽莽苍苍的绿与天相接，多么沉郁壮阔的绿色海洋啊。

樟子松把翠月湖拥入怀抱。泛舟清波漾漾的湖上，或者在林间隐没的欧式木屋休憩，或者湖边垂钓，恍若置身童话世界。站在高高的山上，游客挥着手对远山忘情地呼喊："我—来—了！"对着潋滟的湖光山色频频按下手中的快门。

鄂温克的狂欢，不是一群人的孤单

草原的风流，不仅在于碧草繁花的如诗如画，不仅在于朝霞的私语、晚照的温存带给我们的闲适安宁，还在于草原上生长着千年的游牧文化。

草原的美是多元的，品味草原的民风民俗是旅行中不可或缺的。辉河流域是鄂温克族聚居区，它的德仁夏营地是长久以来自发形成的草原部落，这里有难得一见的游牧民族原生态生活场景。参与到牧民的生产生活中，与他们吃住在一起。晨起，铁炉上熬着奶茶，香味在蒙古包里飘荡。从挤牛奶到制作奶制品，从骑马放牧到搭建蒙古包，事事亲为，过足牧民瘾。

夜晚，与牧民一起围着篝火，在悠扬的马头琴里且歌且舞，淋漓尽致地体验鄂温克草原原始的生活方式，感受鄂温克人平凡日子里的生命狂欢。

鄂温克族、达斡尔族、蒙古族的节庆日是民族风情和服饰的大展台。在蒙古族的那达慕上，在鄂温克的瑟宾节和丰收节上，人们身着华美的民族服饰，表演摔跤、射箭、赛马、赛骆驼等，是恣意狂欢的最高形式。相比之下，我更青睐牧民的丰收会。丰收会一般在每年五月的春季羊群接羔之后，牧民穿上艳丽的民族服饰接待前来祝贺的亲朋，在蒙古包的毡房里吃鲜嫩的手把肉，喝飘香的奶茶，把酒歌舞，感谢上苍赐予牧业丰收的福泽。那种发自内心的虔诚与感恩，会感染在场的每个人。

达斡尔族人特别重视传承自己的民族文化，即使生活并不富裕的家庭，每人也要量身定做一两套价值不菲的民族服饰。服饰面料考究、做工精细，每逢大型聚会必盛装而出。宴会席间达族人纷纷下场，自发地围成一圈，队伍在逐渐扩大，由几人到几十人，载歌载舞。起初是慢节奏，后来曲调越来越高亢，人们舞蹈的动作也越来越快。有些客人虽不懂达斡尔族的民族语言，被他们的快乐和豪情感染，情不自禁地跟着打起节拍伴唱，或者融入舞蹈行列，在欢乐的旋律里翩跹，宴会的气氛温暖而热烈。有人说狂欢是一群人的孤单，那情境，你绝不会有这种悲情的思绪。

大自然是一本书，家乡的草原和森林是书中的动人章节。读它即是读心，读禅。如果你厌倦梅雨的不胜其烦，厌倦钢筋水泥割裂的天空，厌倦车马喧嚣的都市生活，那么带上简单自然的心来呼伦贝尔吧！草原的色彩、山林的味道、湿地的意境与姿态正从容地静立等待你的来访。

来吧，来享受这份清淡的欢愉！

为向上的灵魂点赞

晓　非

名字带福的人，福气可能会更多些，李会福却相反。

2002年，因为眩晕，他被医院检查出白细胞临界点。正常人的白细胞值7000点，他只有1500点，离白血病一线之遥。医生说，医疗界暂没有治好此病的药物和方法。

慢性疾病是个可销蚀人于无形中的冷面杀手。接下来的日子，他被各种检查各种药物轮番进攻，体重也急速下降。生命的花园里，赫然卧着一只斑斓猛虎，跳出来拦住他的去路，冲他吼叫，李会福的身子晃了几晃，整个世界都在晕眩。

但他并没有在看似绝望的黑暗中倒下。“人选择死比活要容易简单。而人真正的强大不是敢于死，而是敢于活，好好的用力活。”这是支撑他向上攀爬的力量。

他不愿在劫难中看到庸常的自己，他爱着讲台，爱着学生，校园的书声于他如梵音般悦耳，他要重返课堂。他说，哪怕生命里只有一剪薄弱的光，也要义无反顾地捧出。他不顾医生给开的处方单，私下调整食谱，放开胃口该吃啥吃啥，为身体增强抵抗病毒的能力。他想，既然无法打败命运，那就活过命运，疾病难缠，让自己比它还要难缠吧。

三尺讲台上，苏东坡的明月、荷马的星空，在学子们的眼睛里闪烁。他暖暖的笑容阳光般洒向孩子们的心头，朗朗的声音潮水样漫向教室的角角落落。他说，每当情绪沦陷低迷，站在讲台，面对一张张稚气求知的面孔，整个人就会激情飞扬，神采奕奕，忧郁随风飘散不知所踪。

他办了一张名为《港之韵》的校报。他发现很多院校的报纸，鲜有人关注学生的内心倾诉和个性的张扬。那些生硬的信息、应景的文字，让校报失去应有的文风。他倡导校报以“养德、笃学、唯实、创新”为精髓，力求追寻文字的温度，心灵的成长。他投入饱满的热情，和情趣相投的同事，努力为学生寻觅一方纯净的天空。

报纸才露尖尖角，就激起层层涟漪。学生们如获至宝，通过报纸感受到生命中的诗和远方。

十年树木，百年树人。岁月在李会福的鬓发洒下点点霜痕。《港之韵》从初起零星的来稿，升级为五百多原创。在仅三千多名学生的学校，报纸的魅力，成为学生的心路明灯，点亮着他们的前程。而他，就像一朵颜色清淡的菊花，默默地开放和摇曳，让生命的芬芳熏染着学生们的内心世界，也飘散在对文学的热爱里。

多年来难缠的疾病，没敢过多刁难李会福。尽管讲课时晕倒过，和朋友相聚时也偶有昏迷，但他以淡定的姿态，等闲视之。当年得病时，儿子才两岁，而2015年却以566分的高考成绩走入大学。曾诊断过他疾病的医生，几乎不敢相信他好好地活着。

早过不惑之年的李会福，没有这个年纪常见的世故与老成，率性本真，畅所欲言，诙谐自嘲，乐意把一切摊开在你的面前，一如清澈的溪水流淌在你的眼底。他用一颗努力向上的灵魂，演绎着生命的传奇！他是一个内心有支撑的人，他让我领悟到灵魂向上升腾的真谛：命运之途，无论怎样颠簸，终得柳暗花明日；生命之旅，不管如何晦暗，总有云开雾散时。

第一个告诉你下雪的人

杨　慧

有没有人告诉你？下雪了！

大片大片的雪花，像白色的羽毛从天空飘然落下。霎时间，山峦、田野、村庄、小路都陷入白色的忧郁里。

可是对于孩子，这白色永远是快乐的。那是一场罕见的大雪，一夜之间就把村庄包装成了童话世界。童话世界里怎么少得了我们这些可爱的小精灵呢！

清晨起来，房门已经被大雪封住了，母亲正拿着一把小铁锹从门缝处一点一点把雪挖开，慢慢开辟出一条小路来。我和妹妹也陆续穿好了棉袄棉鞋，戴上了帽子手套，跑到院子里和母亲一起“扫雪”，那是最愉悦的劳动。与其说是在帮母亲，不如说是在给母亲添乱，母亲前脚刚扫出来的小道，我们打闹着，又把雪扬得到处都是，可是母亲并不恼，笑呵呵地看着我们，任凭我们在纯洁的雪里“胡作非为”。

树上、房顶、鸡舍、草棚，闪着亮晶晶的银光，在与红日的交相辉映中分外妖娆。毛茸茸的雪花们相拥在一起，诞生于寒冷境地的它们，也需要抱团取暖吗？

妹妹欢快地跳着，和我一起堆雪人。我们用瓶盖做眼睛，用红辣椒做鼻子，而我总怕小雪人会冷，心疼地把自己脖子上的红围巾摘下来给小雪人戴上。一会儿，我们的新伙伴就伫立在庭院里，真是可爱极了！这时母亲已经做好了早饭，开个门缝对着我们高喊："吃饭啦……吃饭啦……"我和妹妹好像都没有听见，磨磨蹭蹭地谁也不愿意回屋。广阔苍穹，母亲是见证这份快乐的唯一观众，望着她的两个白雪公主，母亲的微笑是甜的。

洁白的雪花舞动着我童年的快乐，也翩飞着我少年的轻狂。初三那年寒假，我和同学们约好去县城的书店买些参考书，早上临出门时母亲就叮嘱我穿那件厚一点儿的棉衣，可是少女的我是爱美的，怎么能把自己变成臃肿的面包？不想从县城回来时就下起了大雪，汽车晚点了两个多小时，当我背着书包又冷又饿走回家时，看见母亲像一座白色的雕像立在门口，睫毛上沾满了霜白，每眨一下眼睛似乎都能发出吧嗒吧嗒的声响。那天我吃饱了喝足了就有了精神，而母亲却病倒了，高烧四十多度。至今我都不知道母亲那天在家门口迎着风雪，望着我回来的方向究竟站立了多久。

多年以后，我也成了一名母亲。我的孩子和我一样热爱这北方的大雪。如果早晨那个淘气的小家伙赖被窝，我就会告诉他外面下雪了，小家伙听到后就会高兴得手舞足蹈。给他一把小铁锹，他就会在自家院子里玩上半天。这期间他的小脑袋瓜里会想出许多创意，一会儿城堡，一会儿狗窝的，决不会跑回来烦我。

春节，我带着孩子回老家。当我们像一片雪花一样从远方匆匆地赶来，哒哒的马蹄声溅起一地飞雪，朵朵如花。那一天，村庄如故，母亲却白发如雪。

年迈的母亲依然站在自家的门口张望着，等待着。仿佛这几十年来，一直站在这里，从未离开过。母亲这几天一直念叨着："要下大雪了，也不知道通不通车。"母亲是不看天气预报的，但每一次比天气预报还要准确。慢慢我才知，原来是母亲的老寒腿，每次下雪前都会疼。

母亲这一生几乎都是劳动中度过的。夏天，她忙着菜园子、庄稼地；冬闲时，她忙着给人做衣服，贴补家用。东北的冬天天寒地冻，经常刮大烟炮。二十世纪七八十年代我们家住的是简陋的茅草房，虽然窗户外面订上了塑料布，门上也按上了棉布帘，但墙壁上还是会结霜，四处透风。母亲长时间坐在靠南墙的缝纫机旁做活，两条腿不知不觉中就得了风湿病。母亲腿疼是从来不对我们说的，粗心的我们怎么会知道母亲的腿病这般严重！

雪花落在村庄，落在田野，也落在我隐隐作痛的心里。

这个世界因为有雪，风景如此美丽，空气如此清新，步伐变得轻快，灵魂得到了洗涤。雪，如母亲的爱，时刻安抚我这颗烦躁的心，让我活得简单快乐，就像一朵雪花吹开了另一朵雪花的春天。

传说，第一个告诉你下雪的人是最爱你的人。我相信这个美丽的传说，因为母亲就是最好的例子。电话丁零零响了，是母亲在叮嘱我，要下雪了，记得多穿点儿衣服——母亲的老寒腿又在播报"天气预报"了。我喏喏地应着，却透过那场即将到来的雪，看到了母亲的疼痛。

如果可以，我多愿意让自己变成一贴温暖的膏药，敷在她所有疼痛的关节。

柔弱的英雄

梁新英

老舍说：“一个母亲必定就是一位英雄。”

母亲年少时，外公在哈尔滨开小作坊，家境殷实，过着锦衣玉食的生活。新中国成立后，生活虽然不比过去，却也衣食无忧。母亲二十岁嫁给父亲，辗转流徙，落脚在内蒙古的一个偏僻山村。

父母带着出生不久的大姐住进生产队闲置的仓库里。仓库四面漏风，老鼠活动猖獗，夜里肆无忌惮地出来觅食。母亲抱着女儿整夜不敢合眼，怕女儿成为硕鼠口中的美味。父母靠着肩扛手推，在村里人的帮助下盖了新房，有了属于自己的家。

父亲是生产队出了名的种地好手，可是一年到头挣到的工分也只能领回一家人的粮食，遇到年景不好，还要欠下债务。

我们姐弟几个相继出生，一家七口的生活重担压在年轻的父母身上。柔弱的母亲一下变成坚忍无畏的英雄，她的人生剧本没有缓冲，没有过渡，直接从天上跌落人间。不管是否能够承受，有些成熟几乎是一夜之间，这就是生活。母亲很快适应了角色的转变，成为村里最能干最出色的母亲。

母亲在房前开辟出园子，种上各种时令蔬菜。东寻西淘，找来西红柿、香瓜、甜杆儿的种子种上。沙果树、杏树、樱桃树也陆续在园子里安了家。母亲见缝插针，在田头地尾种上了步步高、江西腊等花儿。母亲的园子是菜园，是果园，也是花园，是儿女们健康成长的营养基地，也是儿女们怡情冶趣的桃源。她每日在园子里忙碌，像一只不辞辛劳的蜜蜂，为儿女们酿生活的蜜。

为了改善一家人的生活，母亲喂猪养鸡贴补家用。母亲端着米从仓房走出，鸡鸭鹅迅速围拢过来，拍着翅膀欢快鸣叫。谷物在晨光里划着优美的弧线落下，它们立即散开，扑向自已的美食，母亲的一天从家禽的簇拥与喧闹中开始。我们的家就是宠物园，只是有时候母亲不得不忍痛割爱，把每天围着她团团转的家禽换成孩子口中的美味，换成御寒的衣帽，换成上学用的铅笔和本子。

逢父亲雨休，母亲和父亲赶着织补渔网，农闲时去河里捕鱼。下河拦网挂鱼是辛苦活，挽起的裤腿被突然变深的河水浸湿是常事，湿乎乎地一焐就是半天。太阳炙烤得红头涨脸，汗水直淌。脚被河底的尖石或者碎玻璃划破，划痕交错，长时间泡在水里，深的伤口处皮肤失去了血色，向外翻着，样子可怖，让人不忍看那狰狞的口子。母亲全然不顾这些，为了孩子能吃到鱼，那一刻成了活脱脱的女汉子。餐桌上柳根、鲫鱼的香味勾引着食欲，几个小馋猫的筷子翻飞，一两碗饭很快下肚，欣慰在母亲的脸上绽开花朵。

白天没有时间做针线活，母亲晚上在昏暗的油灯下吃力地穿针引线。纳鞋底，做鞋子，缝棉衣，麻绳穿过鞋底的声音和着钟摆的嘀嗒声，无数漫漫长夜被密密麻麻的针脚丈量过，被一针一线温暖过。我们的衣服都是母亲亲手缝制，过年的时候母亲最忙。不光要赶制家人的新衣，还帮左邻右舍做衣服。为了我们能在除夕早上穿上新衣，母亲甚至要熬通宵。看着我们穿着新衣高兴地跑进跑出，满脸疲惫的母亲笑了。

母亲心灵手巧，做得一手好女红。我们的枕套、坐垫都是母亲的绣品。母亲绣花全靠自己描画底样，自己琢磨配色，每一幅绣品都是智慧与爱的果实。

母亲无所不能，她是厨娘，是裁缝，是营养师，是花匠。她一生的杰作是五个儿女，她倾尽了全部心血对我们精雕细琢，她的爱在每一个细枝末节里。

母亲身体一直很棒，记忆中有那么一次发烧，身子虚弱得下不了地。父亲要带她去医院，死活不肯，硬是靠喝姜汤水发汗的土办法减轻了病症，趔趔趄趄地下地干活了。父亲心疼她，让她多休息几天，母亲说："我哪有时间生病啊，家里家外一大堆事儿都等着呢。"

有了孩子，母亲很低，低到尘埃里，甘愿做一抔泥土，把时间种在那，把爱种在那，托举出一个属于孩子的春天，明艳、芬芳。

有了孩子，母亲很忙，像一个不知疲倦的陀螺，心心念念的是儿女的冷暖和健康，满脑子都是儿女哭了笑了，独独忘了自己。她必须让自己强健，就连生病也是一种奢侈。

儿女大了，母亲终于可以歇歇了，她却病倒了。儿女心中那个曾经无所畏惧无所不能的英雄真的老了，母亲头发花白，皱纹遍布脸颊眉梢。病痛吞噬了她的健康，蜷缩在被子里的母亲瘦小虚弱，显得那样无助。握着母亲的手，我的泪水不知不觉滑落。

母亲神态安详，仿佛检查的仪器和管子不在她身上，病痛不在她身上，轻轻地说："妈没事儿，别担心。"在女儿面前，即使躺在病床上，母亲依旧是镇定自若的英雄。

一棵树的心事

李建伟

我叫他“军大爷”，因为他曾经是一个军人。

打记事起，军大爷就住在楼下了。印象里，他永远是一个人。每到春天，他总是会及时地换上他那套已经不知年月的红军装，戴上那顶红军帽，对着那棵开满花的玉兰树，久久地伫立，无数次地重复一个动作——敬礼。曾经，我好奇地问过母亲缘由，母亲只简单地道了几句，老人以前参加过长征，打了无数的仗，可能在怀念自己的战友吧。

“那为什么非要对着那棵玉兰树呢？”我问。

母亲摇摇头，叹了口气，说自己也说不清楚，或许是习惯了吧。于是，这个问题困扰了我很长时间。许多次，我都想亲自去问一下军大爷，可又觉得那样太过唐突，生怕冒犯了老人。直到今天，当我再一次看到他穿着军装笔直地立在玉兰树前，庄重地敬礼的时候，终于忍不住走到了他身边，还没有张口，军大爷说：“我知道你想问什么？”

我有些愕然。

“以前和鬼子打仗，死了很多人。我也在鬼门关走了几趟，最后救我命的就是一棵玉兰树啊……”老人提起这段往事，显得有些激动，眼神深邃，嘴片也不住地抖动着。

那年他十六岁，家里的三个哥哥都在战争中牺牲。日本鬼子的铁蹄踏遍了华夏大地，在祖国母亲的身上留下了道道伤疤，到处是枪声炮火，满目疮痍。他决心保家卫国，他要去参军，拜别了父母和自己喜欢的姑娘——玉兰。玉兰从小和他一起长大，两小无猜。十五岁那年，两家父母商议给他们先订了婚。玉兰早已得知他要去参军，虽然不情愿，但是却很支持他。在那样的一个年代里，每个人都把自己的事放到了后面，都希望早日把日本鬼子踢出中国。她熬了几个夜晚，给他缝制了一身军装和一双布鞋，还在靠近胸口的内侧绣了一颗心和“平安”两个字，她说你一定要穿着回来……他指着旁边的一株玉兰树，对她说，等下次开花我就回来娶你。那一晚，夜很静，月色很美，只有低声的虫鸣，似乎也渐渐地有了睡意。“玉兰花开，我就回来娶你……”她轻轻点头，温柔地依偎在他的怀里。后来，他确实再次回到了故乡，可故乡却早已不是原来的模样——只剩下了残垣断壁。这里前段时间刚被日军侵占，洗劫一空，村民也早已跑散了，可对这里再熟悉不过他还是注意到了那棵玉兰树，花开正盛，可却没了他的玉兰……他们被派到这个地方驻防，这里还将会有一场更加激烈的战斗。

战斗是在夜里打响的，毫无预兆，他正依着玉兰树休息。他清楚地记得一颗炮弹在他身边炸响，他就失去了意识。等他醒来，部队早已经不知道撤到哪了。身边躺了一具具曾经和他一起战斗的战友，他挪不动身体，那棵玉兰树倒了，正好压在了他身上。他连呼救的力气都没有，其实那时候呼救也没有用，因为就剩他自己了。他努力地想从玉兰树下挣脱出来，但是他太虚弱。他使劲地扭动身体，伸展胳膊，抓了几朵玉兰花塞进嘴里嚼着，虽然历经了炮火，但是依然存留着清香。他连着吃了很多玉兰花，渐渐地恢复了体力，终于脱身而出。他站起来后，发现玉兰树上挡了好几片炮弹碎片，随便哪一片都能夺取他的生命。他在村里多留了两天，随后又找到了部队……一直到抗战胜利，他都没有再见过他的玉兰。只是，不管搬到哪儿他都会在院子里种上一株玉兰树，总会特别用心地照顾它，和它谈心……

我想，那段历史一定无数次清晰地出现在他逐渐发黄的梦境里，可以想象多少次老人从梦中惊醒，裹紧被子，泪流满面。

老人激动地抓紧我的双手，郑重地拜托我，如果将来他不在了，让我替他好好照顾这棵玉兰树。我忙不迭地点头应着，我知道，我接过来的是一棵树的心事，这棵树上结满了玉兰，每一朵都开得那么认真。

没有陪伴的爱，是纸上谈兵的情

清　和

爱情的灵魂是陪伴。

身边一位女性友人，多年前大学毕业，分配到一所乡镇中学教书。友人长得清秀动人，身边有很多追求者，她都看不上眼，偏偏爱上一个有家室的男人。这男人身上散发着成熟男人的魅力，温柔体贴。每天电话、短信不断，在网上聊天到深夜，节日还会买礼物给她。友人以为遇到了今生的真爱，爱得痴癫，朋友好言相劝，她却一意孤行，心甘情愿做了男人的情人。好景不长，一次友人深夜高烧，给男人打电话，男人说他去不了，语气生冷干脆，似乎变了一个人，形同陌路。友人只好独自去医院打吊瓶。每逢佳节，她总是孤单一人，男人的甜言蜜语还在耳边，却只是把烟花给了她，把节日给了家人。她终于惊觉这场痴爱的虚幻和讽刺，果断与那男人分了手。

在你最孤单脆弱最需要人陪的时候，那个说爱你的男人却不在身边，这种只想占有的爱是自私而狭隘的，是最低级的爱。没有真实的陪伴与呵护，爱情也就失去了灵魂，变得虚伪而做作。

还是欣赏古老的爱情模式，用一生的时间认认真真地去爱一个人。那样的爱情很慢，却最真实。用所有的夜晚为爱人做一双鞋，缝一件衣。你写字，我研墨；你作诗，我唱曲。黄昏牵手散步看夕阳斜照，晚间一起赏月喝茶。所有的温情都在点点滴滴的陪伴里了。这样的爱情看似琐碎，却最珍贵。

冰心先生说，我自己是凡人，我只求凡人的幸福。赴美留学期间，冰心先生与著名社会学家吴文藻先生结识于旅程的轮船上。他们倾心交谈，后来信笺传情，互生爱慕。婚后不离不弃，真情相守五十六载。她在撰写吴文藻的传记中说："婚姻不是爱情的坟墓，而是更亲密的灵肉合一的爱情的开始。"他们相濡以沫，是彼此灵魂的归宿。在时局动荡的岁月，吴文藻被无情关押，冰心一直默默地支持鼓励他，给他写信，给他送衣物与吃食，陪伴他走过最艰难的光阴。

最好的爱情是做彼此人生旅途上的一盏灯，让彼此的世界充满光明。

安妮宝贝说，最好的爱情是彼此做个伴，不要束缚，不要缠绕，不要占有。是的，爱情的真谛是陪伴，没有陪伴的爱，是纸上谈兵的情，是一具丢失了灵魂的空壳。

乡村老家的一对老两口，年轻时候受父母之命，承媒妁之言，拜堂成亲，结婚当晚才看清对方模样。他们一起平平淡淡地生活了六十年，没有海誓山盟，没有蜜语甜言，有的只是陪伴和相守。老头走的那天，老太太守在床头，看不到太多的悲伤，无语沉默，雕像般坐在那里，安静地随着老头去了。

在生命的终点，搭伴儿相携的爱情，如梁祝，如焦刘，谱成一阕老歌，千年传唱；酵成一坛美酒，万古溢香；裱成一帧丹青，世代珍藏。

听，黎明的声音

张　清

我的写作班来了一个特殊的新学生，盲孩子李明。我更愿意叫她黎明，因为她身上有黎明的味道，有黎明的露水和光。

那天，她穿着色彩鲜艳的碎花裙子，头顶的辫子上也系着粉色的蝴蝶结，脸上却是灰色的无助茫然的神情。她的母亲告诉我，她从小双目失明，是攀枝花市特殊教育学校的学生，这是她第一次和正常的孩子一起上课，她有些紧张。

何止是她紧张，我也一样。从教多年，她也是第一个走进我课堂的盲孩子。我该用怎样的方式来面对她？班里的其他同学能否欣然接受她？她在完全陌生的环境下能否与课堂融为一体？

我故意轻描淡写地介绍了她：“今天，我们班来了一位新同学，她就是不久前刚获得全市钢琴比赛冠军的——李明同学！”大家鼓掌之余，还发出一阵阵赞许声。我注意到她始终埋着头，不停摆弄着手里的那根盲文笔。最好的保护就是不要刻意强调她的“特殊”，我这样想着。

“我们太常用‘看’来观察世界，常会忽略‘听’也是观察很重要的途径。声音可以说是无处不在的，但我们却常常忽略了它们。如果我们用心聆听周围的声音：雷声、风声、雨声、动物的叫声、人的说话声、笑声、脚步声……就会知道大自然的声音实在是太丰富和美妙了。”当日堂课，我选择的作文主题是“大自然的声音”。知道李明的到来，我早就做好了功课，这个主题会是她的强项，应该会降低她第一次上课的陌生感，缓解她的紧张情绪吧！

接下来，教学流程有序地进行着，听暴风雨来临前后的一段录音，由我朗读并讲解范文《暴风雨里的歌声》……李明上课的状态越来越放松，她不时抬起头，脸上偶尔会泛起一丝笑意，手里的盲文笔借助盲文字板不住地在厚厚的盲文纸上戳出一个个有规则的孔，像一颗颗星，在泛黄的纸上明亮。我能听到她戳孔时发出的细密声音，富有节奏，悦耳动听。

这节课快接近尾声时，我习惯性地说：“请大家翻到教材第九页，用五分钟时间仔细默读《夏天交响曲》，看看作者抓住了哪些声音来描绘优美的夏天？”

话音刚落，我看见第一排的几个男生一边朝我挤眉弄眼，一边把脑袋偏向李明座位的的方向。“请同学们不要东张西望，认真阅读文章！”我严厉地制止了他们，我不允许他们戴着有色眼镜去看待李明。

教室里一下子恢复了宁静。过了一会儿，班里一个非常文静的女生崔灿站起来说，“老师，这篇文章太棒了，我可以来朗读吗？”然后把目光落到了李明的座位上。

顺着她的目光，我看到李明失望地伏在桌子上，虽然她并没有说出她的忧伤，但她脸上的尴尬表情一下子就刺痛了我。

我猛然惊醒。我精心为她建造的安全壁垒，就在我让学生默读的时候土崩瓦解了。那一刻，我仿佛听到了李明心里的话——“这个世界忽然让我感到陌生，静得只剩下漫无边际的黑色空间。在寂寥的黑暗里，我摸索着、试探着前行。我能听见教室里同学们翻书的声音，我能听见时钟里秒针走动发出的动静，我甚至可以听见自己急促的心跳。但是，此刻的我却不敢弄出一点儿声音，怕因此会引来同学们灼人的注目。所有同学都在静静默读时，我应该做什么才是妥当的？我突然发现，空洞的五分钟实在太漫长……”

我领会了崔灿毛遂自荐朗读文章的用意，平时，她几乎不说话，自然，我们之间也就很少交流，我问过她几次问题，她也不回答。总是一个人闷头看书写作文，时间久了，我也习惯了用我的“冷漠”对待她的“冷漠”，没想到，她竟是个这样一个善良而细心的孩子呢！

崔灿用比平时高八度的声调大声地朗读着，同学们都感到讶异，平时她做什么事情都是轻手轻脚、悄声细语的，从没见她发出过这么大的声响呢！

我带头鼓起了掌，那是我对崔灿这个善意举动的感谢。崔灿腼腆地坐下，双颊绯红，很美。

从那以后，每次课上，我都会带着情感用心朗读文章，即使声音沙哑也从不间断。我要用我的声音，给她带来一种安全感，用声音唤醒她的笑容，带她走出黑暗，用明亮的心去看蓝天、白云、绿草、红花……

有一天，李明悄悄地送给我一个茶杯，她说她心里清楚得很，我是故意为了她而朗读课文的，她只想让我在上课的时候喝一杯茶，润润嗓子……我的眼眶一下子湿润了，我分明看到了她的眼睛，是长在心里的。她一定看得见自己的黎明，看得见黎明的露水和光。

一切顺利，李明如我所愿，渐渐适应了我的课堂。可是崔灿却意外停课了，她的母亲带来了医院的诊断书，准备带她去省城治病。我拿过诊断书，看到上面清晰地写着：崔灿，间歇性听力障碍患者……

不肯凋零的绿萝

若 蝶

我是个不会养花的人，每年春天抱回来一堆姹紫嫣红，一到冬天，全都红消香断了。但有两盆绿萝一直在窗台上葱绿着，无论春夏秋冬，用它的盈盈绿意，装扮着我的小家。

阳台上各样的花，我会小心翼翼地侍弄着。怕水浇多了，又怕缺水了。怕阳光不足，又怕阳光太烈了。唯独对绿萝，我是不用担心的，无论是晴是阴，它从不打盹儿，也不管是水多还是水少了，它一样精神抖擞。修剪下的枝条，随手插进蓄着水的玻璃瓶里，短短几天，就伸出根须，抽枝发芽了。

喜欢上绿萝，是因为祖母。祖母是个爱花的人，身体还健壮的时候，在我家屋后的小院种满了花花草草，海棠、月季、含笑、秋菊、蜡梅……一年四季，花影婆娑，彼落此开。祖母在花香里洗衣做饭，给了我们一个整洁温馨的家。

十几年前，八十岁的祖母不幸摔断了腰椎，只能卧在了床上。这对闲不住的祖母是个不小的打击，但祖母并没有抱怨什么，白天看看电视、听听戏，几个晚辈时而陪她说说话，倒也看不出祖母有什么哀伤。

只是因为瘫在床上，大小便偶尔会失禁，每到这时，祖母总是一副羞愧的样子。有一年下雪天，祖母弄脏了床单，母亲忙着给她清洗，祖母心疼地盯着母亲说："这大冷的天，让你这么受累，唉……"

那一天祖母显然很难过，房间只剩下我一人时，听她自言自语地说："我知道，我拖累了你们，可我就是舍不得死，就想看到你们的样子，就想听听你们说话……"

我的眼泪一下子涌了出来："奶奶，你可不能死，我们家不能没有你啊。"

"好，好，乖孙女，奶奶不死，奶奶不会死的。"祖母干瘪的嘴巴绽开了一条缝，似乎要开出一朵花来。

祖母让我买盆绿萝，放在她床头的柜子上。她说房间里有了绿色，人也会感觉舒心些。当我捧着青翠油绿的绿萝回来，祖母那双深陷的眼睛蓦然亮了起来。

绿萝在祖母的床头，长势喜人，伸长的枝萝上，一个个绿色的心形叶片，像一串串跳动的音符，流淌着生命的欢欣。

祖母在床上常常和我聊起她年轻时的事儿。祖母小的时候跟着家人逃难，流落到了异乡，最后嫁给了祖父，祖父却早早离开了人世。为了养活两个孩子，祖母吃尽了苦头。

有一年家里连着三天没有揭开锅，祖母和同村的一个妇女商量去偷生产队的粮食，没想到被抓个正着，遭到了毒打，被反绑住双手游街示众。同去的妇女受不了这样的屈辱，没几天上吊自尽了。审讯祖母的男人大声质问祖母：为什么你不去死？！祖母高昂着头，什么也不说，但在心里应着：我就不死，我为什么要死？我死了，孩子怎么办！我会熬过去的！

是呀，祖母吃了那么多的苦，更加不会轻易地去死。当初医生说祖母的年纪大了，长期卧在床上不活动，可能熬不过五年。但祖母在床上撑了九年，最后才恋恋不舍地合上了眼睛。

祖母去世后的一段时间，我回家打开祖母的房间，突然发现那盆绿萝完全枯黄了下来，失了水分的叶子像标本一样，干巴巴地趴着不动。母亲说外出了一段时间，已经有二十多天没给它浇水了。这下完了，我心想，这盆绿萝定是已随祖母去了。可还是不甘心地给它浇了点儿水。

第二天，再次打开祖母的房间，一盆郁郁葱葱的绿萝在活泼泼地迎接我，垂下来的枝萝像婀娜多姿的少女在轻舞。绿萝又活了过来，它一直忍着不死，只等着我那几滴清水。我惊喜地几乎掉下眼泪。

我走到祖母的床头，轻轻地抚摸着那莹绿的叶片，感受着一颗不肯凋零的心，慢慢爬进我的身体，与我的心交叠重合。

辑五／一只鞋子和另一只鞋子的重逢

路过我心，请迈着梅花鹿的步子

朱成玉

我的心是一张白纸，路过我的时候，我希望，你迈着梅花鹿的步子。那样，梅花鹿的小蹄子，就会在我的心上反复地来洄游走，踢踏出一幅曼妙的画来。

一幅曼妙的画，于我是何等重要！就像，积聚了半世的笔墨，等着某个人在某一刻来为我的一生题词。我希望得到的两句诗是：身为菩提拂万物，心似莲花不染尘；就像，一个露水般干净的新娘，等着一个人来掀开她的红盖头，打开她的身体，检验她的清白。

可是，在婆娑的月影下，你还会来吗?

夜里的露水，洗净了你的小蹄子，我不许你跑进那黑暗的境地，月光照不到的地方，我不放心。

那就径直到我的心上来。我清空一切凡尘迎你，在心底举行一次盛大的欢迎仪式，你无须盛装登场，只需迈着梅花鹿的步子。

经过我心，无须你带来外面的消息，我不想打听灯红酒绿里的秘密，不流连歌舞升平里的欢愉。如果可能，请带来一缕风，轻轻煽动我心底的一朵云。这朵云于我心底睡了很久，到了该唤醒她的时候。

每个人都有属于自己的一个关于桃花源的梦吧。那里风和日丽，四季常青，不论时日多久，都不见任何衰败的迹象，这就是所谓的永恒吧。

月光，是我无比寂寥的人生中唯一的欢愉。但不必纠结于丢失和寻找，把她想象为孩子们的迷藏，请任由她绽放或者躲藏。

是的，我所求甚少，一抹月光就足以慰藉我半世沧桑的心。偶尔，月光不见了，我亦不觉得悲苦，一颗心，总要经历一些黑暗的时刻。此时，请允许我自由支配我的痛苦。

闭上眼睛，灵魂在呼吸……

人，习惯了在音乐里寻找安慰。那些音符，把我从陌生的路上唤回来。灵魂似乎被抽去了丝，轻得如一缕香，承不得一件薄纱。

人，习惯了在绘画里复制梦幻。那些线条，把我推上奇异诡谲的一段旅程，无数被重复的风景，重新经过我的眼底，它们无法再次将我点亮。

人，习惯了把埋藏在地下的财宝，视为自己的孩子。这根深蒂固的贪婪，把人心牢牢地扎根在暗处。你是否闻到，一股腐朽的味道?

哦！月光出来了，我睁开眼睛，接住她递过来的手帕。

我用它熨平了我的心。

我的心是一张白纸，路过的时候，请你迈着梅花鹿的步子，轻点，再轻点。我要的，不是那小蹄子敲击出的乐调，而是她踩出来的花瓣。

轻点，再轻点!

错失的玫瑰

清　和

人生是一场场错失。

一位同事，高大帅气，年近不惑仍单身。听旁人说，他大学时谈过一个非常漂亮的女友。他对女友百般呵护，为她打饭打水，省下伙食费为女友买生日礼物。有别的女孩献殷勤他从不理会。女友生病，他彻夜陪伴。一起看书、打球、逛街、看电影、吃路边摊，有着永远说不完的话题。后来那个女孩出国求学，却再也没有回来。他对她念念不忘。如今女孩早已为人妻为人母，他却把余生都给了工作。有时聚会他多喝几杯，也会醉后真言，说忘不了那个女孩，对别人再也提不起任何兴致。

他的痴情固然可敬，只是错失的爱情就像童年的玩具，珍贵却只适合收藏。

读李佩甫长篇《生命册》，小说里的主人公吴志鹏是从乡村走入城市的大学教师，一个吃百家饭长大的孤儿。既复杂又孤独的环境造就了他自卑又敏感的性格。在就职的大学与一位漂亮的女学生梅村互生情愫，却没有勇气给她幸福。他让她等他，等他有能力娶她的那一天，送给她世上最好的玫瑰，阿比西尼亚玫瑰。后来吴志鹏辞职，人生辗转，经历诸多世事变迁，最后终于成为上市公司的股东，拥有千万家财，此时可以买得起无数的阿比西尼亚玫瑰，心中的女神却早已不在原地。

“是啊，当我有钱的时候，当我可以买得起任何品种的玫瑰的时候，我已经没有了爱情。我有钱买花了，可我已没有了可以送花的人。”吴志鹏伤感而又落寞的表达，道出多少人生错失的真谛。

我们总以为来日方长，有的是机会，然而时间不会在原地等待，爱情亦不可能在原地等你，等时机成熟的时候，一切已经不是原来的样子。错失，就是一生。

张爱玲的小说《半生缘》中，曼桢历经沧桑，再次与世钧相遇，却也只能怅然地说一句：“世钧，我们回不去了。”

一位友人，双腿残疾，终日坐轮椅，长相却清纯美丽，一头乌黑长发。她的先生是一个健全人。她说与他相识在医院，他是义工。他对她说那日遇到她，她坐在轮椅上，窗外的阳光沐浴在她身上，像极了一个天使，他说那次遇见就想要一辈子保护她。她开始是不同意的，觉得自己配不上他，也怕拖累他。但在他日久地坚持下，她终于决定勇敢地抓住属于自己的幸福。直到现在，十年过去了，他们依然相亲相爱，还有了可爱的宝宝。

人生短短数十载，每一个当下都应如世界末日般去珍惜，去经历，去体验。如此，在生命的尽头，才不会哀叹惋惜，才会遇见那个幸福而如清晨露珠般晶莹美丽的自身。

萤虫虽弱，有光不懦

晓　非

周末，客至，姓傅名志坚，乃先生年少同窗。挺拔的名字和身材大相径庭，衣衫简朴，光头，着实看不出与众不同之处。沏一壶清茶，静坐闲聊。随着话语深入，在他的经历中漫游，方才感受到这个小个子男人身上有一种光，如水滴从玻璃上滑落，缓缓流进我们心里。

每当夕阳西下，暮色四合，从学校回家后的傅志坚，就习惯在村里到处转悠，神情好比庄园主在巡视自己的领地。他手中总是捏着一只半明半暗的手电筒，这个多年不变的习惯，常惹来村人的嘲笑——胆子太小了吧，天还没怎么黑透呢！他笑笑，并不反驳什么，只是用很小的声音，仿佛自言自语般说着一些让人似懂非懂的话：萤虫虽弱，有光不懦。

少年傅志坚，为求安身立命技能，学过两年桶匠后回校复读，对英语二十六个字母都不能认全的他，凭着勤奋刻苦，竟然考上了大学。他传奇的读书经历，成为村里的风向标，那些不舍钱供子女读书的人，主动鼓励子女多读书。一个四百多户人家的小村子，几年间冒出来九十多个大学生，让邻近村庄艳羡不已。

按理，一个吃过百家饭、饱尝过人情冷暖的人，在现世环境下，性格应会光滑如许，行事应谨小慎微。可傅志坚天性中的担当精神，常常在不经意间，与世俗短兵相接。在村里，他常因邻里之间恃强凌弱，路见不平一声吼，勇敢地维护弱小。他的正直善良赢得大家尊重，邻里之间大到兄弟分家分房，小到婆媳矛盾，到他那里，灼热的气焰都会慢慢熄灭。

他热爱生于斯长于斯的山村，眼看村里的人们，在经济浪潮下，被潮流裹挟着，向着不确定目标汹涌而去。曾经宁静祥和的村庄，变为各人自扫门前雪，甚或雪往他家门口扔，美好的传统美德丢失殆尽。村庄失去了往日的温度和味道。这一切如芒针刺痛着傅志坚。他找村主任商议树民风村风，把村庄变为一个文明卫生村。协助村主任订立民约，如行为习惯中的“自己做好房屋周围的卫生，房前屋后无积水、无杂草、无垃圾”；村风民俗中的“红白喜事由村里统一管理，喜事新办，丧事从简，破除陈规旧俗”；邻里之间的“邻里纠纷，不可以以牙还牙，以暴制暴，应友爱协商，协商不成可找村委会或用法律维权”……温暖贴心又切实能行的条约，正能量满满，使人们的言行举止悄然变化。

村里开垃圾清理会，他唱起自编的《环境卫生歌》，简洁明快的词曲，朗朗上口，易于传颂。村里的女人们铆足劲头，自扎扫把，黎明即起，洒扫庭除。干净整洁的村道，错落有致的房屋，是一派“茅檐长扫净无苔，花木成畦手自栽”的田园风情。

只可惜好景不长，村规民约坚持没多久，就因村主任几次违规，大家开始心灰意冷。曾被删除的恶俗旧痕，悄悄地死灰复燃。暑假期间，傅志坚远赴杭州，和在北大读研的儿子相聚在女儿家，村里有族人为争地基打架，村主任也参与其中，致六人住院，救护车来回三趟。救护车的鸣叫，似夜枭的凄厉声穿山越水钻入他心，他那个树村风的愿望碎了一地。

看着傅志坚黯淡的神情，先生安慰他，风过霜过，雨过晴过，倾过心尽过力，已是彼岸的幸福。我们的安慰，触动着他的伤感。他眼里有泪光闪烁，动情地说："每个人心里边啊，都该放盏灯。虽然那光亮不能照亮全世界，但至少可以用微弱的光点亮周围，照着他人，也照着自己的灵魂。"

我终于明白了他那句经常挂在嘴边的话，萤虫虽弱，有光不懦。萤火虫虽然弱小，但因为自身有光亮，所以什么都不必害怕。他就是一个有光芒的人，他或许有迷茫，有困惑，但可以肯定，他的内心，从来不会有任何惧怕。不管现在他遇到怎样的挫折和黑暗，天再黑，人再背，他心里的那盏灯也永远不会熄灭。那盏灯虽然不够明亮，但一定能够抵御住暗夜中的八面凉风。

一只鞋子和另一只鞋子的重逢

李娟娟

阳光温煦的午后，川流不息的人群。一个衣衫破旧、面黄肌瘦的小男孩，脚上趿着一双破烂不堪的人字拖鞋，他的眼神，让人生怜。

在人字拖鞋男孩的身后，站着一个和他一同大小的男孩。男孩一身笔挺的服装、乌黑的秀发。温暖的阳光下，他开心地笑。火车来了，男孩被一群人拥挤着上了火车。很意外的，他的一只鞋子被挤下来，掉在了铁轨上，掉在了人字拖鞋的男孩面前。

人字拖鞋男孩捡起了那双鞋，再看看自己的脚，一样的大小。我想，他应该穿上这双鞋子，因为，他的脚，已经烙得发红了。

然而，我看到了另外一个场景，男孩捡起鞋子，用尽毕生的力气，将鞋子向火车上抛了过去，一次、两次，而火车上的男孩也伸出了手。可是，鞋子还是落在了地上。

火车上的男孩，无奈地摇了摇头。然后，最温情的一幕出现了。他将自己脚上的鞋子脱下来，远远地抛向了火车下的人字拖鞋男孩。

温暖而又明亮的阳光下，熙熙攘攘的人群中，一只鞋子和另一只鞋子重逢了。

我是在朋友圈看到《*The Other Pair*》这部微电影的，四分钟，三句台词，但却让我深深感动，我的眼泪流了下来，因为它让我看到了这个尘世最温情的一幕。

叔叔年轻时因为一场意外夺去了他的双腿。那时他仅仅只有二十岁。村里人都说，完了！老王家这个老大，一辈子都毁了。他弟弟日子也不会好过。想想吧，一个瘫子住在家里，弟弟以后娶媳妇都难啦。

但是，坚强的叔叔并没有消沉多久。他东挪西借在街上租了一个摊位，给自己办了一个修鞋摊。为了学会补鞋手艺，他捡来路边别人扔掉的鞋子一只只尝试，手上旧疤未好又添新伤。熟能生巧，寒来暑往，在整条街上，他的手艺成了最好的。有些人宁愿多走几条街来他的摊位前补鞋，因为他有起死回生的本事，经他补过的鞋子，好多看起来像新的一样。而且，他的收费也是非常合理的。

就这样，凭着一双灵巧的手，凭着一个别人都看不上的补鞋的手艺，他不仅让自己衣食无忧，还供弟弟、妹妹都上了大学。他为家里修了几间大瓦房，他的父母提起他，不再忧心忡忡，他们为他自豪和骄傲。他的弟弟结婚，他和父母一起被请上了台，所有人都感叹，他是这个家的功臣。

那时我年幼不懂事，我很难想到，一个没有双腿的人整天面对着一双双鞋子，而那些鞋子里，没有一双属于自己的，他就不难过吗？

有一次，我把自己的困惑说给叔叔听，他沉思良久，说："当初我刚开始决定当个鞋匠时，心里也是这样想的，我想，让一个永远都不可能再穿上鞋子的人整天为别人修鞋子，上帝真是对我太残忍了。可慢慢地，我才发现，当我将一只只破旧的鞋子修理得完好如初时，我的心情是愉悦的。补鞋的营生，当初对我来说是谋生的手段；而现在，它已经成了我融入这个社会的支点。你看，现在有些人即使不补鞋，也都要来我的摊位坐坐，他们说看到我就能感觉到温暖，他们心里有什么委屈，也愿意和我说，他们也听得进去我的开导。那时候，我觉得自不是一个废人，我活着还有用。这就是我活着的价值和意义。”

从叔叔的话里，我听得出来，他补得不仅仅是鞋子，还有一颗颗心。

小时候邻家有一个小女孩，母亲生病去世，父亲出了车祸也离开了。小女孩跟着年迈的爷爷生活。一年四季，小女孩身上总穿着别人送给她的衣服，不仅不合身，而且破破烂烂的，但好在基本还能御寒。但鞋子就不同了，每当我们做游戏时，小女孩总是远远躲在一边。因为她的鞋子不是太大，就是太小，根本没办法正常地奔跑和玩耍。

在一个温暖的下午，邻居花婶找到了小女孩，她脱掉女孩脚上破破烂烂的鞋子，让她在一张纸上踩了一个脚印，然后剪下来。再过不久，小女孩就穿上了一只桃红色的鞋子，踩着花婶为自己量身定做的鞋子，小女孩兴奋得满脸通红，快乐得像一只蝴蝶。

受了花婶的影响，村里的女人们都开始给小女孩做起了鞋子，这个一双，那个一双，红色的、蓝色的、绿色的……小女孩不再忧郁和悲伤。她跟着我们踢毽子、跳皮筋，红色的小脸蛋上有阳光在跳跃。

长大后的小女孩，虽然生活很平凡。但是，她的性格温暖而又柔和，让每一个见她的的人都如沐春风。她是当地福利院的志愿者，数十年如一日地坚持着她的善行。她说，她要用这样的爱，来回报别人给她的暖。

我们每个人，都是在这尘世奔忙的一只鞋子，不论你跑到了哪里，都别怕，总有一只鞋子会来和你相逢。

一朵花的热烈与薄凉

管　萍

母亲喜欢养花，只图好看，不分贵贱，贪恋那一院子的姹紫嫣红。

院子西边是一处压井，紧挨着它的是一棵木槿。那棵木槿从我记事起就有八九厘米粗，近四米高，不是如今马路上随处可见的单瓣，不经风吹的孱弱样子。重瓣，外层深深的粉色；大瓣，越往里花瓣越单薄、窄长；颜色也渐变成浅浅的粉，仿若一抹画笔顺势扫了那一下。每到开花时节，这棵树就是我的天下了。不敢爬树，幸好木槿的旁边就是母亲另外搭建的仓库，上面是个平面的水泥屋顶，用来晾晒粮食。爬上平房顶上，正好伸手就能摘到花。那花入口滑滑的、黏黏的，在那没什么零食可吃的年代真是一道纯天然的花肴。只可惜吃了那么多，也没能让自己变幻出一副花容月貌来。

院子的东北角是一簇高高的六月黄。顾名思义，到六月天开花，花茎很长，却不耐直立，稍微长高一点儿就需要用木棍来支撑。叶子像鸭蹼，花型圆圆的，瓣紧紧实实地挤挨在一起，像一群受到惊吓的少女。

大姐从县城里花五角钱买回一棵白月季，上面已经有个小花苞，隐约看见白色边缘，煞是稀罕。欣喜的母亲小心翼翼地把它栽到场地中央，单独用树枝给它围了篱笆，防止鸡来啄食。从没见过白色月季的我们全都满怀期待。没多些日子真的开花了。纯白色、多瓣，矮矮的茎支撑着一朵盛开的花，一副清冷神态。那阵子我到处炫耀：俺家有棵白色月季呢！现在想来那花委实不怎么好看，总让我想到人们胸前佩戴的那朵以示哀思的纸花，也许这就是白色月季日渐稀少的原因吧。

邻居小英子家院子里也有月季。在堂屋的右前方，两米多高，很大一簇。我已经记不清一棵分生出来的还是好几棵种在一起的，颜色是单一的粉。花碗口大——而且是早些年的海碗。每到夏夜，花香馥郁，气势汹汹地逼满了整个院子，左邻右舍便都有了个串门的由头。

猪圈的围墙上有时也会长出花。那种花也不知道学名叫什么，我们管它叫永不败，因为它很顽强，总是深秋了还不肯谢幕。细长的茎挑着圆圆的玫红色的花头，椭圆的叶子椭圆的瓣，瓣上似乎还有细小的绒毛，蛮规矩的大家闺秀。

有种五星花，我极喜爱。有蔓，需依附而生。洁子家一面西墙上全是。每每看到都让我惊叹大自然的造物之神奇。小小的花，是标准的五星形状，如同刻刀雕琢而成，大红的颜色鲜艳纯正。花的质地看上去很厚，像匹上好的天鹅绒。

有次无意中在书里发现了它的踪迹，有个很好看的学名——羽叶茑萝。说好看是确实觉得这几个字写起来很美，充满飘逸的妙境，念起来却不那么美。尤其那个“茑”字，我愿意看成是“鸢”。鸢，多么轻飘柔美，就这么任性地给它改了名字叫“羽叶鸢萝”。

小城正在以令人咋舌的速度日新月异着，昨天炊烟袅袅的村子转身间就变成了平地，仿佛从来不曾存在过。鱼池、曲家园、海崖、孟家滩、辛屯……一个个饱含故事的村名摇身一变，成为陌生的西洋景。如同乡下的柴火妞进了城，学不会时髦又丢了淳朴。若干年后，孩子们会从小区墙根晒太阳的老人嘴里听到那些村庄的故事，再往后，就只能从冷冰冰的县志里边去寻它们的影子了。

人们已经没有闲心更没有空地摆弄这些卑贱的花草，转向侍弄能带来巨大收益的名贵品种。城市的绿地虽整齐却少了回味，村庄在逐渐消失，这些花草的生长和存在已成为奢侈。

花没了。童年没了。村庄，也没了。所幸我们还能忆起，一朵花的热烈与薄凉。

花期短暂，芬芳永存，有一种花永远不会枯萎，有一种香可以渗入灵魂，那就是怀念。

别催促一朵花去绽放

秦益辉

林清玄说，好的围棋要慢慢地下，好的生活历程要细细品味。那么，美丽的人生风景需要慢慢欣赏，慢慢等待。等一等，自然能体会到其中的曼妙。

“快点起床，要不就要迟到了”“快点吃饭，饭都要冷了”“快点，公交车要走了”……“快点”俨然成了人们的口头禅。赶时间上班，赶时间秒杀，赶时间挥霍青春。

我催促儿子快点儿刷牙，他反驳我：“妈妈，老师说过，刷牙要刷三分钟，才能赶跑细菌。”我只好妥协：“好吧，宝贝，那就慢慢刷！一定要保护好牙齿，特别是我们在换牙的时候。”

我催促儿子快点儿吃饭，他反驳我：“妈妈，吃饭的时候，不能讲话，老师说的，要一口一口慢慢吃，这样肠子才有足够活动的时间。”我接着妥协：“恩，好吧，慢慢吃。”

在孩子吃饭的过程中，我还不忘让孩子背一两个英语单词，都说人在吃饭的时候记忆力最好，所以我总是不想错过这个最佳的时段给孩子灌输知识。

带孩子很辛苦，总是忍不住在孩子面前叹息："唉，宝贝，什么时候你才能长大啊，妈妈就不用这么忙碌了。"

儿子很懂事："妈妈，你上班很辛苦，我自己坐公交车去上学吧！"

"谢谢宝贝，但是你还小，要等你长大了才可以哦。"

"那妈妈，长大还要很长时间吗？"

"是的，不过也很快，一天一天就长大了！"

"妈妈，从今天开始我就多跳几次绳吧，这样就能长得快一点儿了！"

我忽然就为自己的叹息感到内疚了，为何要求孩子快快长大，这和拔苗助长有何区别呢？

"妈妈，我们今天还走来时的小路回家吧。那里车少，我们可以慢慢走。""好的！"我终于被孩子带到了"慢"的节奏里。慢慢走，慢到他可以对一个下水道盖也可以问出好几个为什么，慢到可以蹲下来数清地上蚂蚁的个数，慢到可以数清石壁墙缝里长出来的那棵棵坚强的野草的株数，问题每天翻新。这时，你不能没有耐心，不能心不在焉，他能清楚看透你心的。

孩子毕竟是孩子，孩子的速度应该是蜗牛的速度，这样才有利于生长。慢慢来，等一等，快乐和健康自然就来了。

慢慢等待一朵花的绽放，慢慢等待孩子拔节，这应该是教育孩子的理想状态。

迎着春风却凋谢在人生的阳光明媚中的魏永康，出生之后，母亲就刻意将他培养成一个“神童”，不到三岁就能写出三千余之字，不到五岁就念完了九年义务教育课程。不到九岁就开始读高中，不到十四岁就破格被大学录取，不到十八岁便进入中科院，硕博连读……本该开在春天的花朵，在寒冬逼放。以前的神童如今沦落成问题男子，之后被强制退学，怒不可遏的妈妈指着儿子称这么好的机会都不会争取，你去死吧！“神童”的梦想之花未能在人生的沃土中怒放，过早凋零，其实他本该长成参天的大树。

花，催不开；儿果，要等待才熟。让孩子在成长的时间里，多一点儿伫立，也许就多了一些思考，多了一份成长。

慢三拍，静一生。节奏飞快的现代社会，学会慢一慢，等等我们的灵魂，也是一种智慧。享受看寸寸光阴在庭前流连的悠闲，体会“牵一只蜗牛去散步”的浪漫，于满眼春光中静待花开。

世间一抹石榴红

若　蝶

母亲抽空回了一趟老家，第二天一大早就急急地赶回了医院。带回来一钵为我烧好的鱼汤，还有几只又红又大的石榴。“院子里的石榴长得可好了。”母亲把石榴放在我的床头，轻声地对我说。

家乡小院里有几棵石榴树，母亲说我出生的那天早上，石榴花开成了红艳艳的一片，像是为了迎接我的降生而飘飞的彩缎。

石榴树陪伴了我的童年。小时候父母忙着在外干活，哥姐也上学去了，我常常一个人留在家里。农家小院寂静无声，唯有风吹过石榴树的声音，一朵朵小喇叭似的火红花朵，开出了热闹闹的欢喜。

夏日的夜晚，母亲在石榴树下放上一张凉床，我们兄妹三人并排躺在上面纳凉。年幼的我们只管在星星下做着美美的梦，却不顾及劳累了一天的母亲，一边打着瞌睡，一边轻摇着手中的蒲扇，为我们驱赶蚊虫。小院里石榴花轻渺的香气暗暗浮动，俏丽的花朵像一个个不睡觉的小仙女，立在树梢上守护着我们。

秋天石榴成熟时，每次母亲出门，除了对我千叮万咛外，临走还要交代一句：饿了渴了，别忘了去摘石榴吃。怎么会忘呢！石榴是我舌尖上的依赖，常常一边咀嚼着酸酸甜甜的石榴，一边等回了母亲急切的脚步声。

长大后，我们兄妹几个像落在树上的小鸟，羽翼丰满时一只只飞出了老巢。唯有院子里的几株石榴树，一年比一年茂盛，陪伴着母亲，数着孩子们离开的日子。

去年被一场大病折断了翅膀，虚弱不堪的我被母亲接了回来，我的眼泪一次次湿透了母亲的衣襟。母亲用一只手颤抖着为我擦拭泪水，背过身去，用另一只手捂住口鼻，不让自己哭出声来。

在最痛苦最绝望的时候，忍不住对母亲爆发出一声嘶鸣：妈呀，为什么要生下我？！我像一个训练有素的刽子手，一语剜出了母亲血淋淋的心脏，在母亲一声压抑的呜咽里，我听见了心碎的声音。一瓣瓣，像飘落一地的殷红的石榴花。

在长达一年的住院期间，年近八十的母亲，昼夜陪在我身边。每天吃不好，睡不稳，还要为我提心吊胆。因为骨质增生，母亲的左腿已弯曲变形，每走一步，都针锥般的疼痛。即便如此，每天母亲都会来我床前，仔细地询问我想吃些什么，假如那天我正好有了点胃口，想吃点稀奇古怪的东西，不管多远的路，母亲一定是要买来的。

好几回透过病房的玻璃窗，看见矮小的母亲拎着几袋食品，一瘸一拐，摇摇晃晃的身影，像挂在故乡石榴树上的石榴，沉甸甸地摇摇欲坠。母亲在风中竖起的根根银发，像一枚枚钢针扎在了我的心上。

心疼母亲年纪大，怕她身体吃不消，我提出雇个人来照顾我，但母亲坚决不同意，嚷道：外人怎能比得上家人，如何放心得下。

深夜从疼痛中醒来，世间寂然一片，唯余自己在孤冷中清醒。一扭头看到昏暗的夜色里，一张钢丝床上，母亲那缩成一小团的身影，突然寻到了一个温暖的去处。一颗悬在风中的心，慢慢落了下来。我知道在这世上我并不孤单，无论多大的风雨来袭，都有母亲在为我张开不息的翅膀。

从来没有对母亲说过爱，也没有说过感激的话，我把深深的欠疚埋在岁月的风沙里。长长的不眠的夜里，时刻在心里回荡着冰心的几句诗：母亲啊！天上的风雨来了，鸟儿躲在了它的巢里；心中的风雨来了，我只躲到你的怀里。

……

“快吃一个吧，你不是最爱吃吗？”母亲递给我一个红彤彤的大石榴。接过来，轻轻抚摸着石榴皮上，那褐色的斑驳的印痕，指尖缓缓划过那一抹温暖的石榴红。

用刀在石榴顶部划出一个圆圈，剥开石榴皮，一粒粒红润晶莹的石榴籽露了出来，如粉嫩的婴儿般纯净可爱。放一粒进嘴，一股清甜直透心肺。忽而一滴眼泪旋进了珍珠般的石榴籽里，母亲是紧紧包裹着我的石榴皮呀，我是躺在里面的小小的婴儿。

再大的风雨我都不用再害怕，我可以躲在那里面，轻声歌唱或者痛快淋漓地哭泣！

心里住着一轮月亮

常伟英

我的心里住着一轮月亮，永远的圆。感恩它，给了我战胜黑暗的勇气。

七岁那年，我独自一人偷偷地去邻村看电影。因为没有广场，电影放映员只好选了附近的一个宽阔的山坳作为放映地点。那是一个寒冷的冬天，没有一丝风，我安安静静地坐在荧幕的最前面，瞪大眼睛焦急地等待着电影的播放。那天放了两个电影，看第一个的时候津津有味，看第二个的时候便困得睁不开眼了，不知不觉睡着了……等我醒来，整个山坳只剩下我一个人了，我吓得睡意全无，两腿发颤！这要怎样才能回到家啊？

我抬头看了看天空，一轮圆圆的月亮高悬在天，像瞪大眼睛的野兽，尾随着我，仿佛随时准备着张开嘴，咬上我一口。

其实那晚的月色是非常美丽的，传说中的嫦娥与小白兔的暗影图案在月亮之中清晰可见。可是当时幼小我的我，只能把这美丽看成鬼魅之色！明亮的月光肆意泼洒着皎洁而又阴森的光芒，我抬起衣袖擦掉眼泪，哆哆嗦嗦往家跑……很快我就跑下了小山，来到了通往家里的一条大路口。这条宽敞而明净的大路两旁是两排高大的光秃秃的白杨树，月光穿过枝条树丫照射在路面上，路面上的树影显得狰狞可怕，像一条巨大的蛇蜿蜒爬行，让人不寒而栗！我再一次停住了脚步，小心翼翼地踢了踢那些影子，确定了那是大树的影子，抬头又看了看美丽而又冰冷的月亮，发现它和善了一些，似乎没有想咬我的意思了，终于咬紧牙关闭着眼重新迈开腿。走几步，就停下来睁开眼睛看一看阴森的最前方，不知道何时才能走到路的那一头。我不敢看我的身后，害怕一回头就看到魔鬼，因为我已经用眼睛的余光看到了一直跟随在我身旁的，黑黑长长的自己的影子。我还是控制不住抬脸仰望月亮，我走它就走……此刻，它就是我的引路灯，既可怕又离不开的幽灵之灯！

当我走到一座小桥时，一座崭新的坟头赫然挺立在旁边的麦地里，那么醒目，插在坟头上的七彩花圈在银色的月光下显得灼灼刺眼。天哪！这对于幼小的我可是一个巨大的挑战！据大人们说坟头里埋的是一位十一岁的半大小孩子，因为得了治不好的病，医治无效一命呜呼了。刚埋了不到两天。村子里的人说他是“短命鬼”专门来坑人的……我越想越害怕，我的脑子简直快要炸开了——“坟头里的短命鬼啊！你不会冒出来吓我吧？我可没有招惹过你啊！千万不要出来啊……”我越发哆嗦得厉害，额头冒着冷汗，一路走一路与内心的恐惧作战，终于战战兢兢地走到了家门口，看到了家人们在门口围成一团，成了热锅上的蚂蚁。我飞奔进母亲的怀里，一颗悬着的心才终于落了下来……我开心地抬起头来看着天上的月亮，它不再那么苍白，而是有了些红晕，像极了母亲的脸。

两公里的路我感觉走了足足半个世纪，过了一次生死关，我最终战胜了自己的怯懦，走了人生的第一次夜路。从此，这月亮就永远住进了我的心里！在以后的无数次黑夜里，我经常在有月亮的梦里独自穿行。这记载着我美好时光的月亮，成了我热爱与追逐的美景。曾经驻留心中的那片晦暗之地，早已被月光冲刷成一座美丽温柔的花园。

我想，一个人，心里住着一轮月亮，是一件多么美好的事情！

守住自己的良心

若　蝶

2005年，是我备战高考的一年。这一年，父亲在村里承包了一亩葡萄园，指望着用卖葡萄的钱，为我攒够上大学的费用。

初春时，葡萄枝上萌出了点点嫩芽，像在心尖上冒出的甜甜希望。那年的春夏，父亲比往年格外忙碌，忙着给葡萄整形修剪，浇水施肥，把浓稠的心血浇灌在了葡萄园。一架架葡萄，也没辜负父亲的厚待，树势健壮，枝繁叶茂。父亲每天干完活，常常舍不得立即离开，对着那片葱茏的绿，皱巴巴的脸上流淌着夕阳般的笑容。

转眼到了初夏，葡萄藤上挂满了黄豆般大小的果实。父亲穿梭在满架的葡萄叶间，疼爱地侍弄着，每一粒果实都凝结着父亲沉甸甸的指望。

就在我家的葡萄还是青绿生硬时，同村的几家同时承包葡萄园的农户，却已把葡萄卖给了商户。一个星期天，我陪父亲去葡萄园，路过李婶家的葡萄园，正好遇见有商户在收购她家的葡萄。父亲忙凑近李婶询问，为什么她家的葡萄已经红了，自己家的还青着呢。李婶对着父亲耳边低声说：傻吧你，快回家用上催红剂。城里人爱尝个新鲜，早点卖，能卖个好价钱。

父亲摘一粒葡萄放入嘴里，嚼了几口，随即皱起了眉头，“叭”一声吐在了地上，然后拍了拍屁股，一声不吭地转身走开了。我尝了一粒，酸涩满嘴，原来这些外表红润晶亮的葡萄，果肉却难以下咽。

过了几天，母亲听说同村的几家农户葡萄卖出了高价，劝父亲说：咱们也用上催红剂吧，李婶说得在理，现在收购价是三元一斤，等咱家的葡萄熟了，每家园子的葡萄都熟了，那时只能卖一两元一斤呢。父亲低着头，狠命地抽着一根劣质香烟，不回一句话。被母亲逼急了，跳了起来：咱不能做那昧良心的事，没熟的葡萄怎能给人吃！母亲便不再作声。

高考结束后，我知道自己一定可以上得了大学。可是也知道家里的情况，眼见着父亲日日守着那亩在一点点缓慢变化的葡萄，真的担心到时一亩葡萄换不来我的学费。好几次，我在背地里急出了眼泪。

一天终于憋不住，对父亲吼道，就你一个人心好，有用吗？然后摔门而出。一个夏天没给过父亲一个好脸，暗地里却在偷偷观察着父亲。父亲每天在黄昏时分，蹲在葡萄园的田埂上，默默地吐着一圈圈烟雾，夕阳的余晖里，静静地守着那片无动于衷的葡萄。父亲在心里大概在祈祷，快点红吧！早点熟吧！

八月份，我家的葡萄终于熟的红透了半边天。个个颗粒饱满，紫莹红亮，入口清甜满溢，回甘无穷。但因赶在大量葡萄上市的时节，只卖出了低价，最终没能攒够我上大学的费用，后来父亲东扯西拉，从亲友手里借来了两千元，才勉强凑够。

临去大学的前一天，父亲把一叠理得整整齐齐的钞票递到我手中，只说了一句话：记住，无论到哪里，人都要守住自己的良心。

我上大学的几年，父亲的葡萄种出了名。葡萄成熟的季节，不少城里人开车过来，愿意出高价买我家的葡萄，说父亲种的葡萄味道好，吃得放心。父亲的一亩葡萄园已经能供养我上大学。

参加工作后，每次面对诱惑，总有一个人影在眼前晃悠，一个蹲在黄昏里，默默守着葡萄园的身影，给了我坚定的力量。父亲，感谢你，让我记住了，做人要守住自己的良心。

良心安了，才能等来生命里的姹紫嫣红。

弥陀寺禅修

晓　非

往凤凰山松树坪去的山路上行走，有时迎面而来的会是一两个僧人，他们面容清瘦，神色平静，步履轻快，宽大的黄色僧衣如黄蝴蝶迎风蹁跹，周身散发出一种不染尘世烟火的气息。倘遇路人称呼“师父”，会合十还礼，一声佛号，后飘然而去。这些师父来自弥陀寺。

弥陀寺位于江西武宁，它前对吴王峰，后靠武陵岩，邻依庐山西海，可谓世间桃源，是武宁名景之一。弥陀寺是一座古寺，据寺院明代石碑记载，明万历年间，释弘耐禅师于凤凰山瓜畲口开山破土，建立“西瓜寺”。至上世纪末，住持传开和尚敬请赵朴初先生大德题词，更名为“弥陀寺”。

现在的弥陀寺，已成为江西佛教群体建筑的十方丛林。

到达山门，回看来时路途，化为一条蜿蜒的绿带，在山脉间飘来荡去。远处的吴王峰，雪白的云彩静静地立着，立成西方净土的模样。

山门之外，是喧嚣嘈杂，是车水马龙，是滚滚红尘。山门之内，是山是树，是在花叶间穿行的风，是梵呗净音。感谢机缘，我们几位文友来此禅修，让那些俗世尘务，暂时被断舍离。

提着行李，我们走上一条青石铺就的石径，石径环绕着放生池，池周柳条低垂。看那池中的鲤鱼乌龟，快活地在水中游动，它们逃脱了市场上被摆布的命运，在菩萨脚下听经闻法，实有福气。一些老龟背上，几只小龟趴着，左顾右盼，萌态可掬。它们把老龟当普度的慈航，使人忍俊不禁。

普缘居士领我们到寮房，趁着还未开营，我们四处游荡。穿过一条游廊，立于银杏下，听风的声音，风中有山野肆意的虫鸣，细碎的叶的低语送入耳中。偶有钟磬声传来，一点一点，化开在风里，衬托着林木掩映的黄墙黛瓦，寺庙愈显清幽。

大雄宝殿礼佛后，有绵绵的诵经声，从大殿两侧的佛堂传出，其中夹着钟磬的清响。普缘居士说，寺里的师父每日凌晨三点半就做早课；现在他们是拜忏，忏前世今生所犯罪业，每天两次。

我默默听着，心里泛起丝丝感想，如果世人皆能如此，每日找寻内心深处哪怕微小的恶念，是否真能洗净灵魂，重新回归初心？转念一想，估摸不能，被无穷欲望推着的世人，哪能在惯性中轻易停得下来！

出得天王殿，拐上石级路，是一个宽阔干净的平台。平台上落有几片黄叶，原来是个墓园。墓园立有传开和尚和惟因大和尚的舍利塔，惟因大和尚是禅宗泰斗虚云老和尚的法孙，也是传开和尚的师父。

墓园奇异的静谧，传开和尚和他的师父安歇在此。那纯净朴素的舍利塔，犹如两朵素洁的莲花，冉冉开放在无量佛国。平台前，有株自然长成的大树，叫一炉香，粗壮的根部簇拥出茂盛的几根分枝，绿叶婆娑，像极香炉一炷香。

禅修活动中，有早课和坐禅，由明慧师父引领我们早课。明慧师父清秀端庄，气韵非凡。听他唱诵经文，喉清音雅，让深在浮世中的我等，有皓月当空，清风习习之感。禅堂打坐，初始大家正襟端坐，止语静心。无奈我们这些随性散漫惯的人，以一个姿势坐完一炷香，就把持不住。大家不是腿脚麻木，就是腰背酸疼，纷扰的外因沓然不断，以至屡屡犯戒。哪怕戒律师明洋法师的戒尺，也难以维持我们静住的禅境。真是罪过！

常听说修习菩萨道，要注意“三千威仪，八万细行”。细行，指的是对生活的一切小事都不可轻视，懂得一切的语默动静都含有深意。

用斋时，住持寂光法师说，我们手中所用碗筷在佛门皆有其意。碗，名摩尼珠，是龙珠精华的意思，代表本人具有如来智慧德相，也是佛祖说的人人都是佛。手捧碗，谓龙含珠；手夹筷，谓凤点头。我们不由心生欢喜，原来饭菜飘香的斋堂，碗起筷落之间也有禅意。

菜饭过后，居士提着水瓶往我们碗里倒入少许开水。寂光法师说佛门弟子受十方供养，饭后喝水既不浪费星点粮食，也易于清洗碗筷。节约用水，知福惜福是出家人的本分，故此水名“惜福水”。

当我们恭敬享用“惜福水”时，发现心里多了一种慈悲、惭愧与感恩……

禅修中，住持寂光法师不顾病体，陪着我们早课、坐禅、过堂、行脚。寂光法师和蔼可亲，深受信众敬重。他竭尽全力弘扬佛法，寺庙每月举办一期“信愿行”禅修活动，不收任何费用。法师说寺庙不只是出家人的修行地，也是有缘众生的福地，佛的本真意义是引导人调伏内心的环境，庄严外在的生命，让生命走向正觉圆满。

“白云自来去，青山原不动。”法师说：“保留一颗欢喜心最重要。”有欢喜心，春天能怡然莺啼燕语，冬天能坦然寒霜飞雪，晴天时喜晴，雨天时爱雨。好比一条清清的溪流，流过了葳蕤草木，也流过坚冷石畔。它欢乐如瀑布时，不会被束缚；它平缓如湖泊时，也不会被限制。这也是《金刚经》最动人心弦的一句：应无所处，而生其心。

听寂光法师开示，窗外夜色清明，树影摇曳。我看见，一颗颗星星站在树尖上，朝着我闪耀。

阳光下的向日葵

李娟娟

童年的记忆里，印象最深刻的就是祖母种的向日葵。

祖母侍弄土地，大到田地里的麦子、玉米，小到家门口种的丝瓜、南瓜等蔬菜，样样拿手。而她最在行的，却是种向日葵。

记忆里的盛夏，我家门前，蓝天白云，晴朗的天空下，一大片一大片的向日葵高昂着头，从早到晚，跟着太阳的脚印移走，或快或慢，但永不停歇。

这些情绪饱满、斗志昂扬的向日葵吸引了太多人的目光。男女老少，大人小孩儿，每个傍晚，都喜欢坐在我家门前。小孩儿对着它们唱歌，而大人呢，就站在它们面前，闲闲碎碎地说一些家常话，日子变得温暖而又美好。

而在这些人中间，来得最勤的就是梅老师。梅老师只有十八岁，两只水汪汪的大眼睛，长长的眉毛，粉红色的脸蛋，是我们村子里少见的美人胚子。梅老师还是一个高中生，在她高考的时候，以全乡第一名的成绩考上了重点大学，但因为她从小得过小儿麻痹，只能用拐杖走路。所以，梅老师的录取通知书，因体检不过关，成了一张废纸。

二十世纪八十年代的农村，高中生也算是有学历的人，在村民的一致推荐下，梅老师成了我们村小学的一名代课教师。梅老师爱笑，爱唱歌，爱画画，但她最钟情的，就是画向日葵。每个周末，我还未起床，梅老师夹着她的画夹就来了。她总是坐在那些金灿灿的向日葵前，从早上画到中午。期间，除过送吃的和水，我们谁也不敢打扰她。

梅老师笔下的向日葵，有初夏时开得“红粉乱溅”的，它们朵朵鲜艳而又迷人，在阳光下怒放。也有深秋时的向日葵，颗粒饱满，沉甸甸的面朝大地，朴素无语。但每幅画，看起来都是费了心血的。大家知道，那是梅老师在用心画。

梅老师的家境并不好，父亲早已过世，母亲软弱，她的哥哥、嫂嫂，给她在山里找了一门亲事。当然，彩礼是非常丰厚的。村里人都叹惜，可惜了这个女孩儿。

但是，梅老师好像并没有太多的担忧，她仍旧画她的向日葵，朵朵艳丽，好像所有的日月风光都在里头喧闹。只是在结婚的前一天，梅老师却失踪了，她带走了所有的画，然后，静悄悄地离开了。

所有的人都不知道她去了哪里，有人猜测，她跟人私奔了；也有人说，她想不开，含恨离开这个世界了。她的哥哥、嫂嫂因为失去了一笔丰厚的彩礼而抓狂，只有她年迈的母亲，跑遍了整个沟沟洼洼，寻找她的下落。

门前的向日葵开了又谢，谢了又开，但始终没有梅老师的消息……

五年后，一片片黄澄澄、金灿灿的向日葵又重新开放的时候，梅老师站在了村口。大家惊喜地发现，梅老师手中的拐杖不见了，她站得笔直笔直，笑得灿烂极了。原来，当年梅老师离开了村庄，靠着一张画五元钱艰难度日。刚开始是住地下室，一日三餐靠方便面充饥。直到最后开办画展，梅老师硬是靠那些艳丽的向日葵为自己闯了一条路。等到手里有了积蓄，梅老师去医院做了一个手术。于是，陪伴了她整整二十几年的拐杖终于扔掉了。如今，梅老师在省城办了一个画廊，虽然不是很富有，但生活是没有什么问题的。她还带了一些学生，她说，她最喜欢的就是教学生们画向日葵。

我想起了刘克庄的《向日葵》："生长古墙阴，园荒草木深。可曾沾雨露，不改向阳心。"人生最好的状态，也应当如此吧。

倔强，父亲的纤绳

戴爱琴

父亲是个老烟民，也因此患上了严重的气管炎，早晨起来总要咳嗽，到了冬天，只要一受凉，他的气管炎就发作得厉害。医生也正告过他，再不戒烟，就会发展到肺气肿，到了冬天就会喘不过气来，严重时要靠氧气包度日。父亲当着医生的面只微微一笑，背着医生，在我们面前总是满不在乎地说："生死有命！"对父亲这种倔强的脾气，母亲没办法，我们这些做儿女的也敢怨不敢言。

小时候，无论什么事，父亲只对我们交代任务，我们必须限时完成，没有商量的余地。尽管我们在他规定的时间内完成了任务，还担心事情做得漂不漂亮？能否被顺利验收过关？幸好我们姐妹在家都有庇护神（太奶奶、奶奶、爷爷），因此父亲的严苛倒不至于让我们胆小如鼠。每次被责罚后，只要避开父亲的面，眼泪未干就依然和其他孩子打闹到一起去了。

多年后，我们姐妹在一起谈起小时候的事，妹妹们偶尔会替妈妈抱不平，觉得妈妈辛苦一辈子，为了我们太委屈自己了。我不完全赞同她们的观点，我觉得爸爸尽管专制，尽管对妈妈不够体贴，但妈妈对爸爸的精神依赖是存在的。一个女人，如果只专心于田畈地头、专心于家务，体力和精力不用腾出来应付外面的事，天塌下来有人替你顶着，心里是踏实的，于婚姻来说，也是稳固的。

这些年，弟弟妹妹们都成家，立业了，父母也渐渐老了。作为留在他们近旁的长女，我能体会他们离开土地，寄身城市的无奈。父亲突然从家里的权力中心退下来，心里很失落。母亲常向我诉说着父亲的“小气”，我只能劝慰母亲大气些。父亲明知母亲“告”了他的状，也从不解释什么。表面上看，他还是那个倔强的家长。

小妹和父亲住在一起，她细心、好脾气，妹夫又是医生，大家都觉得挺好，至少我就自私地认为自己可以少操一份心了。妹妹教学忙，孩子读小学，得随身带来带去，妹夫又在乡下工作，不天天在家，家务事有时不免拖拉。父亲一面发泄他的不满，一面帮着干活。父亲讲究，不允许东西放得无章法，更闻不得异味，收收捡捡自然是他的事。逢上小妹值班或外出，父亲还亲自下厨，做出的菜，无论色还是味，都令我汗颜。

印象里从来不染指家务，只做甩手掌柜的父亲何时学会了炒菜、做饭？我望着父亲忙碌的背影，忽然意识到：父亲的爱是隐形的，只不过被倔强抢了风头。

奶奶曾给我讲过一件父亲从未在我们面前提起的囧事，有一次父亲挑着谷箩上门向村里一位平常十分器重他的老人借谷，老人出于好心向父亲建议，不要送女娃读书，还说“自古只有挑谷箩上门借谷，没有挑谷箩上门借字的”，父亲扭头就走。幼时的我们只知萝卜、红薯不好吃，却不知父母既要让我们填饱肚子，又要供我们上学的艰辛。

由于父亲坚决不同意和“地主”奶奶划清界限，被迫回乡务农。1978年父亲当生产队长的时候，顶着压力，效仿安徽小岗村分田到户，带领村民率先解决了温饱问题。后来我问过父亲，小岗村享誉全国，您为什么名不见经传？父亲微微一笑，没有回答。

父亲老了，他最开心的就是儿女争气，最大的心愿就是能多到外面的世界看看。此次与父亲的邮轮之旅，第一次这么零距离地接触他，父亲与我谈起他的中学生活，讲起自己为同乡抱不平而得罪大师傅的事，声调高了八度，得意之情溢于言表。

趁着父亲谈兴正浓，我问父亲为什么冒着罚家产、丢饭碗的风险超生？父亲停顿了好一会，才沉重地对我说：“我不是重男轻女。你不知道农村的人有多么势利！”父亲呷了一口茶，将原来仰坐的身子微微提起，像是做好了准备，做一次心灵的远行。

“一次我放学回家，正赶上你爷爷出门，说队长叫他去挑大粪。我问队长干什么活，你爷爷说队长放水。我让你爷爷也去放水，你爷爷不敢，怕没有工分。我拍胸脯保证他不少工分，你爷爷才扛起耙锄出门了。晚上记工分，念到你爷爷的名字，队长果然大声宣布你爷爷没有工分，记分员为难地望着我，我快步上前一把夺过工分簿，质问队长，凭什么你放水有工分，我爷放水没工分？你若不公平，我就把这工分簿撕了，大家都莫想有工分。这一来，大家都说应该记你爷爷的工分，队长气得头撞墙。我当全体社员的面宣布，从今以后谁也不许欺负我爷！大家同工同酬我没话说，凭什么脏活、重活总让我爷一个人干？他又没有比你们多得工分？”

父亲激愤得咳嗽起来。我无法想象那个我小时候喊过“公公”的老人竟然曾如此可恶！那些天天见面的乡邻居然如此无动于衷！

“从那以后，再也没有人敢欺负你爷爷了，因为我长大了！”

我的眼眶潮湿了。父亲那时才十几岁，还是个中学生啊！我们现在的学生，不说挺身而出，就是自己的饮食起居还需要父母料理呢。父亲，如果不是在船上，我会为您的倔强鼓掌喝彩的！

喝着咖啡，我们有稍许的沉默。话题转到寻根上来，父亲说他参加文艺宣传队时，曾遇到一个大港的姑娘，长相酷似我爷爷，父亲觉得她有可能就是爷爷的至亲。因为爷爷对父亲讲过，他还有一个哥哥，跟他同时被卖到这边来了。毕竟父亲年轻，没有及时留下姑娘的更多信息。等到83年父亲再托公社的熟人去大港公社寻找的时候，已没有任何线索。

“你爷爷从河南被卖到这边时年龄太小，记不得老家的有用信息，加上那时我经济困窘，寻访之事就暂时搁下来了。我不能算不孝，你看我手上这块刀疤，就是计划经济时从屠户的刀口夺肉给你爷爷吃留下的。但这事，我对不起你爷爷！直到他死，我也无能满足他寻亲的愿望。”父亲神情黯淡，语调低沉。我安慰父亲，听说大港有个“河南村”，等我有空时，我们一起去找找，好不好？父亲立刻像个孩子似的兴奋起来，要我答应一回家就去寻访。原来，寻根未果一直是父亲心头的隐痛。望着父亲花白的头发，我眼睛酸涩。不知这些年，他独自承受了多少煎熬！

或许是一直以来我们父女之间缺乏交流，也或许是我自认为写作不能满足父亲对我的期望。我加入了省作协，没有告诉父亲，就连去年出版发行自己的诗词专辑都没有告诉他。父亲是从别人口中知道我写作的。一日他拿出由他主编，安徽鄱阳几地合修的族谱，让我评评他写的谱序。尽管我古文功底还行，但对父亲的四言八句还是很佩服！短短几百字，囊括了戴姓自有族谱记载以来的兴盛衰败、人物掌故、历史沿革。老实说，我写不出来。父亲还在前人的基础上为先祖造影绘型。我问他怎么绘出这些图像时，父亲自豪地告诉我："根据人物身份、地位来绘，男人文有文像，武有武像，女人一般都画成贤德旺夫相。"我叹服父亲的匠心，更为他为戴姓子孙留下这么宝贵的精神财富而骄傲！

父亲衔着金钥匙出生，两岁经历土改，家里一贫如洗。尔后个人命运随着国家的命运沉浮。他前半生可谓曲折坎坷。命运可以捉弄他，但命运压不垮他！他常说："违心的事不做，犯法的事不做，就可无愧于天地间。"

父亲的倔强，曾经拉开了我们父女的距离，我们没有用心感受过父爱如山的厚重。如今，我们回想自己前行的每一步，每一次失败后的重新站起，才发现，正是父亲的倔强在我们身上生了根。回顾父亲一路跋涉的艰辛历程，我们才感悟到：这倔强，是父亲的筋骨，是父亲牢牢攥在手里的纤绳，父亲凭借它使劲儿地把我们拉出贫穷的泥潭，把我们带向生活的明媚。

好 时 光

若 蝶

冬日的午后，坐在阳台的靠椅上，太阳的金辉泼墨一般倾洒在身上，暖暖的感觉如同被人拥在怀里。

捧一本书坐在暖阳下，手机里播放的音乐是《绿野仙踪》，如梦如幻的音乐，给午后的时光披上了一件朦胧的面纱。我坐在那里，坐进了深深的幸福里。

如果有人问我，给你一千万，你会卖掉这样的时光吗？年轻时的我一定会急不可待地成交，可今天，我会说，不会。漂泊半生，不就是为了等来这样的时光吗？如果不是生了病，让我做不了其他，今天的我仍然会在外劳作，只为了在生活的锦上再添几朵富贵的花，我怎么有机会享受到此刻的时光静好。

而我有几个病友再也嗅不到阳光的味道了，如果她们能重生，我相信会用所有的名利权钱来交换，只为了能无病无痛地坐在午后的阳光里，直到日薄西山。

想一想，人一生所求，不正是为了能舒舒服服地享受到好时光吗？静笃安宁，没有红尘纷争，远离世俗尘嚣，断了痴心妄想。在清风艳阳里，把一段光阴坐成山高水远，天涯两渺。身与心都像天空飞翔的鸟儿，自由自在，无拘无束，天高地远中放飞不羁的灵魂。

一天在微信里，与一位酷爱朗诵的朋友聊天，她告诉我，有些付费的稿子请她读，因为不喜欢直接拒绝了，而喜欢的稿子可以免费读，如果想赚钱，读小说就好了。她曾读小说两个月赚了三万多元，但长时间坐着不动，让她颈椎炎的老毛病犯了，足足躺了半个月才缓解。此后再也不愿被金钱绑架，她说钱够花就好，健康和自由才是最重要的。

我想她和我一样，不愿为了钱丢掉了好时光。有那么一种人，喜欢在时光里赏花读诗，为一株幼苗搭建一个支架，为一朵小花洒几点甘露。可能有人认为这是在浪费时间，用同样的时间去创造更多的财富不是更有价值？但有了更多的财富又为了什么？难道不是为了让自己活得更怡然自适？不正是为了享受到好时光吗？

如果一个人感到饱足愉悦，那么他无伦身处怎样的境遇里，对他来说都是好时光。好时光是内心对外界的感应，而不是你拥有什么，处在什么样的高度上。拥有的再多，如果没感到快乐，那么他就不算拥有了好时光。

每个人都活在时间里，你有多少好时光，就有多少幸福。就像现在，虽然我有病在身，也没能力挣钱，可此刻，我坐在阳光下，却深深地感到了幸福，那从我身边流过的每分每秒都是好时光呀。

泪

陈博伟

有泪在，心便宽远。

听阿炳的《二泉映月》，泪是最纯粹的敬礼。二胡的音律，如袅袅炊烟，迷蒙着忧伤；似缕缕云雾，裹挟着寒意。月有些高，有些凉。老人手拈了弓，轻轻拉着，似在拉一段失去的岁月，那么稠，那么浓。心随着音乐，缓缓起伏，轻轻呜咽着，冷而悲凉。

河边，芦草在晚风中微微摇曳，轻轻抹去泪与愁怨。有几许灯火，轻轻抽动，似也疼到极处。风儿轻轻吹过，在心尖儿上凉。一曲又终，只有泪，悬在芦草上，总喜欢在皓月当空时读唐人张继的诗："月落乌啼霜满天，江枫渔火对愁眠……"我哽住，念不下去了。月在云中穿行，有些缥缈，有些愁。

东船西舫悄然无语，静默在江心之中，随风飘荡，却没有风，只有几许淡淡的离愁罢了。

莫笑我是多愁善感的人。莫以为泪水，是软弱的象征。我喜欢看海，看海的壮阔，看海的磅礴，可是海，也有海的泪水。

大海无声，只有群涛共鸣，少了几许高雅，却多了几许豪迈，少了几许离愁，却多了几许悠远。水满载巨浪而来，大口的吞噬着礁石，又不得已将它们一块一块地吐出，它张大了口吞下它们，又舍不得将它们大口大口地吐出，继而又一线冲来，又满含极度痛苦，将它们吐出。海即便如此，没有停歇，海滩上有了晶莹的一层，那是海流下的泪水。

泪，是有分量的，那么沉，那么悠远。

泪，是可以杀毒的，可以杀死那些恶念的菌。

有泪在，心便安稳。

风起青萍

戴爱琴

接到风打来的电话，萍有些吃惊。几个月前第一次见到风的情景又叠映在脑海里。

那次，萍在杨灵的撺掇下参加了她们的聚会。偌大个公园里，别的人都对那些浮雕、塑像品头论足，她却对那一池睡莲情有独钟。睡莲不像荷花那样惹眼，它们各自安静地享受着微风和阳光，无限娇羞，像是在等待那个五百年前遗落它的人横笛而来。

萍正出神的时候，杨灵凑过来，附在她耳边说："秦风来了！"

"在哪儿？"一向稳重的萍忽然急切地问，连她自己都有些讶异。顺着杨灵手指的方向，萍看见一群人簇拥着一个个头不高、肩挎公文包的人向这边走来。她有些不相信自己的眼睛，这就是耳朵都听起茧子的那个大名鼎鼎的"风"？完全不是她想象中的样子啊，在她的想象里，风是一个穿着风衣的伟岸男子，儒雅超群，就如同他笔下的文字，有一种夺人心魄的光芒。她侧过头问杨灵："你确定那是风吗？"

杨灵白了她一眼，"才子秦风，难道你真的不认识？"萍淡淡地回答："只是认识他的文字罢了。"

大热天吃火锅，萍觉得真符合这群诗人的性格。看他们风风火火地摆碗拿筷，她却不知道怎样摆放自己。幸好有一位年龄稍长的诗友提议，喝酒的与不喝酒的分开坐，一群人自然而然地分成了两桌，那边不断传来行令猜拳的声音，这边都斯文地吃着，只听到汤汤水水在炉子上的沸腾声，菜在口腔里嚼动的吧唧声，萍尽量放慢嚼速，尽量不去捕捉那些声音，免得自己忍俊不禁。

杨灵跑过来，拽着宋萍去到那边喝酒的桌上，郑重其事地为那群才子们介绍起来，"大才子们，给你们介绍一个佳人，我的闺蜜宋萍。"诗人们热情洋溢，萍只得重复着微笑、点头的动作。到风面前时，萍自我介绍说："我是周的同学，常听周谈起你。"风这才认真地打量着萍，爽朗地说："那你还是我的小师妹呢！"人虽然与想象中有很大差距，但充满磁性的声音却一下子还原了她想象中风的样子，调侃的焦点不自觉地就集中在风和萍身上，让她想到自然界里的青萍与风，青萍的每一次舞动，都需要风的轻抚，难不成这预示着某种命运吗？萍浮想联翩，尽完礼数，逃回了自己的座位。

一晃几个月过去了。萍的世界依旧波澜不惊。如果，己身可以化为另一种生命，萍愿意长成一朵睡莲，兀自淡然地开放，不惊不喜，随遇而安。

风是个成功的人。在别人都一窝蜂涌向房地产的时候，他却转行做了书商，用他自己的话说，先锋的表现形式往往是落伍。风业余时间写起了短篇小说，成果颇丰，被誉为当地文坛的一匹黑马。

萍是一个没有写作野心的写作者，开博几年少有人问津。认识这位神秘的师兄后，萍第一次把自己写的东西发到风的邮箱，忐忑不安地等待风的回复。没想到等来的是当头棒喝。她还没来得及做出反应，风又从邮箱发过来一段话："师妹，刚才散步时惴惴不安，怕把话说重了打击了你。又想，可能每个人都有最适合自己的文体和风格，关键在于能找到它，然后坚定不移地走下去。并且，做到极致，做到最好。我也是不久前才悟到这一点，与你共勉啊。"萍一直以为，这个喧闹的世态，都在为名利熙来攘往，能洁身自好的人不多，能留意别人喜乐的更少。萍被风的真诚与细腻感动了，对风的敬重中多了一份亲切。

风给萍寄来两本自己近期出版的小说集，萍受宠若惊。萍喜欢一边读一边与风交流读书心得。萍一边醉心于风文字里的爱情，一边怀疑风的理想浪漫主义。她问风："这世间还有爱情吗？"风说："爱情应该是有的，只是很少有人能把握住。"萍只要这样的答案。

阅读的间隙，萍会仔细端详扉页上风的相片，她喜欢与那双桀骜不驯的眼神交流。萍告诉风："我要从你的眼睛里读出你的故事。"风一贯嘻哈："难怪我总是打喷嚏，原来是你在偷窥我。"

萍觉得风就像老顽童周伯通，风说他喜欢老顽童，说他向往金庸小说中的"木剑时代"。风笔下人物的困惑与喜乐都深深地撞击着萍的心扉，两颗为纯净的美和忧伤而感动的心贴得近了。

萍被风的文字所感染、所征服，便情不自禁地想去探索他，靠近他，甚至想知道他生活得怎么样，有时还会忍不住在意念中想去牵他的手，陪他一起去看日出日落，陪他一起去听鸟儿啁啾，甚至想为他铺笺研墨，红袖添香。

金秋的湖滩上，蓼子花开得如火如荼。萍和朋友去过几次，看他们在花间撒欢，萍却倍感落寞。《陪你一起看草原》是萍最喜欢唱的歌。萍一直向往着能在草原上驰骋。而今，置身于梦幻般的草原，萍心里却涌起了一阵悲凉。

风说："蓼子花开得那么美，我不想错过花期，一定要抽空过来看看。"萍没有言语。风带着他的一班朋友来了，萍淡淡地与他们打过招呼，就退回到自己的世界里。所有的热闹都与她无关。

萍到风所在的城市出差，办完事，给风打了一个电话。风在电话里让萍等他。萍很奇怪自己并没有告诉他自己来了啊，可风的电话已经挂断了，她只得在风指定的地方等他。过马路的时候，风很自然地牵起萍的手，把她挡在车流之外。

茶座里，萍问风："你怎么知道我来了？"风说："风起青萍。你不觉得我们自己，有些默契是不需要言语沟通的吗？"

幽默也好，智慧也罢，萍的心融化了。她抬头迎着风深邃的眼神，把自己满腹的心事和柔情都融进那一潭深水里去了。

她知道，言语在此刻真的很多余。这样于光阴断层里的华美际遇，也许便是于彼此的厚待与恩泽，只需以清默无言来作衬，然后悉心铭记抑或遗忘。如若彼此懂得，也便是幸福的。如此，也就够了。

萍不会再纠结于什么，风起青萍，是他和她最好的诠释。

"我们为什么没有距离感？"

"因为我们好比是两棵树，枝干看起来不相重合，根其实在土里紧紧相连"。

阿洛与阿萝

管 萍

一

阿洛!

阿萝嫩嫩的声音粘在阿洛身后。

九岁的阿洛回身教训她，我比你大，叫阿洛哥!

女孩嘟着凌霄花一样的嘴唇小声争辩，就大两天……

大两天也是大，就是大两个小时，你也得叫我哥。

阿洛……阿萝可怜兮兮地看着阿洛，长长的睫毛忽闪忽闪，漆黑的眼珠玻璃球一般。

男孩丝毫不为所动，叫哥!

阿洛……

还要不要紫藤萝了？阿洛威胁道。

阿洛……哥。

哼！这还差不多！小小的阿洛得胜将军一般，大摇大摆转身往前走。

女孩看着他的背影，万分委屈地跟着。

阿洛满心不情愿地朝着院墙外开满紫藤萝的花架下走去。妈妈非要他陪着这个黄毛丫头去摘花，说什么今天是她的生日，要采好多紫藤萝花回去做花饼。又说刚到新疆的时候多亏她们家帮忙，要他多照顾她。可是毛毛和小满他们还等着他去比赛骑自行车呢！阿洛恨透了像影子一样贴在他身后的阿萝。

二

阿洛!

阿萝脆脆的声音响起。豆蔻年华的她，犹如蓓蕾初绽。长长的黑发被她精心编成满头的细长的辫子，夹着红的黄的丝带，弯翘的睫毛在深凹的眼睛下投出美丽的弧线，修长的手指间是一个紫色的花环。她兴奋地冲上前，给第一个冲过终点的阿洛把花环戴在脖子上。阿洛单脚支地骑在自行车上，看着她，青春的脸上满是羞涩和自豪。周围，是伙伴们响亮尖锐的口哨声。

三

阿洛……

你也要走吗？阿萝绝望地问。

阿洛不语。

父母年纪渐长，当初来建设新疆的热血逐渐被心底对故土的眷恋所淹没，他们要回到碧海蓝天下度过他们的晚年。阿洛听着海的故事长大，海对他是个不小的诱惑，更何况，二十三岁正是渴望走遍天涯的年龄。

阿萝直直地看着他，再不说话，只把发梢在手指上缠来绕去，阿洛觉得自己的心都快搅碎了。

列车远去，车窗内阿洛泪如泉涌。

四

阿洛穿着一身自行车运动装穿行在大街小巷。这已是他多年的习惯，每天清晨都要绕小城转几圈，没有目的，似乎七年了还没把这座城市看遍。心情好，就欣赏沿途的风景；心情坏，就猛力骑车来发泄。不过今天他可没有欣赏的心情，他要赶着去给经常一起骑车的朋友送东西。他的这个朋友最近喜欢上了一个开专卖店的女老板，奈何对方已心有所属，朋友便隔三岔五去转悠。幸好是卖自行车的，总算有些共同的话题，居然成了朋友。阿洛打电话给他的时候，他让阿洛直接到女孩店里去找他。阿洛转遍了半个城，才找到这家位置偏远的专卖店，远远看见朋友在店里转悠，俨然半个老板。

阿洛？！

一声无数次出现在梦中的呼唤从朋友的身后传来。阿洛呆呆地看着一个婀娜的女子从店内走出，含泪的双眼充满惊喜和期待。阿洛单脚支地骑在自行车上，伸出去的胳膊悬在半空，动弹不得。

手指间是朋友递过来的结婚喜帖。

辑六／修得一颗岭上白云心

皱纹是灵魂的梯子

朱成玉

经历岁月的刻痕，原来是一件这么美好的事。

——题记

每每傍晚时分，我和妻子倚在床头，经常不厌其烦做的一件事就是互相给对方捉白头发，那些白头发生命力极其旺盛，大有“野火烧不尽，春风吹又生”之势。看到白头发越生越多，不免感叹岁月的无情。一个早晨，妻子更是在镜子旁惊呼：“你看，我这眼角怎么一下子生了这么多皱纹啊，唉！”

那一声叹息似乎生生地将青春的尾巴割了去。真的是老了吧，马不停蹄地要跨入衰老的丛林了。

只是，老去了又何妨！

每个孩子都要成长，每个成人都要老去，这是亘古不变的规律。何须伤感!

相反，你要向你的皱纹致敬，那是岁月赐给你的勋章!

孙犁在他的一篇散文中写道：“如果老了，我就什么也不干，发发呆，因为没有年轻时的睿智和聪明了，所以，我什么也不写了。我怕留下垃圾文字，我不让人笑话，我要优雅地老去。”

这实在是一种难得的豁达，对生命时钟的敬畏。

没有人可以成为真正的不老传奇，老去有什么可怕，青春是礼物，衰老又何尝不是，那种瓜熟蒂落、叶落归根的归宿感，不是年轻人能够体会得到的。而且，我始终认为，我们额头上的皱纹是上帝召唤我们去他的花园赴约时要走的阶梯。

是的，皱纹是灵魂的梯子，会引领我们奔赴上帝的花园，去领受那里的无上荣光。

塔莎·杜朵说：“对我而言，随着年岁增长，日子过得更充实，且懂得享受生活乐趣。现在就是最好的时光。”

“著名的生活艺术家”，有人这样评价塔莎·杜朵，除此之外，她还是著名插画作家、凯迪克大奖获得者、女王终身成就奖获得者。她一生著有八十本以上的著作。和这些成就比起来，人们更津津乐道的是她整个晚年的生活姿态。

五十七岁的时候，塔莎孤身来到佛蒙特州的一座山丘上，建造了一栋十八世纪风格的乡间别墅，开始了一个人的田园生活。

她喜欢园艺，她的花园是一座充满童话色彩的花园，一簇簇的洋水仙、各色月季、三色堇、百合、罂粟、郁金香……房前屋后的一大片蜀葵，漫山遍野的各类香草，通往小路的洋地黄，开满苹果花的苹果树，高大的黄杨树，等等，都将整个庄园点缀得无与伦比的美丽。她热爱耕作，但她不觉得辛苦，相反她认为这是一种很好的生活方式，因为她是一个懂得选择自己要过什么样生活的人。不管年纪多大，生活其实有无限可能，这是她告诉我们的道理，而她也一直这样言行一致地告诉周遭的人，她这样的生活很幸福。

她是个热衷于绘画的人，并且她的绘本在世界上享有很好的声誉，受到广大读者的喜欢，只看着她娴静地在门前的桌子上作画的样子，就有一种难以名状的满足感。不免令我们感叹，如果自己变老了也能如此这般该是件多美妙的事儿啊！

她擅长烹饪，用她亲手种植并收获的各种原材料制作各种可口美味的食品；她喜欢缝制衣裳，自己缝制了玩偶，连玩偶的心脏、肚肺都精确地缝制在胸腔里，为她们做衣服，并且搭建了美丽的小屋和精致的生活用具，把她们当作生命来精心对待；她喜欢编织花环，并时不时地戴在自己的头上，这种少女般的浪漫情怀，她保持了一辈子。

即使九十岁高龄，塔莎仍照顾着她的庄园。登梯子摘苹果、挤山羊奶、栽花种草……动作敏捷，做事轻快，一点儿也看不出来是个九十多岁的老人。身穿复古长裙的她，像公主一样美丽。

她说：“我一向以度假般的态度过着我的人生。每天、每分、每秒，我都在享受着啊！”

2008年6月18日，塔莎·杜朵在自己的庄园里，在儿女和朋友的陪伴下，戴着老花镜，穿着自己织的裙装，安详离去。

阅读她的故事，让我们深深懂得，原来劳动这么快乐，幸福这么简单，即使很老很老了，也可以这么优雅。

或许，在我们每一个人的心里，都有一所秘密的花园，香草果实，美满丰盛。或许，在我们每一个人的心里，都一直有这样的一位塔莎老奶奶，她超越国界，超越时间空间，她是创造的化身，她是对生活爱的化身，她是自由的化身，她代表了人们对生命、对生活的深层的渴望，她是大部分人在现实生活中未能实现却渴望成为的自己。

对于塔莎奶奶而言，从一月到十二月，每一天、每一个生活的细节都是那样美好。如果你愿意，你也可以像塔莎奶奶一样，在大雪覆盖了农庄的时候，披一袭艳红的连帽斗篷，轻盈地踏雪而行；你也可以像塔莎奶奶，在夏日的午后喝上一杯茶，坐在阳台上聆听各种鸟儿和小动物的叫声……

塔莎奶奶用自己的生活告诉你，幸福就是这样的简单和自然。

“不管你现在多大年纪，生活其实有无限可能！选择自己要过的生活，是人生最重要的事。别忘了与最亲爱的人，分享每一个可以更幸福的机会，让每个都会或即将步入老年的人，都能拥有最简单的心灵满足。你会发现，经历岁月的刻痕，原来是一件这么美好的事。”

所以啊，衰老并不是一件可怕的事，它只是一个可以让你变得更加优雅的舞台。此生或许有太多的不完美，或许有太多的遗憾，都轻轻地放下吧。我坚信，许多年后，在我枯萎谢幕的地方，一定会诞生一个漂亮的婴孩儿，小小的掌心里托着我此生无法圆满的念想，用他最纯最纯的泪水滋养，然后再度将它们推向前台。那是又一个轮回——这世界，我来了！

所以，当妻子在镜子前不免又发出韶华易逝的喟叹时，我对她说：“就算你有了皱纹，也定然会有优雅，在你的皱纹间跳舞。”

好听的话就是受用，妻子心花怒放，细看那眉眼处的皱纹，果真如同在跳舞一般。

既然受用，便索性将那好听的可以令人愉悦的话一讲到底吧：“世人皆爱，花开正艳，唯我赏你，风卷残荷。”

心轻草亦香

梁新英

那天，学生返校取成绩单，教室里平时很要好的两个女同学起了争执。晓霞气得满脸通红，一双眼睛喷着愤怒的火焰。突然，她踏过桌子，站上窗台。她回头看了一眼吓得目瞪口呆的朋友，嘴角漾起一抹轻蔑的笑意，一转身，从五楼跳了下去。

她像一朵花决绝地离开枝头，投向大地，教学楼前的花坛接住了她刚烈的青春。幸运的是前一天晚上工人给花浇水过量，她捡了一条命，只是脊椎受了伤。没有过不去的河，误会终会消除，而生命只有一次。晓霞和朋友斗气，为几句话为一件小事险些失去生命。她还不懂，除了生死，一切都是小事。今天再大的事，明天就是小事；今年再大的事，明年就是故事。许多事，隔段时间回头看，原来以为不可忍、痛苦万分的事，发现它微不足道了。

较劲是青春期孩子特有的标签，不可控的情绪像脱缰的野马横冲直撞，在强烈的自尊心驱使下，有九头牛拉不回的倔强。邻居的女儿刚上初一，班级要举行跳绳比赛，争强好胜的她报了名。每天她都强化训练，比赛前一天她累得跳不动了，还是不肯歇歇，为比不过班级里的小慧和自己斗气。妈妈劝她："每个人都自己的长处，小慧很努力学习，可是也没有追上你呀！不服输是好的，可是你要知道人外有人，天外有天。做事情尽了全力，即使没有达到预期目标也没有遗憾了。"

知难而进是一种勇气，在追求的过程中懂得适可而止是一种智慧。小曼的志向是考中央美术学院。阴差阳错，复习了六七年，不是文化课差几分，就是专业课过不了。她跟自己的理想较劲，别的大学一概不考虑，家人、老师怎么劝都不管用。人生应该进取有度，收放自如。懂得"知止"，才有精力去做更有意义的事，收获属于自己的别样精彩。

爱人有一位同事小庞。刚分到单位时，领导把出宣传板报的事交给了他。后来换了领导，宣传板报由新分配的大学生小张负责，小张因此获得了年终奖励。小庞心里不平衡，去找领导理论。领导心平气和地解释，已经时过境迁，不能追加奖励。小庞觉得领导待他不公，越想越生气，一生气就打嗝。

他在单位跟领导较劲，在家跟家人较劲。嫌儿子吵闹，不让妻子穿黑色衣服，说那是丧服。小庞计较个人得失，从小我出发，遇事钻牛角尖，和领导、家人都闹得很僵，失掉了和谐的人际关系，也丢掉了健康，生活变得焦虑和拧巴。

范冰冰经常处于舆论的风口浪尖上，有网民吐槽她是"花瓶"，说她靠脸吃饭，戏谑她是"毯星"。面对非议，很多明星选择避而不答，或者声嘶力竭地争辩。范冰冰不和媒体斗气，不和网民较劲，以真诚的态度与大家交流。她说："受得起多大的诋毁，就能经得住多大的赞赏。"她微笑着面对指责、批评，宽容大气，懂得感恩，是名副其实的

“范爷”。

在年后的朋友聚会上，周姐说她2017的愿望是：“在以后的以后都不较劲，不和家人、朋友较劲，不和生活较劲。较劲伤身伤神，而生命短暂，有计较的时间不如做自己喜欢的事。”周国平说，盲目较劲是烦恼、痛苦的根源，把劲儿节省和积攒下来，用在正确的方向上，就会得到真正的幸福。

不较劲，不是让人不思进取、安于现状，而是当行则行，当止则止，是一种生活的智慧。人生一世，不可能一直顺风顺水，遭遇困难、挫折在所难免。遇事不执拗，不斗气，不和别人攀比。凡事尽人力，顺天意。对自己随性，对他人随缘。

不较劲是一种心态，“心轻草亦香”，一颗轻盈的心，自会领略无边的美好。

朵朵香香的，格格美美哒

落灵雪儿

这些年，我养成了一个坏习惯，只要朋友给我打电话说生病想向我借钱，无论真事假事，认识或者不认识，我都会汇上几百块钱过去。不为别的，只为那个熟悉的声音。

实习期间，我一心扑在工作上，忙碌穿梭在各大办公室与工厂之间，生怕遗漏或者做错什么，最后落得不得不离开公司，从头开始实习的下场。那时候的电话以及好友的求助，我都一味敷衍着，能用钱解决的事，绝不会浪费时间去办。以至于遇到诈骗电话，弄得存款、工资全无不说，还因为配合调查、耽搁工作而被领导训斥，差点儿丢了饭碗。这次经历后，只要是钱的事，我都警惕得不行，唯恐再被人骗了去。

一年冬天，我正坐在湖心亭赏雪。一个陌生电话打来，张嘴就问，“你手上有闲钱吗？”我的警惕性因为这句话瞬间提高。电话另一头见我没反应，突然就急了，“欧阳格格病了，等着化疗。你赶紧汇点钱过来。”一抹冷笑，从我嘴角浮现出来。我已经被骗过一次了，又怎么会在同样的地方摔倒两次。我直接挂了电话，然后给欧阳格格打了过去，格格在电话另一头呵呵大笑，宽慰我说，“不要多心，我好着呢。前天不是还一起吃过饭吗？”

电话挂了，我没有多心。望着漫天飞舞的雪花与随风摆动的银白色柳条，只想着，下次下雪，一定要拖着格格那个懒虫来看看。她与我是从小一起长大的姐妹，我爱赏雪、听雨，格格爱吃。只要有吃的，保准随叫随到，风雨无阻。只是后来的日子，忽然变得奇怪起来，格格似乎在躲着我，每每我打电话过去，她都说有事推脱了。

冬天的第二场雪，终于落了下来。我顶着清晨的寒风，买了格格最喜欢吃的帝王蟹与八爪鱼，又将我们俩的同学风信子从被窝里拖了出来。一切准备就绪，可格格的手机却怎么也打不通了。我急了，自言自语嘀咕道，“这丫头干吗了，电话不接、微信也不回，这是跟哪个汉子跑路的节奏吗？”

“别打了，我们自己吃吧！她……不会来的！”风信子的声音，轻飘飘传来。

我瘪起嘴，放下手机，“我出去下。”说着，一股寒风顺着我开门的动作吹进了屋。风信子不知为何，也跟了出来。与我在银装素裹的世界里一路向前走着，一直走到格格家门口。开门的是格格的母亲，门开的瞬间，我愣住了。伯母面容憔悴，头发凌乱，双眼布满血丝。这还是我以前认识的那个处处精致的女人吗？我一时间没反应过来，直愣愣站在门口。

我已经忘记如何走进格格家的，只依稀记得坐在沙发上的时候，伯母递给了我一张纸。纸上的字迹并不工整，但我认识那是格格的字。

“朵朵，容许我最后再叫你一次。我很自私，希望能永远美美地留在你心里，所以悄悄地走了。”

我拿着那张纸，梦游似地在大街上走着。不知道走了多久，也许一天、也许两天，最后被风信子捡回了家。

泪眼模糊中，我仿佛看见格格正朝我走来。

她长发及腰，肌肤胜雪，那寒星般的眸子干净得永远容不下一点儿杂质。我们爱在小吃店点上一桌小吃，将青春的快乐、烦恼统统装进肚子。格格是我和风信子免费的向导，因为只有她能准确记住每家店铺的招牌美食。但她并不是一位称职的美食向导，她曾经一度拒绝美食，每天带着我们在食堂买三五块钱的饭菜果腹。只等到我们举旗抗议差点儿揭竿而起的时候，她才神秘兮兮带着我们走进一家服装店，拿起一件四位数的衣服，向我们宣告明天她将成为这件衣服的主人。

这是一件修身仙女裙，盛开的印花被薄薄的丝绸蒙着，让人想，却又不敢侵犯它的美丽。我曾经见格格试穿过这件衣服，只见她回眸一笑，青春中洋溢着如水般的温柔。

格格没能买下这件衣服，离开服装店的时候，一个拿着小碗，浑身上下脏兮兮小孩的一声“姐姐”换走了格格的仙女裙。等到格格再存够钱，冒着风雨跑去时装店的时候，却被店员告知，裙子已经被别人买走。幸运的是，格格在风雨中偶遇了一个比我们更懂她的学长，那个乞讨小孩也无意成了格格雨夜爱情的媒人。

学长不算高、不算帅，但却文质彬彬，写得一手好诗。格格暗地收集了不少学长的诗文，夹在只有我和她才能打开的珍贵日记本里，不时拿出来看看。从此她变得多愁善感起来，一首诗读着读着就莫名其妙流起眼泪。风信子不理解，几次缠着格格想看看日记本里到底装着什么宝贝，但都被格格拒绝了。而我私下是个爱闹腾的人，没少半开玩笑半吃醋地抢她的日记本。

终于有一天，我忍不住单方面向格格宣布：“欧阳格格，我们友谊的小船已经驶入大海。说翻，说不定什么时候就翻了！”格格放下日记本，双手搭在我肩上，讨好似地瞧着我，“别介啊！咱俩啥关系，啥事不能好好说？”我小嘴往上一翘，心里当时就不乐意了。我好歹也是一个小才女，诗文、小说平时写得也不少，怎么就不见你给我哭一个。不行，回头我要让你在我小说里好好哭哭。

格格似乎瞧出我的心思，伏在我耳边耳语：“如果哪天你要写我，你可千万别写我哭。我要笑，而且必须是笑得最美、最幸福的那个。”我猛地打个冷战，这点小心思都被格格猜了个十有八九，还有什么是格格不知道的？

一次寻常的不能再寻常的饭后散步，格格在林荫道前忽然停下了脚步，口中轻声嘟囔着，“是他！”一阵风毫无征兆地吹乱她的秀发，同时也吹进了她的心。只见一对情侣甜蜜地手牵着手向我们款款走来。我以为格格会哭，甚至扭头就跑，可她却笑着迎上去。学长好像也认出了格格，微笑着冲我们挥挥手，然后就这样与我们擦肩而过。

风信子望着学长的背影，下意识问格格，“这学长好帅哦！格格，你什么时候认识的？”我本来就不会安慰人，被风信子的问题一搅和，脑子瞬间更乱了。风信子见我们俩都不搭理她，更加好奇那位学长的身份，嘴上也没个把门的，叽叽喳喳追问个没完。我看着格格脸色越来越难看，连忙哄着风信子先回教室，转过身却被格格突如其来的话吓得不轻，“有什么了不起的，朵朵。”听见格格的呼唤，我不敢有丝毫迟疑，连连应声。只见格格嘟着嘴巴，说：“我以后就跟着你了，什么男朋友啊老公啊，统统地不要了！”

风信子告诉我，格格的父母偷偷打开了格格的日记本，想为她再做点什么。他们发现了学长，并请来了学长希望给格格一个惊喜。可格格见到学长后，不仅没笑，反而叹着气对众人说，“如果朵朵在，她肯定不会让学长来见我。”

……

我心中五味陈杂，一把揪住风信子的手，一步一步逼着她往后退，“那你呢？这么大事，你为什么不告诉我？”嘶哑的声音破空而出，我的力气随着声音完全消散掉，一不小心跌坐在地上。这一刻，我似乎恨上了风信子，好像格格是被她夺走了，而不是被病魔夺走了一般。

风信子试着将我扶起来，可试了几次都没能成功。最后不得不随我一起坐在地上，双眼通红地望着我说：“格格让我替她守住这个秘密，还和我打赌说，只要你不知道她生病的事，她就一定能好起来。就算有一天真的走了，为了你这个朋友，她也一定会回来……我知道，这些话未必都是真的，但我就是抱着那么几分幻想。想着有天早晨起来，格格拎着一堆吃的一边踢门，一边喊，‘快开门，早餐凉了就不好吃了。’”

格格，学校门口新的早餐店开张了，你倒是快来敲门。

格格你知道吗？服装店前的那个小孩，一直记得有你这样一位姐姐，每当我经过的时候，他总会跑过来问我，“姐姐，姐姐呢？”

格格，今年我去吃了北京的冰糖葫芦、厦门的沙茶面、哈尔滨的烤红肠。现在我也是一个吃货了，你不是说要带我吃遍全世界吗？你快回来！

修得一颗岭上白云心

杨　慧

二十世纪六七十年代，公公在河北省的一个县城医院工作。一个夏日的傍晚，工作了一天的公公和婆婆在街上散步，可是公公走着走着就停了一下，来到一个正在街道里玩耍孩子身边，一定要让这个孩子带着他去见他的父母。婆婆不明白为什么一定要去这个素不相识的孩子家里，为什么一定非要去见他的家长。原来这个孩子得了黄疸肝炎，有经验的医生看一下孩子的巩膜和皮肤的颜色就能诊断。而孩子的家长却不知道自己的孩子已经生了病。

公公一生救死扶伤，兢兢业业，全部奉献给了医学事业。直到晚年退休以后，我们的家还是门庭若市，来来往往都是找公公看病的人。从来没有看到公公不耐烦过，即使三更半夜，只要听到敲门声音，就会马上起身去开门。遇到手头拮据的穷苦人，公公也是分文不取，甚至还会搭上一些药。

我一直以公公为榜样，行医以来，也一直遵循着他的教诲。公公常说，上天给了你救死扶伤的本领，不是让你用它去赚钱的，而是让你去行善的。

慈悲之心，如云朵一般洁净。

著名的建筑学家贝聿铭应法国总统密特朗的邀请，完成了法国巴黎拿破仑广场罗浮宫的扩建设计。这项工程完工后，罗浮宫成为世界上最大的博物馆。人们赞扬这位东方民族的设计师，说他的独到设计“征服了巴黎”。这座大型玻璃金字塔被称为“罗浮宫院内飞来了一颗巨大的宝石”。为此引来无数的参观者。一位慕名而来的妇人在参观完“宝石”之后，在回来的路途上与贝聿铭相遇，妇人激动地对他说：“感谢你给我们带来这么美的建筑！”贝聿铭听后耸了耸肩膀，微笑地回答说：“这不是我给的，这是上帝给的！”

贝聿铭就是第一流的人物。他名声大振于世界，却是如此的低调和谦逊。他从不为自己的设计辩说，从不自己执笔阐释解析作品观念，他认为建筑物本身就是最佳的宣言。贝聿铭坚信建筑不是流行风尚，不可能时刻变化招取宠，建筑是千秋大业，要对社会历史负责。

谦逊之心，如云朵一般轻盈。

季羡林博古通今，学贯中西，被誉为“学界泰斗”。但季羡林的为人却非常朴厚。有一件事值得一提，说有一年北大新生入学，有一个新生背着沉重的行李累得疲惫不堪。他把行李放在路边，想去办理入学手续。正好一位看上去像校工的“老师傅”经过，他便想让“老师傅”替他看包，“老师傅”很爽快地答应了。等他办完手续回来了，“老师傅”还很尽职地在为他看守。后来，在开学典礼上，季羡林在台上讲话，那位新生才惊讶地发现帮他看包的那位老人家原来是北大的副校长。

季羡林从来没有觉得自己超过一般人，所以无论什么人，有所求，只要他能做到的就一定帮忙，立刻就办。季羡林极受人们尊敬的原因显然不仅仅是因为他是北大的教授，也不仅仅是因为他才华横溢，学术权威，而是因为他所拥有的人格魅力。

朴素之心，如云朵一般优雅。

公公在我前面，就仿佛一座山。“山中何所有，岭上多白云。只可自怡悦，不堪持赠君。”这也是他常常对我们吟诵的诗句，我想，能把白云纳入胸怀的人，自是如岭上白云一样，飘逸谦祥、虚怀若谷，不沾半点利欲之心。

这样的人，无论取得多大的成绩都不会觉得自己高高在上，不骄傲、不迷失、不自满，脚踏实地一步一个脚印。即使于黑夜素衣孤行，在孤独的情境中，依然内心丰盈明朗、独品清欢，这是一种从内到外散发出的美。

岭上的白云，在不洁不净污浊不堪的世界里打个滚后，内心世界依然能够悠然自得，保持铅华褪尽后的质朴，真切、自然、优雅。

我愿在这尘世，修得一颗岭上白云心。

闪亮的生命勋章

晓 非

在乡下朋友家认识了张云生，完全出乎我的意料。先生和我说过，他身患重疾，医生下过“命不久矣”的断言。可眼前的他，肤色红润，音色饱满，凝神时，眼里有一束光在浮动，神采奕奕。

说到病情，张云生朗朗笑着说，现在活的每一天都是赚来的。他患的是鼻咽癌，一个掌管吐纳要塞的地方，生长出狰狞恶意，无时无刻不在试图掐断你生命的呼吸，任谁都心生惊悚。

对于罹患癌症的他，前面似乎只剩下一条路——把自己交给医院，那里有各种仪器，各种手术刀，各种生不如死的化疗……他的内心波澜不已，儿女尚幼，父母已老，弟弟罹难，留下侄儿需要抚养……生活的苦难狂风暴雨般裹挟着他，诡异无常的命运，用一通组合拳将他击溃。生命的根，已然松动。

妻子要带他去寺院祈福，他明知无用，但不能拂灭亲人心上的灯，只好随了去。寺庙坐落在很高的山峰上，他看到了一棵树，令他震撼和释然。

那是一棵老松树，矫健强悍的主干长约三四米，青灰色的表皮层，坑坑洼洼，伤痕累累，满是风雕雨蚀的痕迹。旁逸斜出的枝丫，向天空伸开优美碧绿的长臂。枝丫上，一簇簇松针翘首张望，每一根都气昂昂的，好像有种隐秘的力量，驱动它们争先恐后地向白云奔去。

最让人惊叹的是这棵松树的根部，只有一半扎进岩尖，另一半裸在空中。裸露的根部，一根根须茎粗壮有力。它们互相缠绕，密密实实抱成一团，和岩石里的根，同声共气，共同支撑着蓬勃向上的生命。

张云生说，那是一个生命的传奇。他想，这就是此次祈福最大的收获吧，这棵树就是佛祖呈给他的玄机。人其实和树一样，或许在某个时刻被命运逼入绝境。然后，一次次不妥协地面对，一次次坚韧的磨砺。曾经脆弱的地方就会日渐茁壮，茫然的迷途也会峰回路转。

张云生是一名高中教师，多年带着毕业班，为了配合治疗，不得已走下心爱的讲台，但他拒绝化疗，而是选择休养。每日读读书，听听音乐，陪伴家人，享受天伦之乐，平常的日子不无精彩。他最喜欢钓鱼，选一处水域，下饵甩杆，静静坐在小凳上。放眼望去，蓝蓝的天空，朵朵白云懒散在游走；绵延的山头，染绿抹黛秀色宜人。这时的他什么都可以不想。尘世的喧嚣远去，心里一片空明澄澈，他进入了无我状态，畅快惬意的满足感油然而生。眼里只有水中的一点红浮子在水面晃动，他在和水下的鱼儿较劲，也在和看不见的命运博弈。

一个和山水有约的人，心思必然简静透明，散发悠然芬芳。青箬笠，绿蓑衣，斜风细雨不须归。那奔流不息的活力之水，缓缓流入他生命的纵深处，变为生命前行的一股强大动力。

好几年过去了，张云生依旧生机勃勃，他创造着奇迹。他早已重返讲台，至于那个癌细胞，他“以静制动”，并不去过多理会。或许，癌魔也懂得知难而退，和内心从容坚定的人打仗，是占不了上风的。如同那棵沧桑的老松，为从冰冷的地方寻觅生机，努力抓牢每一寸岩石，不放过每一次呼吸，牢牢地夯实住生命的阵脚。不惧风刀霜剑严相逼，最终，不可抑止的生机喷涌而出，生长出触碰天际的翅膀。

他熬过生命中最危险的关隘，终于挺立成一棵树。曾经伤口处肿胀的瘀青、刺目的疤痕，在结痂、蜕皮后，化为一枚闪亮的生命勋章，熠熠生辉。

外　婆　枣

孙守美

办公室里有同事带来又大又红的冬枣儿让大家尝尝鲜，不禁让我想起了外婆。

外婆家有一大片枣树林子，那是我和哥哥的乐园。中秋时节，枣儿已泛红，外婆就高兴地举着蚊帐杆，颤巍巍地踮着小脚，专挑那红透了的枣儿打落。一个，两个……引得我和哥哥在树下挤来抢去。我和哥哥坐在树下外婆早已铺好的席子上，互相炫耀着最大最红的那一个，然后怀着一丝不舍放在嘴里“咯嘣”一咬，那个脆，那个甜就甭提了。我们吃着，笑着，闹着，外婆不知啥时坐在了我们身边，又分给我和哥哥一人一大把，嘴里不停地念叨：“吃吧，吃吧，吃个够……”可是自己却舍不得吃一个。外婆手背的皮一拽老长，不懂事的我常常嘲笑外婆的手，那是怎样的一双手啊！像枣皮一样，皱皱巴巴。曾经，外婆的手最巧。那个年代，没有芭比娃娃，没有毛毛熊，忙里偷闲的外婆亲手为我缝沙包、做毽子。记忆中，彩线在姥姥手中飞快地游走，一块块碎花布在她手里像变魔术一样，三下五除二就变成了沙包、毽子。母亲说过，她小时候也体验过外婆的神奇，在通年见不到米面的糟糕年代里，外婆却一样把日子打理得井井有条，苦日子也并觉得有多苦，榆钱、野菜、地瓜、萝卜等经外婆的手一侍弄，一家人吃得津津有味。

那一年，外公和舅舅相继去世。外婆整个人委顿下来，像秋霜里的藤蔓。可是痛苦的阴霾并没有击垮她，一段时间之后，她又恢复了乐观的精神状态。有时候特别佩服她的自我调节能力，偷偷将身上的苦抖掉，用她孱弱娇小、扭曲变了形的小脚把不能言说的苦踩在脚下，乃至深埋。

外婆的这双小脚，受了太多的苦，从小就被缠裹着，那是封建社会遗留下来的铁证。小脚外婆走路都费劲，可愣是一步一步，把全家人的日子领向幸福的境地。她习惯了把苦难隐藏起来，似乎只有忙碌起来才可以忘记失去亲人的苦。外婆一刻也不得闲，放下耙子就是扫帚。那个到处充满苦味的年代，即便是勤劳，日子依然如晒干的枣那般干瘪，但外婆从不发愁更不埋怨，一直乐颠颠地踮着小脚迎送着每一天。她常说：日子苦点、累点不怕什么，只要心中有盼头，好日子就有希望！的确，在外婆美好的期盼和精心打理下，日子真的一天好过一天。

外婆的脸皱皱巴巴，也像枣一样，可是她并不悲苦，她心里是甜的，她踮着脚尖儿领着我们往前奔的日子也是甜的。哪怕她已去世多年，每每想起，那枣香还在。

我拿起同事递过来的一颗冬枣，放进嘴里，不禁给它取了一个绝妙的名字——“外婆枣”。

先生你早，爱情你好

晓　非

早起晨跑，尽管悄然下床，仍是惊醒了你，你照例叮嘱一句：非，早点儿回来！

嗯。我应着。我知道，跑再多的步再远的路，也跑不出你的凝望。

你是一个温暖的人。于我，于你的朋友以及学生们，都是如此。

你依恋着我们的小城，多年来开着额定人数的作文班，安身立命。你从不多收学生，你说多了就教不好，钱够用就行。在这小小的学堂里，你用心牵引孩子进入文学的青草地，发现孩子的长处，加以提升，让那些在学校以作文为苦的孩子，笔尖能够流淌出内在的灵气。时光漶漫，你在用文学照亮孩子们成长，文学也滋养着你的生命。

我们家客厅大门的对面墙上，挂着一幅遒劲的书法，那是你对文学带给你生命意义的诠释。你说：“文学活着的意义，就我而言，就是追寻生命的尊严和灵魂的救赎。”

对生命尊严的守护，我想这源自你灵魂深处强烈的自爱。你说，在无数次的梦中，你被逼临险峻悬崖，飞湍瀑流，你义无反顾地往下跳。梦是潜伏在人心理深处的真实，对来自生命尊严的挑战，你宁可玉碎。有自爱一路相伴随行，你活出了自己真实的性情。

你真实的性情贯穿到你的文字里，文如其人。你的作品少有矫饰、浮躁、滥情，力求清澈简洁。每篇文章的形成对你来说从无一蹴而就，常常看到你为了某篇凝神思考，在户外去独步的默想，甚至和我或好友谈论你要写的话题。你现在的文章越来越少了，而那经过沉甸甸思考的文字和思想，内嵌着光阴的力量，散发出灵魂的沉静和诚实，不自欺也不欺他。如今，你的《咸济酒话》就很醒目地摆放在我的书架上，那是我的精神咖啡馆。

你喜欢安静简单，对事务的干扰，你很不自在也很不耐烦，总恨不能一时半会儿把所有事务处理完，以便尽快回到你喜欢的安静与思考中。那急切处理的节奏，让我这个拖拉的性子时常跟不上拍子。

感谢常维法师识你性情，让出庙里一隅净地，让你在那独处喝茶读书，听佛音缭绕。你的生活就多了份安静自在。

你的精神洁癖越来越严重，朋友邀酒必先一一问清与谁共桌，如预先说好的人员有变动，走至半途你也会返回。尽管如此，在外酒宴还是常常是带着一肚子的伤感回家。你不想和人较真往往还是较真。你说你的眼连着你的心，分离不开。你害怕人与事的纠缠，厌恶看似热闹的里面空无一物，你更多的选择是逃离。

你的挑剔在别人看来成了不随众，不合拍，难相处。可是，在我的眼里，你的不随俗、真性情犹如钻石般珍贵，那熠熠放射的光芒，唤起了我最为深切的温柔爱你之心，爱的疼痛似清澈的山泉在我心头不停息的汩汩流动。我能觉知你的焦躁，你的愤怒，你的痴迷。我无限地爱怜着你，怕你饿着、醉着、伤感着。一些无来由的担心紧随着你，毫无理由地牵挂着你；不管你是否比我强大，我自以为比他人更了解你，能懂得你强韧外表里掩盖的脆弱，只想小心翼翼地护着你。

你对人事的逃离，并未消减对生活的热爱，你的书桌、你的饭桌、你的茶几，永远有植物翠绿的生机与你相映照。无论是家里还是庙里，还是作文班。只要天气和我们的空闲对接得上，你就带我下乡爬山，湖边看水，你说人的浊气只能在大自然中洗净。记得一次垂钓，我的鱼竿被鱼扯断，你纵身跃入水中，飞快地追到了鱼竿，然后将鱼牵拉到岸边。你那闪亮的双眸洋溢着孩子般的开心和得意，让我心醉。

有人说：生活是实在的。我说：生活太实在了，就长不出爱情。我要将这份至美的情感，轻轻地放置在精神的虚美中，和爱我的人我爱的人一起虚度，看花开花落，看云卷云舒，让未曾流逝的时光变得柔软蓬松，直到被虚度的那些，在岁月深处生长出薄薄的翅膀……

太阳升起来了，阳光穿过醒来的玫红色云层，将万道霞光倾泻在湖面与山峦，眼前的一切都在金光闪烁中。在阳光的美好里，我那被阳光镀过的面容和心灵，能从容坦然于世俗里的种种，让爱情能够诗意地栖居在人间烟火里而不褪色。

我向着家的方向跑着，我要把满身的阳光带回家去。

早安，我的先生！早安，我的爱情！

拂去命运的尘灰，我依然是你的明珠

李娟娟

小珠是被许许多多人捧着的那颗明珠，而现在，这颗明珠被掉进了尘埃。

小珠的爸爸江大海，是个很有本事的人，靠一个水果摊起家，短短十几年时间便积累了百万资产。可是，老虎也有打盹的时候，江大海这个生意上的常胜将军。在一年前，因为轻信一个生意伙伴，不仅将自己的公司赔了进去，血本无归，最后还因为非法集资被抓进了监狱。而小珠的妈妈是公司的会计，在江大海进去的第二天，她也被警察带走了。

小珠由以前的金枝玉叶，一下子沦为阶下囚的女儿了。

一

贾花香是小珠的婶婶。小珠小时候，正是爸妈创业最艰难的时期，那时，他们没有钱请保姆。于是，江大海将小珠的奶奶从老家接了过去照顾小珠，一照顾就是六年，直到小珠上了小学。原本，他们一家是希望奶奶长期生活在兰州的。可是，奶奶那年已经七十岁了，奶奶想家了，尽管爸妈和小珠百般挽留，她还是执意要回去。

奶奶回了老家后，小珠整整哭了一周，她老怀疑爸爸、妈妈不要奶奶了。哭到最后没办法，江大海答应女儿，到放暑假了就送女儿回老家，让她亲口问问奶奶。

于是，放了暑假的第二天，小珠就回到了老家。那时的小珠简直就是一个公主，白果似的脸蛋，一汪池水的眼睛，长长的睫毛，一双手小葱似的，圆润光滑。她还穿一个白色的纱裙，裙子后面系蝴蝶结。全村大人、小孩都围着她看。

小珠的婶婶贾花香忙坏了，她给小珠面前放很多好吃的。她说："吃吧，这些都是婶婶专门给你留的。"她拉小珠坐凳子，先用自己的衣袖擦擦凳子，才让小珠坐。吃饭的时候，她把她自个的三个孩子像赶鸭子一样赶了出去，等小珠吃饱了才让他们吃。

小珠就这样整整待了一个假期，她和小伙伴一起下河摸雨，上树掏鸟窝。只是小珠不敢上树，她站在树下，而贾花香会上树去给她掏。贾花香说："小珠是我家的宝贝，我最爱她了。"

从那以后，每年寒暑假，小珠都会回老家。到最后不是江大海送她回来，是贾花香去接她。她说："我给小珠准备了一大堆好东西，小珠一定要回来尝尝。"

那时，伙伴们都很羡慕小珠，不是羡慕她爸妈有钱，是羡慕小珠人见人爱，连她婶婶都那么喜欢她。感觉小珠真是命运的宠儿。

二

小珠这次回来也是暑假，只是不同的是，小珠要在这里长住了。她爸妈现在还在监狱里，她家的房子已经被银行收走了。

小珠是下午回来的，刚进家门，她就看到了从地里回来的婶婶。她叫了声："婶婶。"贾花香没有像往常一样拉住她的手嘘长问短，而是用鼻子"哼"了一声，就扭着屁股进了房间。

小珠愣在原地，发了很长时间的呆。

晚上，小珠是和奶奶一起住的，盖了一床被子。床和被子都很小，小珠害怕吵着奶奶，整整一晚上没敢翻身。小珠想到以前每次回来，贾花香总是给她准备最好的被子，她一个人住一个大房间。晚上，贾花香还会给她过来赶蚊子。

天还没亮，小珠就听到了贾花香的声音："都几点了还不知道起床，以为自己还是大小姐啊，我们家可不养吃闲饭的。"

小珠揉了揉自己的腿，昨天坐了一天车，现在还在发酸。奶奶让她再躺会儿，小珠摇了摇头，坐了起来。

贾花香找人在修猪圈，她手脚麻利地一边干活，一边对着小珠的小叔指桑骂槐："我这辈子啥命啊？嫁到你们江家就没好好活过一天，靠山山倒，靠水水跑。现在好，还要给别人养孩子，我真是作孽啊。"

小珠的叔叔说话结巴，矮个，一说话，哈喇子流一地。小珠想到了爸爸江大海，他那么能干，领导几百人，站台上讲话，一讲两三个小时，连草稿都不拿，下面员工掌声拍得山响。

"明明是亲兄弟，差别咋就那么大呢？"小珠心里想。

"别……别在娃跟前说，娃听见了不好。"因了叔叔的这句话，小珠感觉自己刚才的想法真是有点儿不道德，叔叔是好人。

“怕什么啊？还以为自己是大小姐啊，还不赶快过来搬砖。”最后这句话是对着小珠说的。

小珠赶忙过去，学着叔叔的样子，将砖一块一块摞起来。

只一小会儿，小珠的手就磨破了，血流在了砖块上。贾花香看见了连头都没抬一下。小珠想起了有一年暑假，她和小朋友玩时不小心用刀子割破了手指头，只一点点伤，贾花香又是给她找创可贴，又是紧张的样子。

回到房间，堂弟、堂妹们在翻她的行李。一个粉色的裙子已经被堂妹套在了自己身上，她太胖，裙子都被拉坏了，还在往上拉。那是妈妈送给自己的礼物，可小珠什么也没说。她拉开行李，将所有的东西都取了出来，一大堆，放在了堂弟、堂妹们的面前，他们一窝蜂上来，抢走了所有的东西。

第二天，贾花香从集市上买了十只小猪。对小珠说：“兔子都知道留三窟，你爸妈也不知道给自己留个后路。我家穷，你不能像以前在你家一样衣来伸手、饭来张口了。以后那只笼就是你的了，猪爱吃青草，每天三笼，一笼都不能少。”

小珠抬起了头，看着面前十间锃亮的大瓦房。她记得在有一年暑假贾花香去接她时，拐弯抹角地说，邻居们都盖房子了，他们家房子太寒碜。江大海一次性给了十万元，她回来才修了这个房子。贾花香身上穿得那件衣服，也是妈妈给她买的。还有叔叔开的那辆三轮车，也是爸爸给的钱买的。

这些，小珠只是在心里想了想，她什么也没说，点了点头。从那以后，小珠提着篮子，天天去地里拾草。

三

开学报名的前一天，贾花香的脸终于拉了下来。小珠站在她旁边，一次次地哀求说："婶婶，求你了，让我去上学吧，我每天下午回来，活一样都不少干。"

看到小珠快要跪下了，叔叔也站在一边求情，说："让娃去上学吧，她还那么小，大点了回来干活也不迟。"贾花香才用鼻子"嗯"了一声，算是答应了。

但是，贾花香开出的条件却是，小珠不能住校，她每天下午回家还要干活。

小珠的奶奶看不下去了。她对小珠说："奶奶带你走，咱们出去讨饭都比在这受罪强。没见过这么下三烂的人，前几年，你爸妈可没少接济他们。"

小珠摇了摇头说："奶奶，我很好，你不用担心我。"

小珠在学校里很用功，上课争分夺秒，连上厕所都是小跑。小珠的成绩很好，全校第一名。大家都惊叹，不愧是省会回来的学生。可只有小珠自己知道，她在兰州时，成绩并不好，小珠是下了死功夫的。

小珠没有自行车，十几里的路全靠步行，小珠那双葱段似的小手，也变得粗糙，布满了老茧。

四

小珠喂的猪出栏了，卖了好价钱。

小珠考上北京的学校了，吴田沟这鸟不拉屎的地方，第一次有人考上北京的大学。

贾花香眉开眼笑，她给小珠做了一套衣服，桃红色的，虽然很便宜，但小珠很高兴，她刚来时带的那些衣服，因为长期劳动，已经破的破，烂的烂了。

贾花香杀了一头猪庆贺，她挨桌敬酒，接受人们的恭维。她说：“我们家孩子我知道，小珠是有大出息的人。小珠忘不了她婶，没有她婶，哪有她的今天！你说是吧？小珠。”

小珠的叔叔，也在结结巴巴地讲祝酒词：“我们家小珠跟……跟她叔一样，聪……聪明。”台下的人哄堂大笑。

小珠看到了站在门口的爸爸、妈妈，他们因为表现好被提前释放了。小珠像燕子一样扑进了他们的怀里。

这个只有十八岁的女孩。她个子不高，只有一米五左右；她很瘦，皮肤因为长年劳动变得很黑；她不善言辞，面对困难，一言不发。但是，她却用自己的坚韧和努力，成全了自己的幸福。

“宝贝，让你受苦了！快让爸妈看看，瘦得都变样啦！”爸爸妈妈一边掉眼泪一边摩挲着小珠的头。

“我还是我啊，爸爸妈妈，你们看，这不好好的嘛！”小珠安慰着爸爸妈妈。

是啊，尽管蒙上命运的尘灰，但她坚信自己，依然是一颗不会褪色的明珠。

把贫穷磨砺成珍珠

秦益辉

从桃花江美人窝出来，朝着家所在的方向，左转，两边高山，大树旁逸斜出，遮住头上的天空，窗外已失原本的明亮。导航无法显示我们查找的目的地，很明显，我们迷路了。

“妈妈，这是回家的路吗？”

“是的，走吧。”母亲从容地说，“从桃江回益阳，只有这一条路。我就是眯着眼睛走，也知道是哪儿。”

“细木（爸爸的小名），你看，这坡下的平地就是当年我和连几（爸爸的徒弟）拉沙发到桃江歇脚的地方。三十几年了，还是没个人烟，只是树木都高了，那时候躺在沙发上，抬头就能看见密密麻麻的星星。嗨，可美了！”

大概是我六七岁大的时候吧，沙发特别流行，那时的沙发很简单，类似于现在的长椅，只是材质是木头和真皮，我记得我们家的沙发比别人家的高级一些，打开还可以是一张床，所以逢年过节家里来了客人，不怕没有床的，平时折叠就是沙发，不占空间。这都是爸爸和徒弟们想出来的，换到现在应该算是创意吧。正因为这原因，拉沙发到桃江市里卖，是很有市场的。

“那段时间，你爸身体不好，不能干重活，做沙发都已经很吃力了，不能指望着再让他拉沙发去卖。指不上你爸爸，我就和你们的连哥哥用板车拉着沙发到市里去卖。”妈妈语气里透着坚定。

想起父亲生病的那段日子，屋里屋外弥漫着中药的味道。妈妈说熬过的药要倒在路边，任人踩，病才能好得快。印象最深的是每次爸爸把药喝下去以后，都一脸坦然，再苦的药也不能让他皱一下眉，用爸爸自己的话说这是“良药苦口利于病，苦尽甘来”。其实，何止是吃药，很多苦日子他们也是吃得下去的。穷苦在爸爸妈妈眼里并不可怕，相反那是追求美好生活的动力！

母亲在形容拉板车这件苦力活的时候，说那就像在拉纤。尤其上坡的时候，绳索嵌到肉里，车和沙发就像一只无形的大手，挣着往后退，往前每一步都很吃力，但也要咬牙坚持，不然松了劲儿就再也拉不动了。那个时候母亲总会抬头去看星空，星星虽然寥寥，光也清冷，但是却能感受到一种温暖的力量，似乎星星里有无穷的宝藏，突然觉得生活再苦，也是有奔头的！

那么苦累的岁月，母亲也不忘给我们的心灌输童话的汁液。夏夜里，凉席双排开，弟弟在左，我在右，母亲坐中间，轻摇蒲扇，仰望星空给我们讲着美妙的故事，讲着讲着，母亲就让我们抬头看星星，她说星星会说话，它们眨着眼睛，一定是听懂了我们的话，在点头致谢呢。母亲说星星喜欢听人们的愿望，星星一高兴就越亮，像珍珠一样光彩夺目，就像心愿发光一样！

那段脱贫致富的岁月里，满天星星倾听了母亲多少心愿才有如此的璀璨呢?

如今，贫穷已离我们远去。母亲说:“现在好了，妈的心愿一个个地都实现了。其实贫穷并不可怕，可怕的是你被贫穷怕住了!”

是啊，贫穷并不可怕，可怕的是你被贫穷怕住了。果实如果害怕阳光，永远不会成熟;蝴蝶如果害怕蜕变，永远不能翩翩起舞;雄鹰如果害怕高空，永远不能展翅蓝天;蚌如果害怕磨砺，永远不能产生珍珠。

一个困难一个困难地克服，一个愿望一个愿望地实现，才终有珍珠的璀璨，才会有一个个好日子的烈焰。

生若根深，命如蒂固

若　蝶

瓶中一簇浓艳的玫瑰已颓败下来，花瓣四周暗黑无光，花枝也低垂着头，唤也唤不醒的样子。宛若身心俱疲，厌倦了灯红酒绿，抽去心魂的名伶，卸了妆，幽幽地蜷缩在角落里。

“妈妈，为什么玫瑰这么快就枯萎了呢？”女儿仰起小脸问。

“因为它没有根呀！”我说。

“没有根？”女儿迷茫地看着我。

“是呀，你看。”我指着窗外的月季，“月季花因为有根，所以月月都开不败。”

女儿似懂非懂点点头，露出晶亮的乳牙。

院内的那株黄月季开得真好，一朵谢了，一朵又打起骨朵来。小院里四季都有月季的花香流溢。玫瑰再美，终归因为离了根，不过几天就萎谢了。植物如此，那么人呢？是不是也该如月季根植在泥土里，才能保证花期不败呢？即便冬天来了，也只是枝叶的暂时枯萎，如同换了一件衣裳。因为有根在土里活着，春风一起，便又整个鲜活开来。

老家的小镇上，有一位邻居家女孩，出落得玫瑰般鲜艳。可惜幼年父母双亡，跟着奶奶在叔叔家生活。小时候我常常看到她，在院中梳理她的如瀑长发。

那年也就二十来岁吧，正是花骨朵般的年纪。因为初恋的男友上了大学，在城里交了新的女友，经不住打击，留下一句“我已生无可恋”，便在樱花树下服药自尽。一朵玫瑰还没来得及全然盛开，就被生生地折断。

一个人活着怎么会生无可恋呢？父母、儿女、兄弟姐妹，与我们都粘着肉、连着骨呀，动一动都会痛彻心扉。即便是孤儿，也总有抚养你长大的人吧，总有陪伴你成长的伙伴吧，同样是生命里不能割舍的一部分呀！

今天想来，少女的死是因为她的生命没有扎下根来。她把自己当作了需要攀附在其他植物之上才能生长的菟丝花。一旦攀附的物体抽身，便轰然倒塌。没有根的生命，怎能经得起这尘世的风急雨骤？

同样是在我的家乡，有位中年男子，正是意气风发的年纪，突遭一场车祸，断了双腿，没过两年，又遭遇公司倒闭、欠下债务，雪上加霜的是他那漂亮的老婆也离他而去。谁都以为他过不了这道坎了。

那段时间里，怕他想不开，白发苍苍的母亲日夜陪伴着他，年幼的女儿常常靠在他身上对他说：爸爸，你还有我们，我们需要你。难能可贵的是他身边的朋友一个个伸出了温暖的手，大家七拼八凑，给他盘下了一家店面，让他经营起超市来。几年后，超市的规模越做越大，一个善良的女人也来到了他身边。他像一根枯木又迎来了春天，因为那根枯木的根是活着的。

他的根是亲情，是友情，是要重新振作起来的一个信念。而他的根是他在光阴里，一分一厘扎下来的。平时他就是个随和大度、乐善好施的人，在他风光无限的时候，没有骄奢蛮横，没有薄情寡义，再加上他本身乐观积极，所以他的根一直深植在那里，即使横遭刀砍斧劈，叶散枝断，只要根还在土里，总有一天，会重新长出枝干，抽出新芽来。

一棵树能活上几百年、几千年，因为它盘根错节。树龄越长，它的根越粗壮深茂，一棵树不仅有主根，还会有无数的须根，帮它吸收足够的养料。想要活得更丰盛，人的根也要多长几条。亲情是一条根，事业是一条根，友谊是一条根，梦想是一条根，甚至某个小爱好也是一条根。

多长了几条根，即便其中一条被折断，依然动摇不了生命的根基。试想一个事业心强的女人，大概不会因为一个男人的负心，而轻易放弃自己朝气勃勃的生命。同样一个事业受挫的男人，亲情和友情能成为支撑他不倒下的支柱。所以人应该像树学习，多长出几条根来，断不可像无根的浮萍，一旦搁浅，便只能萎干了。

生命有根才不会枯萎。生若根深，命如蒂固。

一棵树的艺术之美

谢海云

张扬之美

去公园里写生，画完树，老师给我的点评是你画的树总像白杨，直来直去，太守规矩。末了，总不忘反问一句，你不能让笔下的树恣意张扬一些吗？大概我目所能及的只是笔下的树。我的认识止于此。

公园里的树，是充满女性味道的树，清一色的都被削成齐耳短发，如站岗的女兵，不可弯曲。有一点点弯了，园林工人就强行用木头支撑，然后用绳索捆绑，几年以后，定型了才可卸去支架。几乎所有的树都长成坚强的女汉子，直直挺立。远远看，气势逼人，近看之下，不免替她委屈，这真是她们想要的姿势吗？

若是这些树都任其发展，会不会各有姿态，会不会如古人笔下的那些杂树：枝枝丫丫，藤藤蔓蔓，缠缠绕绕，自然生长，多老都这样长着，原生态的美呀！

也有幸免于难的，在突然之间，长得特别高，应该是一棵被人遗忘修剪的树，却参天得特别好看，公园里难得找到这样个性张扬的树，像黄宾虹笔下的树。

黄宾虹画树，不雕琢任何一棵树的姿势，直直的、弯弯的、黑壮的、乱长的、疯长的、众多交杂一起的……所有能率性而为的秉性，他都赋予了一棵棵树。看了那么多画册，独独喜欢黄宾虹的树。可是，没有章法的美是大美，学不来。年轻时候的黄宾虹，画面也老老实实，有很多古画背临的痕迹，越到后来，用笔放纵开去，画面上有了一种张扬和洒脱之美。

为人一世，年轻张扬，年老淡定。可是在艺术的世界里，我认为反过来比较好。

苍老之美

去很远的郊外，我拜访到一些百年以上的老树。

我把它们都画得太老了。旁边一起学画的中年大叔说，你看我，画得是五年十年的树，干是直的，叶是茂盛的，多年轻呀。可我笔下的树至少活了百年以上，那样苍老虬曲的姿态，有些古，有些仙气。好似一个不肯辞世的老人，一直活在时光之外。石涛说，他的前生是深山里的一棵古树。层峦巅峰，雾气苍茫间，他笃定地认为自己是那棵长了千百年的古树，所以他笔下的树都恣意生长，足见性情。那么我的前世呢？也许依然是个女子，跟着夫君幽居山里，闲来居家染织，做做女红，侍侍花草，住在古树旁悠然过着小日子。所以今生，我才那样不管不顾径自去画，我要画出前世见过的那些古树，像石涛一样老。

不管到哪儿，山野，或乡间，只要有古树，它一身斑驳沧桑突兀在眼前，就让我迷惑，那种前世今生混淆出现的幻觉顿然回落心间。总觉得自己在那里住过，曾经，一定烟火人生过。我呆呆看着，恍惚就能回到从前，回到我想去的那个年代。

然而这种感觉不会持久，仅仅是看到古树的这一瞬发生。同时，心底陡然升腾起另一种遗憾，久久伫立在那儿失神向往。

浑濛之美

上班路上，经过一条正在修整的道路，似硝烟弥漫的战场。晴天雨天都轻扬尘雾，终不肯消逝，车窗外的树则更有了意味。那些遗留下来的树，一排排，或三五棵，守着废墟遗世独立。设想每一处取景，都不会难看，都是一张水墨山水。远远看树，是笔下的墨团团，抑或是一个个或浓或淡的点点。画家何家林说，艺术最高的境界是若即若离。雾和霾让现实有了更奇特的效果——浑濛。对，应该这么形容，最美的意境是处于“浑濛”的状态。雾霾之下，树与山好似笼上一层薄纱，被推土机推倒的房子，夷为乱石堆，朦胧间，好似小土丘。每一处绵延，都能用一抹淡墨轻擦，然后点点涂涂，即刻就成了那些树。若用画笔去勾勒每一处景致，应该远比现实看到的美好。

黄宾虹八十岁后，得了青光眼，他开始对周遭的一切处于一种迷幻的状态，画画凭一种朦胧的感觉，笔下开始出现大片大片的黑，甚至乱。可是这样的画面看多久你都会觉得越看越有味道。

大概真正的美产生于若即若离的状态。对于景致，看太清晰了，表达太完整了，都不能让人觉得那是艺术。

淡定之美

看林中的一棵棵树，就那样安静而简朴活着，像一个个智者，年年跟着四季，生根，开花，结果。有着人世无法超脱的淡定，人若定定去看它，就会生出一些感慨：活着，真不如一棵树，日日被杂事杂思捆绑，倒像一枚陀螺。当然，亦有人如树般活着。美国作家福克纳，晚年终日将自己关在一个地下室里专心写作，一日三餐由妻子送到门口。偶尔有事上街，远远看见熟人，怕人招呼，绕道行步。福克纳跟妻子说，他只在静的时候思想才能活跃起来，才能进入写作的状态。

守住寂寞，进入静思的境界。颇为难得，俗世诱惑多，单就手机里的电话、微信，瞬间就将我白日里的时间支离破碎。想静，于我来说，是一件为难的事。

我时常责备自己，为什么我静不下来。

为了搪塞自己，我找了种种借口。

我要更好地活着啊，我要对得起自己啊，我要……

如此这般，给自己找一大堆理由。为了安顿自我，为了安顿那颗慌乱的心。

和生命拉钩

朱成玉

①那时我在医院做阑尾炎手术，五岁的女儿像个小大人似的跑前跑后地照顾我，让疼痛不知不觉地渐渐远离了我。她就像一个小小的太阳，走到哪里，就在哪里点燃一个春天，那里就会春意盎然，鸟语花香。

②女儿的乖巧使得病房里的每个人都很喜欢她，尤其是邻床的一个老太太，看来是个重病患者，行动很不方便，连说话都很吃力的样子，可是每当看到我的女儿的时候，她的一双眼睛便闪着光亮，跟着她的身影不停地转动。女儿也喜欢她，偷偷跟我说她像死去的奶奶。她常常爬到老人的床上去，缠着她讲故事。老人的故事很好听。但是很显然，她很累，每讲完一个故事，额头上都会沁出一颗颗豆大的汗珠来。但每隔一会儿，她还会把女儿叫过去，接着给她讲故事，她知道这是她唯一可以让孩子坐到她床边的办法。在讲过第5个故事之后，她咯血了。护士一边批评她一边给她按摩，她憨憨地笑着说："俺只想跟孩子多说会儿话。"

③医生说她的病情非常严重，现在就是靠药物来维持着。当初是一个好心人救了她，把 她送到医院来的，她靠拾荒为生，一个亲人都没有，拿不出钱来治病。医院已经为她垫付了2000多元了，医院召开了紧急会议，就是否继续为老人提供无偿治疗展开讨论，最后大多数人都认为那是一个"无底洞"，而医院毕竟不是慈善机构，都同意给老人停药。停药就意 味着宣判了她的死刑。在拔掉那些针管之前，几个善良的医生凑钱给她买了新衣服。在给她 穿上新衣服的时候，护士们低声和我们说，或许那是她的最后一个夜晚了。她也意识到属于自己的时间已经不多了，她和护士说出了她的心愿。

④谁都没有想到，她最后的心愿竟然是想搂搂我的女儿。连她自己都觉得这个要求是那 样"过分"，谁会和一个将死的人躺在一个被窝啊！当医生向我们转达了她的愿望的时候，我们甚至来不及思考就一口回绝了，女儿不明就里，大声嚷嚷着要去，原因是可以听奶奶讲很多很多好听的故事。我完全可以理解一个没有亲人的老人将死的时候那种孤寂， 那是比死 亡更可怕的黑暗，可是我不能，也不敢让小小的女儿那么小就那么近距离地懂得死亡的含义。我叫家人把孩子领回家，孩子撅着嘴，很不情愿地跟着家人离开了。忽然，她像丢了什么东西似的又跑了回来。她来到老人床边，在老人耳边小声嘀咕着什么，还神秘兮兮地把手伸进老人的被窝里。我们看到，老人微笑着向她点了点头，仿佛她们之间已经达成了某种默契一样。

⑤小小的太阳走掉了，病房里顿时变成了萧瑟的秋天，处处弥散着衰败和哀伤

2.从全文看，女儿是怎样的一个孩子，请结合文章内容简要分析。

3.假如你是文中的朵儿，在有这样的一番经历之后，在“感化日”见到母亲时，你会对文中我的“女儿”说些什么?

参考答案

1.朵儿接受女儿的建议，同意将花盆放在我们家里，等待花种发芽；花种发芽了，朵儿兑现承诺，答应去见妈妈；女儿在成功地化解了朵儿母女之间的矛盾后，在聆听了我的教诲后，对生活有了新的感悟，赞同我的观点。

2.女儿是一个懂事、有责任心、有爱心的孩子。她在和朵儿妈妈结对子之后，就决定帮助她们母女，并且坚持培育花种，直至种子发芽，使母女和好如初。

3.围绕感恩、接受母亲、把爱心传递出去来写即可得分。注意人物身份、说话语气等。

季夫老师的精神钙片

朱成玉

季夫老师是我的语文老师，也是我初三时的班主任。他贫穷、瘦弱，像一粒干瘪的种子。

父亲说，季夫老师是我们村子里第一个大学生，他应该留在大城市的，不该回来。在我的印象中，季夫老师始终是个干干净净、轻轻飘飘的人。他喜欢给我们讲故事，并通过一个个故事传递给我们做人的道理。听他的故事，如同泉水滋润心灵，干净、舒适。

他讲的课也是干净的。教书的时候，他没有丝毫旁骛。课堂变成了他一个人的舞台，他在那里忘我地演出，而我们的好成绩便是献给他的掌声。我是作为留级生才有幸来到季夫老师的班级，得以接受一生难以忘怀的教育的。

那时，我在骨子里瞧不起留级生，当我忐忑不安地来到班级时，季夫老师这样向同学们介绍我：“让我们大家向他祝贺，同一个年级读两次，他是幸运的。因为他可以得到两倍的同学和朋友。”同学们真诚地为我鼓掌，我真诚地向他们鞠躬。

的味道。那个夜里，我很难入睡。我朝老人她那里望过去，借着月光，我看到老人的身子不停地抖动着，但是没有一声痛苦的呻吟，我想她是在死亡的边缘挣扎着吧，却没有一个人，没有一双手可以帮帮她。那个夜晚很平静，没有因为死亡临近一个生命而感到惊惧，窗外的月光反而 有些美丽，我不停地在想一个问题：女儿和老人偷偷地说了什么呢？

⑥第二天早晨，护士来给老人把脉，发现老人的脉搏跳动正常，老人还活着，而且呼吸还比前些天顺畅了许多。第三天，老人说她有饿的感觉了。她喝了我的家人为她熬的鸡汤。接下来的几天里，老人一天比一天好了起来，让人不可思议的是，她能自己支撑着坐起来了。这在我们这个医学落后的城市，完全可以称得上是一个奇迹。

⑦一周后，女儿来了，她给老人带来了一个毛茸茸的布娃娃，她说那个布娃娃就是她，让奶奶晚上搂着睡觉，就像搂着她一样。老人的眼睛又开始闪着光亮，跟着她的身影不停地转动。女儿忽然“严肃”了起来，她握住老人的手，当着所有人的面，对我说：“爸爸，我又有奶奶了，我想让奶奶回家去住。”我被这突如其来的“郑重决定”弄了个措手不及。女儿说她离开医院的那天，跟老人许下了一个诺言，她让老人等着她再来。她要给她一个大布 娃娃，还要认她做奶奶。“说话就要算数，我们还拉钩了呢，”女儿怕我不同意，强调说：“拉钩，上吊，一百年不许变……”我使劲地点了点头，眼里含满泪水。为老人，也为我的女儿。

⑧院长听说了女儿和老人拉钩的故事之后，又一次召开了紧急会议，决定尽全力医治老人的病。“就算是为了一个孩子纯真的心愿。”那是院长在会议上说的最后一句话。

⑨老人出院，住到了我们家。女儿终于如愿以偿地睡到了老人的身边，她又缠着老人讲故事了，老人有些累，说明天给你讲两个，把今天的补上。“好，拉钩。”我又听到女儿说：“拉钩，上吊，一百年不许变。”

⑩夜里的时候，我过来给她们盖被子，我看到那双嫩嫩的胖乎乎的小手和那双骨瘦如柴的苍老的手握在了一起，像一幅摄影作品，极尽和谐之美。像这个世界某个地方正在完成的某种仪式，向我暗示着一种生命的真谛：生命需要爱来传递。爱，会让生命生生不息。

（湛江市2011年初中毕业模拟考试现代文阅读）

1..联系全文说说标题“和生命拉钩”指的是什么？

⑨“把这个花盆放我家吧，我替你看着，等发芽了我告诉你。”女儿对朵儿说，朵儿点点头。

⑩从此，这两个小人儿就多了一份差事，每天放学后都会跑到我家的阳台上，精心地照顾她们的花籽，焦急地盼着它早日发芽。她们一边写作业一边和花盆里的种子聊天，她们固执地认为，种子能听见她们的话。她们对着花盆喃喃低语，似乎在与它彼此承诺着什么。女儿自信地说，种子听了我的话，它一定会很快发芽，很快开出鲜花来的。女儿也会把朵儿妈妈的近况绘声绘色地描述给朵儿，告诉她，妈妈是如何的想念朵儿。每一次，都会把朵儿说得掉下很多眼泪来。

⑪有一天，天空阴得厉害，我接到了女儿打来的电话。她在电话那边气喘吁吁地说：“爸，你快回家一趟，把朵儿拿到屋子里，我怕下大雨，把朵儿淋坏了……”女儿把她种下的花籽也叫朵儿，或许是她觉得，那种下的本来就是朵儿的心吧。圣旨一下，多忙的事情也得靠边站。我知道，那个花盆里孕育着一个心灵的世界，我不敢怠慢。

⑫过了大概有十多天，那种子终于颤巍巍地露出头来，在那个清风徐徐的早晨，它左瞧瞧右看看，对这个陌生的世界充满好奇，不明就里。

⑬女儿一个劲儿地揉着眼睛，不敢相信这个事实。她捧着花盆，和那个初出茅庐的小家伙打着招呼：“朵儿，让我领你去看你的妈妈，好不好？”朵儿点点头。

⑭朵儿的心，就那样发芽了。

⑮我帮女儿找来一个罐头瓶子，把朵儿罩上，瓶子里沁着一粒粒生命成长过程中的汗珠。

⑯又一个“感化日”的时候，她们俩拿着那盆花，来到监狱。

⑰女儿回家对我说，她看到朵儿的妈妈搂着朵儿哭得像个泪人似的。她还看到朵儿一会儿哭一会儿笑的，她说她们娘俩，就像一大一小两朵开得正艳的花。

⑱从那次“感化日”后，老师为孩子们布置了新的任务，让每个学生都养一盆花，送给与自己结对的阿姨。

⑲“爸爸，朵儿会开花吗？”女儿问我。“每一粒花籽都是一个沉睡着的生命，”我对我的女儿说，“你已经唤醒了她，那么她就一定能够开成世界上最艳丽的花。”女儿若有所思地点点头。

⑳我知道，女儿小小的心已经开花了，因为她唤醒了爱的种子。

1.文中在⑨⑬⑲段中有三处“点点头”，请结合具体语境说说你的理解。

2.请你结合文章第②段描写老人的内容，简要分析老人的心理，并说说这一段内容在全文的作用。

3.阅读下面两个句子，联系上下文，理解加点词语的作用。

（1）我使劲地点了点头，眼里含满泪水。为老人，也为我的女儿

（2）女儿终于如愿以偿地睡到了老人的身边。

4.文章两次写到医院对老人的医治问题召开紧急会议，作出了不同的决定。请你概括出医院作出的决定及每次的原因。

5.文章的结尾说，“……向我暗示着一种生命的真谛：生命需要爱来传递。爱，会让生命生生不息”，请联系文章的内容与生活体验，谈谈你对这句话的感悟。

参考答案

1.女儿与身患重病的老人拉钩许下诺言：让老人等她回来，并送老人布娃娃、认老人做奶奶。这让老人在医院停药后病情不可思议地好转，创造了生命的奇迹。（大意对即可）

2.(1)老人身患重病，但看到女儿时眼睛便闪着光亮，为女儿讲故事沁出大汗并咯血。这些描写充分表现了老人内心的孤苦，写出了老人对亲情和爱的渴求。(2)这一段的内容为后文写老人最后的心愿、与女儿拉钩创造生命的奇迹等内容作铺垫。(大意对即可)

3.(1)“使劲”点头，“满含”泪水，这两个词语充分表现了“我”被女儿的举动与老人的心愿而感动，并与前面写“我”拒绝老人的心愿的内容形成对比，写出了“我”因自私而愧疚的心理。(2)“如愿以偿”说明了女儿对老人的爱是纯洁、真诚、无私的，从一开始就有这个愿望，呼应了前文内容。(大意对即可)

4.(1)第一次：决定停止为老人提供无偿治疗，因为老人的病是个“无底洞”，医院难以负担；(2)第二次：决定全力医治老人的病，因为被女儿与老人拉钩创造生命的奇迹、被女儿纯真的 心愿所感动。

3.“当我忐忑不安地来到班级时，季夫老师这样向同学们介绍我”一句中，“忐忑不安”一词表现“我”当时怎样的心理？

4.最后一段中“干瘪”与“精神钙片”是否矛盾？请分析作者为什么这样说。

5.读完本文，你一定会被季夫老师这粒“干瘪的种子”所打动，请简要说说从季夫老师身上学到的优秀品质。

参考答案

1.一是指季夫老师在中考前一个月每天给学生吃的钙片，让紧张而失眠的学生安然入睡顺利通过中考。二是指季夫老师为教育事业呕心沥血、无私奉献的精神深深打动了我。（意思对即可）

2.比喻；生动形象地写出了季夫老师不愿离开这个小村子的决心。（意思对即可）

3.害怕同学们的嘲笑和看不起。（意思对即可）

4.不矛盾。“干瘪”指季夫老师的贫穷、瘦弱。“精神钙片”指老师给予我们的自信、力量。

5.示例：①默默无闻，无私奉献；②淡泊名利；③热爱教育事业（热爱本职工作）；④注意保护学生的自尊等等。（答出两点即可）

那是我既艰苦又美好的初三生活。

中考前的一个月，季夫老师和家长们商量，让学生们吃住在学校，以全力备考。那一个月是我生命中最难熬的日子，常常由于紧张而失眠。为了保证学生们能安然入睡，季夫老师每天临睡前都给我们吃一粒安定片。直到顺利通过中考，没有人怀疑是这一粒小小的安定，给了我们莫大的帮助。考试成绩下来了，我们班是全校考得最好的，15个人考上了县重点高中，其中包括我这个留级生。那天，季夫老师很激动，并告诉了我们一个秘密，他说他每天给我们吃的只不过是一粒钙片而已。

季夫老师的钙片，让我们的精神之树无比茁壮。

季夫老师，一肩明月两袖清风，因为干净而清贫，也因为清贫而干净。其实他本不必如此清贫的，他在城里的一个位高权重的老同学有意帮他走出这个小村子，去更广阔的天地。他很倔强，他不走，他说他是扎根在这村子里的一棵老树，换了地方就会水土不服。

他不走，他把一切都留在了这个村子里。他在这里出生，也在这里逝去。

暑假回家的时候，我听到了季夫老师去世的消息，季夫老师是在讲台上晕倒的，他的一辈子都是在这讲台上度过的。

我去了季夫老师的讲台，依稀能够感觉到他的呼吸。我看到黑板上依然留着他的笔迹，那是他为孩子们上的最后一课:有的人死了，他还活着……没想到，这段诗歌竟成了他的悼词。多么贴切的悼词！

其实季夫老师是太过劳累了，师母常年卧病在床，里里外外都需要他一个人来打理，而对学生们，他又是竭尽了全力，他透支了自己的生命。那一刻，我真正懂得了呕心沥血的含义。

季夫老师，这粒干瘪的种子，是我们的精神钙片。

（河南省焦作2009—2010年七年级语文上期期末试卷人教版现代文阅读）

1.请谈谈对题目“季夫老师的精神钙片”的理解?

2.文章中画线句“他说他是扎根在这村子里的一棵老树，换了地方就会水土不服。”运用了什么修辞手法?有何表达作用?

5.答案示例：爱是一个生命对另外一个生命亲近、相伴的渴望，是灵魂的融合，会产生无穷的力量。文中女孩对老人爱的诺言，使老人有力量与病魔作斗争，创造了生命的奇迹。

唤醒朵儿的心

朱成玉

①女儿的学校组织学生去女子监狱进行感化教育，在那里，每个学生都有机会和那些犯了法的女犯人们面对面地交流。女儿回来和我说，她头一次看到女犯人，并没有想象中的那么坏，相反，她觉得那里的阿姨都很可怜，“不能穿漂亮的裙子，不能梳好看的发型，哎，早知今日何必当初呢！”女儿一边叹息一边像个小大人似的替她们惋惜着，脸上一副忧心忡忡的模样。

②老师让学生与女犯人结了对子，定期来监狱进行“心灵救赎”。与女儿结对子的女犯人30岁左右，“长得好看，很慈祥，一点也不像个坏人。”这是女儿对她的评价。她摩挲着女儿的头说，“我的女儿也像你这么大。”她说她贪污了信用社里的钱，她说她只想着给孩子准备好灿烂的前程，没想到，竟然身陷囹圄。她说她很想见女儿一面，可是女儿写信来，嫌她是劳改犯，同学们常常嘲笑她。女儿恨她，不肯见她。

③她说她的女儿叫“朵儿”，鲜花一样的朵儿，每个夜晚都在她的梦里盛开。

④女儿问了朵儿的学校，她想帮帮和她结了对子的阿姨。她觉得既然结了对子，两个人就是好朋友了，她有责任帮她的朋友。

⑤女儿果真找到了朵儿，并不像她妈妈说的那样，鲜花一样的朵儿。相反，她觉得这个朵儿有些萎靡不振，有点自暴自弃。她对朵儿说，去看看你妈妈吧，她很想你。可是朵儿一下子变了脸色，她说她不会去看她妈妈的，她说她心里的妈妈已经死掉了。

⑥女儿坚持不懈地去了好几趟，都是无功而返。无论女儿说什么，朵儿就是不肯去看她的妈妈。

⑦女儿回家，一脸愁容，向我讨法子。我想到了一个办法。我给了她几粒花籽儿，让她告诉朵儿，是她妈妈捎给她的，如果种子发芽了，就说明妈妈一定会改过自新，重新做人，朵儿就要答应去看妈妈。

⑧女儿把我的想法告诉了朵儿，朵儿同意了。